KB253567

장자몽 新무협 판타지 소설
FANTASTIC ORIENTAL HEROES

불량무사 1

장자몽 新무협 판타지 소설

초판 1쇄 찍은 날 § 2008년 2월 13일
초판 1쇄 펴낸 날 § 2008년 2월 23일

지은이 § 장자몽
펴낸이 § 서경석

편집장 § 문혜영
편집 § 최하나 · 이환진

펴낸곳 § 도서출판 청어람
등록번호 § 제1081-1-89호
등록일자 § 1999. 5. 31
어람번호 § 제2-1421호

주소 § 경기도 부천시 원미구 심곡1동 350-1 남성B/D 3F (우) 420-011
전화 § 032-656-4452 팩스 § 032-656-4453
http://www.chungeoram.com
E-mail § eoram99@chollian.net

ⓒ 장자몽, 2008

ISBN 978-89-251-1184-1 04810
ISBN 978-89-251-1183-4 (세트)

※ 파본은 구입하신 서점에서 교환하여 드립니다.
※ 저자와 협의하여 인지를 붙이지 않습니다.
※ 이 책은 도서출판 청어람과 저작자의 계약에 의해 출판된 것이므로,
   무단 전재 및 유포 · 공유를 금합니다.

장자몽 新무협 판타지 소설
FANTASTIC ORIENTAL HEROES

不良武士

불량무사

도서출판 청람

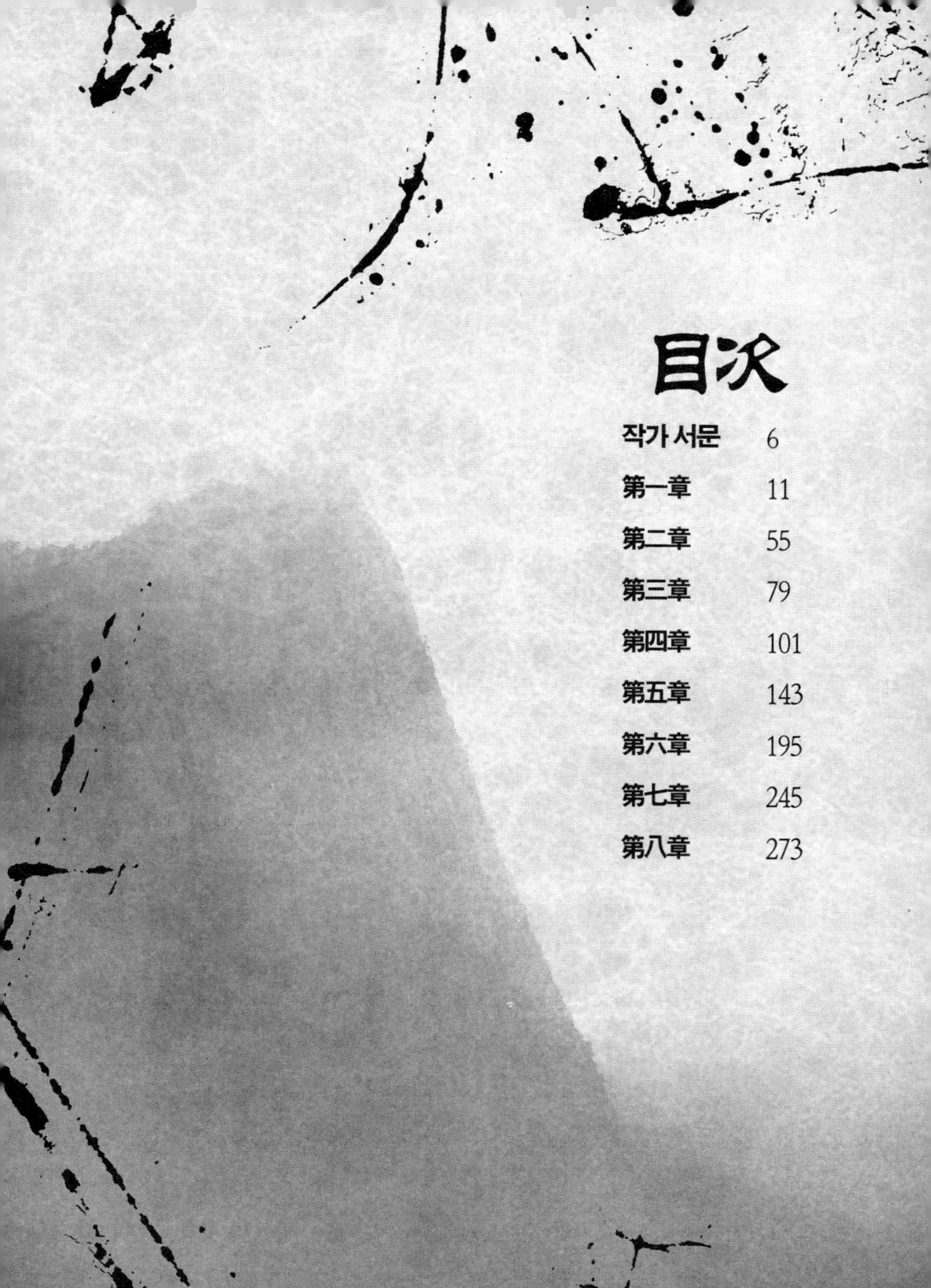

目次

작가 서문

상사화(相思花)라는 꽃이 있다.

인터넷 검색질에 능한 독자라면 지금쯤 벌써 어느 포털의 검색창을 두드리고 있을 터이지만 인터넷의 잡다한 정보들이 얼마나 많은 정보의 오류 작용을 일으키는지 잘 아는 독자들은 어쩌면 그전에 먼저 '상사' 라는 꽃 이름이 자극하는 감성의 범상치 않은 상호작용을 음미하고 있을지 모를 일이다.

상사화는 봄에 먼저 잎이 무성하게 자란다.

그러나 8월이 되어 꽃망울이 붉고 아름다운 자태를 드러낼 즈음이면 비늘줄기를 가득 덮었던 잎들은 어느새 모두 말라 죽고 만다.

잎이 있을 땐 꽃이 없고, 꽃이 피어났을 땐 잎이 없다.

그래서 꽃과 잎은 영원히 서로를 보지 못한다.

상사화로 이름 붙인 이유일 것이다.

필자에게 무협은 상사화의 붉디붉은 꽃과도 같은 것이었을까?

제법 짧지 않은 생을 살아오면서 언제나 서로를 그리워했지만 끝내 상봉치 못한 아쉬움의 대상일지도 모른다.

간혹은 일 검에 방원 백 장을 초토화시키고 단숨에 천 리를 날아가는 화려한 자색을 뽐내는 무협을 만나지 못한 것은 아니나 그건 상사화의 꽃이 아닌 그저 철쭉이나 흔한 개부랄꽃이었을 뿐이다.

필자는 다만 아수라흑마검(阿修羅黑魔劍) 따위의 요상야릇한 정체불명의 초식보다는 횡소천군(橫掃千軍) 같은 초식이 그리웠을 뿐인데 말이다.

필자가 주저하며 내놓는 졸작 〈불량무사(不良武士)〉가 상사화의 붉은 꽃일지 철쭉일지는 감히 장담하여 말하지 못한다.

그러나 6월의 뜨거운 태양 아래 상사화의 붉은 꽃을 끝내 만나고 말리라는 일념으로 온몸의 수분이 증발하는 고통을 감내하는 상사화의 잎과 같은 심정이 되어 내놓은 글이라고는 감히 말할 수 있다.

이 붉은 꽃이 그토록 기다리던 상사화일지 뜨다시 철쭉일지는……

독자제현이 가릴 일이다.

필자가 욕심껏 바라는 바가 있다면…

〈불량무사〉를 읽은 독자가 다만 그 시간에 기요사키와 트럼프가 공저한 〈부자(富者)〉 같은 부자 되는 법의 지침서를 읽지 않은 것을 후회하지 않길 바란다.

다만 그 비용으로 소주 한잔에 돼지비계의 기름진 감촉을 느끼는 소비에 투자하지 않았음을 후회하지 않길 역시 간절히 바란다.

무협을 읽었으되 단지 죽고 죽이는 비인간의 나열만을 기억하지 않게 되기를…
상사화의 붉은 꽃을 기다리는 심정으로…
간절히 기도한다.

변변치 않은 졸문을 책으로 엮어주신 도서출판 청어람에 무슨 말로 감사해야 할지 모른다.
또 유난히 퇴고에 인색한 필자의 악습에도 묵묵히 인내하며 오철자의 홍수를 견뎌낸 편집자 분에게도. 무엇보다 필자의 극악한 시간관념을 너그러움으로 가려주신 문혜영 부장껜 언제고 소주라도 살 일이다.
독자제현의 희망찬 새해를 기원하며…….

장자몽 배상.

不良武士

第一章

不良
불량무사武
살

선주(宣州)는 예로부터 면화(棉花)가 풍부한 곳이다.

그저 씨만 뿌리면 저절로 자란다고 해도 과언이 아닐 만큼 면화의 생산량이 많았다.

면화가 풍부하니 자연 포목업이 발달할 수밖에 없었고 대대로 포목업을 통해 부를 쌓은 부자들이 많았다.

부자들이 많은 곳엔 또 하나 자연스럽게 많아지는 것이 있다.

바로 무가(武家)다.

부가 쌓이면 누구나 마찬가지지만 두려움이 많아진다. 언제 어디서 비적이 나타나 강탈해 갈지 모르는 일이니 당연한 것이지만 사람의 본성이 원래 그러해서 돈이 많아지면 그에 따라 적당히 힘도 세지기를 바라는 것이다.

그래서 선주의 돈 많은 가문들은 모두 이름만 대면 누구나 알 수 있는 고수들을 한둘 이상은 반드시 거느리고 있다. 때로는 대대로 명문무가(名門武家)로 이름을 떨친 가문을 통째로 거느리는 부자도 있었다. 선주에서 돈 많기로 둘째라면 서럽다 하는 팽가(彭家)가 진주언가창(秦州彦家槍)으로 유명한 언가창을 통째로 사들이다시피 해서 아예 선주로 이주케 한 것이 좋은 예다.

강호에서 무공으로 이름깨나 얻었다 싶은 군소가문치고 모두 한 번씩 선주로 진출하는 것을 심각하게 고민하지 않은 가문이 없었다 해도 과언이 아니다.

물론 구대문파나 오대세가 같은 명문거파까지야 아니지만, 선주에 가문의 이름을 걸고 있는 무림의 명문무가들의 숫자는 거의 일백을 헤아린다고 한다.

석양 무렵.

선주의 중심을 흐르는 하천인 백양천(白陽川)변에 두 사람이 모습을 드러냈다. 한눈에 보아도 심술이 온 얼굴에 덕지덕지 붙은 것만 같은 나이를 짐작하기 어려운 노인과 이제 갓

스물을 넘었을 것 같은 청년이었다.

"좋구나… 히이……."

백양천이 한눈에 내려다뵈는 천변의 언덕에 엉덩이를 걸치며 노인이 눈을 번득였다. 노인의 시선은 백양천에 여기저기 떠 있는 놀잇배들을 부지런히 오가고 있었다.

백양천은 선주에서도 알아주는 유원지다. 돈 많은 선주의 유력 가문의 자제들이 단골로 찾는 곳이고, 선남선녀의 웃음소리가 끊이지 않는 곳이기도 했다.

청년이 쓴웃음을 지으며 노인의 옆에 엉덩이를 걸치고 앉았다.

청년은 색이 바랠 대로 바랜 회색 장삼을 걸치고 있었는데 너무 낡아서 원래 무슨 색이었는지조차 알아볼 수 없을 지경이었다. 그에 비해 노인은 화려한 꽃무늬가 수놓인 비단 장삼을 걸치고 있어서 모르는 사람이 보자면 인색한 주인과 멍청한 하인쯤으로 보일 정도였다.

청년은 유난히 하얀 피부가 섬세한 이목구비와 어울려 얼핏 보자면 귀한 집에서 자란 귀공자 같았지만 묘하게도 잠시 마주 보고 있자면 그런 생각은 순식간에 사라져 버리는 그런 인상을 가지고 있었다.

말하자면 마치 녹록치 않은 과거를 지닌 채 은퇴한 거물급 왈짜 같은 느낌이기도 했고, 세상의 제법 모진 풍파를 거치며 닳고 닳은 자만이 풍길 수 있는 독특한 분위기 같은 것이라고나 할까?

"이봐, 동업자. 그림 좋지 않아?"

노인이 힐끔 청년을 훔쳐본 후 지나가는 말처럼 입을 열었다.

청년은 느슨하게 풀어진 가죽신발의 끈을 조이고 있을 뿐 노인의 말에 대꾸하지 않았다. 그의 가죽신발 역시 얼마나 오래 신었는지 닳고 닳아 곧 발가락이라도 튀어나올 지경이었다.

"이제 곧 서산 중턱에 해가 걸리겠구만… 이런 땐 그저……."

"잊어버리슈. 이젠 진짜 땡전 한 푼 없으니까."

단단하게 조인 신발로 두어 번 지면을 굴러보며 청년 역시 지나가는 말처럼 말했다.

노인이 금방 인상을 구기며 청년을 흘겨보았다. 입맛을 다시듯 입을 오무려 중얼거렸지만 소리가 되어 나오지는 않았다.

"욕해도 소용없수. 그런다고 없는 돈이 나오겠수?"

청년이 반대편 신발의 가죽 끈을 매만지다가 손을 털고 노인을 향해 상체를 세웠다. 말투와는 달리 시원하게 웃는 얼굴이었다.

"젠장할, 누가 뭐랬나? 이런 날은 그저 시원하게 화주 한잔 하면 제격이라고 한 것뿐인데… 쩝……."

노인이 새침하게 토라진 얼굴로 외면하며 말했다.

청년이 더욱 시원하게 웃었다. 짙은 눈썹과 곧게 뻗은 콧날 아래 새하얀 치아가 석양빛 아래 드러나 한결 싱그러워 보였다.

"화주는 둘째고 지금 놀잇배를 타고 싶죠?"

"이 사람이 지금 무슨 소릴 하는 겐가? 허어… 거 생사람 잡을 소리."

노인이 펄쩍 뛰는 시늉을 하며 손사래를 쳤다.

청년이 시선을 백양천으로 돌렸다. 형형색색의 유등을 단 놀잇배들이 한가롭게 물살을 가르고 있는 모습이 보기에도 평화로워 보였다.

"선주는 돈 많은 곳이라 계집들도 모두 하나같이 폐월수화 경국지색이라고 하더이다… 선주에 왔으니 놀잇배 한번 타보고 싶은 거야 뭐 인지상정일 테지만……."

"뭐? 폐월 뭐? 그건 또 무슨 개풀 뜯어먹는 소리여?"

청년이 노인을 돌아보며 다시 한 번 시원하게 웃었다.

"그저 미인이라는 소리요. 거참, 한때 향교(鄉敎)의 훈장까지 지내셨다는 분이 그렇게 무식합니까?"

"뭐가 어쩌고 어째?"

　노인이 진짜로 화가 난 듯 눈에 쌍심지를 켜며 버럭 고함을 내질렀지만 청년은 시원한 미소를 지우지 않았다.

　"훈장질했다는 거 거짓말이죠?"

　"이 자식이 지금 노부를 의심하고 있는 거여? 이런 똥물에 튀겨 먹을 놈이 있나?"

　노인이 앉은 자세에서 불쑥 주먹을 내밀어 청년의 콧잔등을 후려쳐 왔다. 노인답지 않게 강력하고 빠른 주먹이었다.

　"어이쿠, 이거 또 왜 이러십니까?"

　청년이 엄살이라도 부리듯 크게 비명을 내지르며 앉은 자세에서 벌러덩 뒤로 누워버렸다. 노인의 빠르고 강력한 주먹은 그 바람에 속절없이 청년의 배 위를 지나 허공을 내지르고 말았다.

　"이놈아, 동업이고 뭐고 다 때려치워. 너같이 싸가지 없는 놈하고는 하늘이 두 쪽이 나도 동업 못하겠다."

　노인이 내쳐 고함을 내지르며 일어서는 서슬에 발길로 청년의 옆구리를 힘차게 걷어찼다. 그저 예사로 일시적인 화를 풀지 못해 쓰는 발짓이 아니라 걸리면 뼈마디쯤은 으스러질 정도로 힘이 실린 발길질이었다.

　"거참, 동업은 누가 하자고 했던 건데 이제 와서 딴말이슈?"

　청년이 예상이라도 했다는 듯 누운 자세로 두어 차례 몸을

옆으로 굴려 노인의 발길질을 피하며 저만치 떨어져 빠르게 몸을 일으켜 세웠다.

"좋다, 이놈. 오늘 동업 깬 김에 그동안 쌓인 울화병이나 치료해야겠다. 덤벼라, 이놈."

노인이 앞다리를 구부리는 전굴 자세를 취하며 신속하게 청년을 향해 다가들었다.

보기에 뭔가 그럴듯한 초식의 기수식처럼 보였지만 기실 그것은 누가 봐도 알 수 있는 육합권(六合拳)의 기수식이었다.

육합권은 보통 아이들이 자라면 제일 먼저 가르치는 권법이다.

기실 권법이라고 했지만 너무 흔하고 단순해서 대부분 그것을 무공으로 활용하기 위해서라기보다는 아이들이 건강하게 자라나기를 바라는 뜻에서 간단한 유희처럼 활용할 수 있도록 가르치는 그런 권법이다.

그러니 강호에서 누구라도 육합권의 기수식을 취한다면, 그건 싸우자는 뜻이 아니고 가볍게 운동이나 하자는 뜻으로 받아들일 정도였다.

그런데 청년은 그 순간 얼굴에서 미소를 싹 지워내며 아연 긴장한 표정을 지었다.

육합권의 기수식을 보고 청년처럼 긴장하는 자가 있다면

아마도 지나가는 개도 웃을 일이지만 청년은 그 순간 너무도 진지한 자세와 표정을 취하고 있는 것이었다.

청년이 양팔을 좌우로 교차하여 벌리며 뒤쪽으로 몸을 낮추는 자세를 취했다.

그 순간 금방이라도 때려잡을 듯 덤벼들 기서였던 노인 역시 멈칫 동작을 멈추며 아연 긴장한 얼굴이 되었다.

그런데 매우 숙련된 자세로 범상치 않은 표정을 지어내며 취한 청년의 자세를 자세히 보자니 그것 역시 강호에선 권법으로 쳐주지도 않는 흔하디 흔한 용호권(龍虎拳)의 기수식이 아닌가.

두 사람은 아연 긴장한 얼굴로 그야말로 진지하기 짝이 없는 얼굴로 딱 멈춰 서서 서로를 노려보고 있었다.

그와 같은 모습은 모르는 사람이 본다면 무슨 경천동지할 절세신공이 지금 막 서로 격돌하기 일보직전인 듯한 긴박감이 넘치는 모습이었지만, 기실 무공에 대해 털끝만큼이라도 관심을 가진 사람이라면 이 순간 두 사람의 모습을 보고 포복절도하지 않을 수가 없을 것이었다.

육합권의 기수식과 용호권의 기수식을 사용해 서로 대치하고 있는데 이 두 사람처럼 진지한 표정을 지어내는 사람은 아마 강호 천지를 다 뒤져도 찾을 수 없을 것이기 때문이었다.

두 사람은 그런 사실을 아는지 모르는지 여전히 진지하고 진중한 표정으로 미동도 하지 않고 상대를 노려보고 있었다.

이윽고 노인이 먼저 이마에 송글송글 맺힌 식은땀을 닦아 내며 자세를 풀었다.

"휴우… 역시 늙으면 죽어야 해……."

노인이 고개를 절레절레 흔들며 힘없이 중얼거렸다. 더 이상 싸울 의사가 없다는 확실한 표현이었지만 청년은 여전히 긴장을 늦추지 않는 얼굴로 용호권의 자세를 풀지 않은 채 노인을 뚫어지게 노려보았다.

노인이 그런 청년이 얄미워 견딜 수가 없다는 시선으로 흘겨보며 버럭 고함을 내질렀다.

"관두자 관둬. 노부가 세수 육십이 넘도록 강호를 주유하며 일세를 풍미했지만 네놈처럼 미꾸라지같이 약아빠지고 쫀쫀한 놈은 보지를 못했느니라. 분하지만 노부가 참겠다."

노인이 온몸에서 힘을 빼며 넋두리하듯 뱉었다.

"진심이오?"

청년이 여전히 긴장을 풀지 않고 물었다.

노인이 재차 버럭 화를 냈다.

"이 자식이 속고만 살았나?"

그러다가 이내 기세를 누그러트린 노인이 다시 털썩 언덕에 엉덩이를 붙이고 주저앉았다.

"네놈의 용호권은 가히 강호일절이구나… 도저히 빈틈을 찾을 수가 없다."

청년이 그제야 긴장을 풀며 노인의 옆에 엉덩이를 걸쳤다. 그러나 경계의 빛을 완전히 푼 건 아닌 듯 보였다.

"노인장의 육합권 역시 결코 만만치 않소이다. 난 겁나 죽는 줄 알았소."

청년이 노인을 향해 예의 시원한 미소를 지어냈다.

그 모습을 노려보던 노인이 허물어지듯 웃었다.

"헐헐헐… 네놈은 하는 짓마다 노부의 속을 긁어놓지만 그 망할 놈의 미소 하나는 참 시원해서 좋구나."

"하하하… 그럼 우리 동업은 여전히 유효한 겁니까?"

"동업?"

노인이 정색을 했다. 그리고는 은근한 얼굴로 나직히 물었다.

"정말… 지금 한 푼도 없냐?"

청년이 멍한 얼굴이 되었다.

노인이 눈을 가늘게 뜨고 얼굴을 들이밀며 재촉하듯 속삭였다.

"딱 한잔만 어떻게 안 되겠냐? 놀잇배에서 말이야……."

청년이 어이없는 얼굴로 노인을 정면으로 응시했다.

"노부가 분명히 말하네만… 헤헤… 일만 시작하면 내 반드

시 그동안 꾼 돈은 다 갚음세. 응? 단풍(丹楓)이⋯⋯."

청년이 실소를 머금었다가 엉덩이를 털고 선선히 일어섰다.

"갑시다."

노인이 앉은 채로 움찔하며 청년을 올려다보았다.

"가, 가긴 어딜 간단 말인가?"

청년이 다시 시원하게 웃었다.

"아, 놀잇배에서 한잔하자면서요? 까짓 거 갑시다."

노인이 그 말이 채 다 끝나기도 전에 용수철처럼 튀어 일어났다.

"헐헐헐⋯ 역시 자네는 그 시원시원한 맛이 그만이라니까?"

선주는 후주의 조광윤이 중원을 일통하기 전까진 남당(南唐)의 땅이었다. 남당은 조광윤의 천하통일을 이루는 대장정 동안 오대십국 중에서도 가장 오랫동안 극렬하게 저항했던 나라였다.

남당의 군사력이 그만큼 강력했기 때문이었지만 무엇보다도 남당의 땅 안에 근거지를 둔 무가(武家)들이 많았던 것도 무시할 수 없는 이유였다. 특히 선주 땅에 할거한 수많은 무가들은 거침없이 중원천하를 휩쓸어가던 조광윤에게는 커다란 골치거리일 정도였다.

그러나 예로부터 무가(武家)들은 왕조(王祖)의 변화에 크게 관여하지 않는 것이 관례 아닌 관례였다.

남당의 통치를 받든 송의 통치를 받든, 무가들은 그들이 생명처럼 여기는 땅과 명예를 지킬 수만 있다면 상관하지 않았다.

조광윤의 군대가 선주를 침공했을 때 송의 군사가 공교롭게도 백양천변에 주둔하게 되었다. 선주의 중심을 흐르는 하천이기에 전략적으로도 중요한 곳이었지만 특히나 아름다운 백양천변의 풍광이 조광윤의 눈길을 끌었던 것이었다.

그런데 그러자마자 암묵적으로 전쟁에 관여하지 않기로 했던 무가들이 일제히 들고일어났다. 그들의 요구는 단순했다. 백양천에서 물러나라는 것이었다.

조광윤의 군대는 결국 선주무가들의 요구에 못 이겨 주둔지를 이동하고 말았다.

선주의 무가들이 목숨을 걸고 백양천을 지킨 이유는 다른 데 있지 않았다. 그들이 종횡으로 연결되어 관계를 맺은 선주의 부자들이 아름다운 백양천이 전쟁으로 망가지는 것을 원치 않았기 때문이었던 것이다. 그로부터 수백 년이 흐른 지금도 백양천은 그래서 아무나 함부로 이용하지 못한다.

그런 백양천인만큼 백양천의 뱃놀이는 일대에선 매우 유

명했다. 아무나 할 수 있는 유흥도 아니었다. 적어도 선주에서 부자들조차도 선망하는 떼부자들인, 소위 팔대가문 안에 들지 못하면 함부로 백양천에 배를 띄우지도 못했다.

그러므로 지금 아름다운 석양빛을 받으며 형형색색 등을 밝히고 있는 크고 작은 놀잇배들은 부자도 보통 부자가 아닌 떼부자 순위로 여덟 손가락 안에 꼽히는 사람들의 소유인 셈이었다.

백양천엔 놀잇배들만 떠 있는 것이 아니었다. 천변의 크고 작은 주루에는 그들의 뱃놀이를 따라 경호를 나온 무가(武家)의 사람들로 북적이고 있었다. 그저 한가로운 뱃놀이로 평화로워 보이기만 하는 백양천의 밤은 기실 복호장룡지처(伏虎藏龍之處)라고 불러도 전혀 이상하지 않은 것이다.

"자, 한잔하시자니까요?"

청년이 잔을 들고 건배하는 시늉을 했지만 노인은 맞은편에 앉아 팔짱을 끼고 외면하고 있었다. 볼이 잔뜩 부은 것이 보통 불만이 아닌 모양이었다.

"하하하… 이런 날은 백양천에 배를 띄우고 화주 한잔해야 제맛이라고 하시던 분이 어찌 된 일입니까?"

청년이 짐짓 이해할 수 없다는 표정으로 물었지만 정작 눈은 빙글빙글 웃고 있었다.

"이런 거랑말코 같은 친구야. 이게 놀잇배야?"

노인이 청년을 흘겨보며 버럭 고함을 내질렀다.

그러고 보자니 두 사람은 지금 백양천 위에 떠 있긴 했다. 화주 한 병을 사이에 두고 앉았으며 제법 김이 올라오는 술국까지 갖춰져 있으니 그럴싸한 술자리라고 할 만했다. 다만 두 사람이 올라앉아 백양천의 찰랑이는 물살에 이리저리 흔들리고 있는 물건이 무엇이냐가 문제였다.

"어디서 이런 게딱지 같은 널빤지를 가져와서… 나 원 참 남사스러워서 원……."

노인이 다시 고개를 외면하며 코웃음을 흘렸다.

청년이 히죽 웃으며 잔을 시원하게 들이켰다.

"놀잇배가 뭐 따로 있나? 물에 띄우면 그게 놀잇배지. 하하……."

두 사람이 올라앉은 널빤지는 어딘가 폐허가 된 건물에서 떼어낸 문짝처럼 보였다. 자세히 보자면 김이 모락모락 나는 술국도 허여멀건한 국물만 있어서 돈 주고 사왔을 모양새는 결코 아니었다.

"에이, 노랭이 구두쇠 같은 놈."

노인이 생각할수록 울화가 치미는 듯 외면한 채 재차 투덜거렸지만 청년은 아예 눈길조차 주지 않았다.

"그래도 이 화주는 다섯 문이나 주고 사온 것이니 그러지

말고 한잔하십시다. 이러다 나 혼자 다 마시겠수."

청년이 빈 잔에 술을 따르며 느물느물하게 웃었다.

노인이 새침한 자세로 외면하고 있다가 그 말에 힐끔 술병을 돌아보았다.

청년이 짐짓 보라는 듯 다시 한 잔을 시원하게 들이키고 술병을 기울이고 있었다.

"캬아… 좋다. 풍광도 좋고. 술맛도 좋고……."

순간 노인이 족제비가 쥐를 채가듯 청년의 손에서 술병을 날렵하게 채가며 허옇게 눈을 흘겼다.

"이놈아, 정말 네놈 혼자 다 마실 참이냐? 에이, 들병이가 뒷물하다가 뒷간으로 퍼질러 놓을 놈 같으니……."

"하하하하……."

청년이 노인의 지독한 욕지거리에도 전혀 개의치 않는 얼굴로 시원하게 웃으며 느긋한 자세로 팔꿈치를 괴고 상체를 눕혔다.

노인은 아예 술병째 들고 벌컥벌컥 들이키고 있었다.

청년은 상체를 기울인 김에 아예 팔베개를 하고 널빤지 위에 벌렁 드러누웠다. 이미 어두워진 밤하늘엔 수많은 별들이 모래알처럼 흩어져 일렁이고 있었다.

조갈난 사람처럼 두세 모금을 연달아 들이킨 후 노인이 입가를 손등으로 씻으며 청년을 건네다 보았다.

"네놈 이름이 옥단풍(玉丹楓)이라고 했겠다? 그거 본명이
냐?"

"나는 하지도 않은 훈장질을 했다고 속이는 사람은 아니우."

"썩어 죽을 놈……."

"내가 뭐 대단할 게 있어서 이름까지 속이겠수?"

"이놈아, 그렇다면 네놈도 별 볼일 없는 태생이란 말이다."

"어째 그렇수?"

"단풍이 뭐냐 단풍이…? 아들 퍼질러 놓고 그따위로 이름
지어놨으니 나머지는 안 봐도 산수화란 얘기다, 이놈아."

청년, 옥단풍이 히죽 웃었다. 시선은 아련하게 밤하늘에 일
렁이는 별들을 담고 있었다.

"원 참 별… 노인장 이름인 탁발한(卓發汗)보다야 백번 낫
지 않수? 발한이 뭐요? 발한이… 뭐 한다고 땀을 내?"

"뭐가 어쩌고 어째 이놈아?"

노인, 탁발한이 손에 든 술병을 내던질 듯 들어 올리며 눈
에 쌍심지를 켰지만 옥단풍은 꿈쩍도 하지 않았다.

잠시 침묵이 흘렀다.

그리고 노인 탁발한이 입속에 꾹꾹 눌러 넣는 듯한 웃음을
터뜨렸다.

"꾹꾹꾹……."

"하하하하……."

두 사람은 통쾌하게 웃었다. 탁발한이 말끝마다 듣기에 거북할 정도로 지독한 욕지거리들을 쏟아냈지만 옥단풍은 단 한 번도 그것을 문제 삼지 않았었다. 비록 서로 과거지사나 개인적인 일들에 대해서는 일언반구 묻지 않는 것이 암묵계처럼 지켜지고 있었지만 어떤 때엔 두 사람은 마치 수십 년 함께 살을 부비며 살아온 사람처럼 느껴지기도 했다.

어떤 사람들은 아닌 게 아니라 십 년을 알고 지내도 말 한 번 함부로 내리는 법이 없다. 그러나 어떤 사람들은 만나자마자 욕부터 시작하는 사람도 있는 법이다.

청년은 적어도 그런 것을 사람을 대하는 잣대로 사용하지 않는다는 것만은 확실했다.

그때 한 척의 놀잇배가 두 사람이 타고 있은 널빤지를 향해 다가왔다. 한눈에 보아도 은행목(銀杏木)으로 단단하게 만들어진 고급 놀잇배였다.

탁발한이 술병을 기울이다 멈칫 동작을 멈추었다.

"어, 저거 왜 저래?"

놀잇배가 가까이 다가올수록 점점 속력을 내더니 이제는 맹렬한 기세로 널빤지를 향해 곧장 달려오고 있는 것이다.

옥단풍이 그제야 천천히 상체를 일으켰다.

놀잇배가 일으키는 물살이 커다란 파랑을 만들며 먼저 밀려와 널빤지를 심하게 흔들었다.

　놀잇배 위엔 붉은 등이 다섯 개나 밝혀져 있어 갑판 위를 훤히 비추고 있었지만 옥단풍과 탁발한의 낮은 위치에선 갑판의 정황을 볼 수는 없었다.

　옥단풍이 벌떡 일어났다. 파도처럼 이는 물살에 갑자기 일어서는 동작이 더해져 널빤지는 더욱 심하게 좌우로 흔들렸고 옥단풍은 금방이라도 넘어질 듯 위태로웠지만 묘하게도 넘어지지 않았다. 그의 두 발은 접착제로 붙여놓기라도 한 듯 널빤지에 딱 붙어서 떨어지지 않았고, 그의 몸이 흔들리는 널빤지를 따라 자유롭게 좌우로 흔들리며 수직을 유지해 무게 중심을 잃지 않았기 때문이었다.

　놀잇배는 널빤지를 그대로 받아버릴 기세로 맹렬하게 달려왔다.

　"백양천에도 수적이 있었나?"

　옥단풍은 상황이 급박하기 이를 데 없는데도 걱정이라고는 전혀 찾아볼 수 없는 표정으로 한가하게 중얼거렸다. 그러나 그의 자세는 자세히 보자면 어떤 돌발적인 상황이 벌어져도 그에 충분히 대응할 준비가 되어 있을 듯 팽팽하게 당겨진 모습이었다.

　놀잇배가 거의 널빤지를 들이받을 위치까지 돌진해 오다가 돌연 급작스럽게 방향을 틀었다. 거의 직각을 이루며 선수를 돌린 놀잇배가 거의 옆으로 넘어질 듯 기울어 배 바닥의

일부를 옥단풍 쪽으로 보이며 널빤지의 옆을 아슬아슬하게 스치고 지나갔다.

출렁…….

놀잇배가 일으킨 커다란 물살이 널빤지 위로 파도처럼 밀려들었다. 순식간에 널빤지 위에 놓여 있던 술잔과 술국이 물살에 휩쓸려 나갔다. 옥단풍의 전신 또한 물벼락을 맞아 흠뻑 젖었다.

놀잇배가 측면을 보이며 지나가는 그 순간, 뱃전에 불쑥 한 명의 젊은 여자가 상체를 드러내며 옥단풍을 손짓하며 깔깔거리고 웃었다. 차림새로 보아 필경 선주의 부잣집 규수임이 분명했다.

옥단풍이 여전히 심하게 흔들리고 있는 널빤지 위에서 용케 균형을 잡고 서서 심원한 시선으로 멀어지는 놀잇배를 응시하다가 피식 쓴웃음을 지어냈다.

“이런… 탁 노인장…….”

멀어지는 배의 뒷전 난간에 탁발한이 매달려 버둥거리는 모습이 눈에 들어온 것이다. 급박한 순간에 탁발한이 널빤지를 떠나는 것은 옥단풍도 이미 감지했지만 어느새 놀잇배의 난간에 매달려 있을 줄은 몰랐던 것이다.

옥단풍의 서늘한 시선이 깊어졌다.

“등룡천간(騰龍千間)이었나……? 궁신탄영(弓身彈影) 비슷하기도 했는데…….”

등룡천간과 궁신탄영은 모두 몸을 운신하는 경신술이다.
그러나 둘 사이에는 하늘과 땅이라고 할 만큼의 차이가 있다.

등룡천간은 최상승의 경신술로 몸을 십 장 이상 허공으로
쏘아 올릴 수가 있다. 소위 일 갑자 이상의 내공을 수련해서
임독양맥의 타통을 이루지 않고는 시전조차 할 수 없는 절기
였다.

그에 반해 궁신탄영은 기초 중의 생기초 경신술이었다.

권법으로 치자면 육합권이나 용호권과 같이 그저 경신술
에 입술이라도 대본 사람이면 누구나 흉내 내는 것이 궁신탄
영이다.

물론…

무공이란 그 자체가 살아 있는 생명체와도 같아서 같은 초
식을 펼친다 해도 사람에 따라 제각각의 모습과 위력을 지니
는 것이 사실이다. 권법 중 초절정이라고 꼽히는 소림의 백보
신권(百步神拳)을 허접한 자가 펼치는 것의 위력과 생기초인
육합권을 그야말로 신화경에 이르는 고수가 펼치는 것의 위
력은 오히려 후자가 더 위력적일지도 모른다는 말이다.

“정말… 알 수 없는 노인장이야…….”

옥단풍이 엉기적엉기적 하며 어설픈 동작으로 난간을 넘
어 놀잇배의 갑판으로 들어가고 있는 탁발한의 모습을 응시

하며 중얼거렸다.

알 수 없기는 탁발한도 마찬가지일 것이었다. 옥단풍에 대해서 말이다…….

놀잇배의 갑판엔 커다란 식탁이 놓여져 있었고, 두 명의 서생 차림의 젊은 남자와 또 두 명의 고급스러워 보이는 궁장을 걸친 젊은 여자가 서로 마주 보고 앉아 있었다.

산해진미랄 것까진 없어도 식탁엔 푸짐한 주안상이 차려져 있었다. 게다가 식탁의 옆엔 두 명의 시비가 공손한 자세로 시중을 들고 있었다. 갑판의 한쪽 구석엔 비파를 든 악사까지 앉아 있는 것으로 보아 아주 제대로 격식을 갖춘 놀잇배의 모습이었다.

한쪽엔 허리에 검을 두른 두 명의 무사가 단정하게 앉아 있었는데 관자놀이가 불쑥 솟아 있고 안광이 형형한 모습이 하찮은 무사 나부랭이는 아닌 듯 보였다. 그들은 언제라도 명령만 떨어지면 금방 손을 쓸 수 있는 자세로 막 난간을 넘어온 탁발한을 노려보고만 있었다.

"어머나… 저 사람."

두 명의 궁장여인 중 얼굴에 주근깨가 제법 가득한 여자가 먼저 탁발한을 발견하고는 주발 깨지는 소리를 질러냈다. 차림새는 귀한 집 여식이었지만 한눈에 풍기는 분위기는 저잣거리의 주모 같은 여자였다. 아까 뱃전에서 깔깔거리며 웃던 규수가 분명했다.

배 위의 시선이 일제히 탁발한에게로 모아졌다.

"헤헤헤… 이걸 어쩌나? 눈 딱 감고 있었는데 쾅 하더니 그만 이렇게 되어버렸으니… 헤헤……."

탁발한이 너스레를 떨자 두 명의 젊은 사내 중 남색 장삼을 걸친 사내가 날카로운 시선으로 쏘아보았다. 약간 각진 얼굴에 짙은 눈썹을 가지고 있어서 한눈에 보아도 비범한 인상을 풍기는 사내였다.

그러나 정작 먼저 입을 연 것은 그 옆의 자색 장포를 걸친 사내였다. 그는 턱이 뾰족한 인상으로 연신 굴러가는 눈망울이 매우 교활한 사내임을 알 수 있게 했다.

"배가 부딪치면서 튕겨져 올랐다는 말이오? 노인장이 지금 한 말이?"

"헤헤… 뭐, 말하자면 그렇다니까?"

"어머… 어서 당장 배에서 내쫓아요. 어떤 사람인지도 모르는데……."

처음 입을 열었던 주근깨가 입술을 삐쭉이며 남색 장삼의 사내에게 속삭였다.

주근깨의 옆에는 백의 궁장을 걸친 눈이 번쩍 뜨이는 미모의 여자가 앉아 있었는데 그녀는 시종 꼿꼿한 자세를 흩뜨리

지 않고 단정하게 앉아 있었다. 처음 탁발한을 한차례 돌아본 이외에는 시선조차 돌리지 않는 것이다.

남색 장삼의 사내가 정작 입을 연 주근깨는 제쳐 두고 백의궁장녀를 향해 입을 열었다.

"백 소저, 놀라지나 않으셨는지 염려되오이다. 호 형께서 아마도 잠시나마 백 소저를 즐겁게 해드릴 요량으로 이런 장난을 하신 것 같소이다만… 놀라셨다면 소생이 대신 사과 드리겠소이다."

백 소저라 불리운 백의궁장녀는 고개만 잠깐 들어 남색 장삼을 일별했을 뿐 이내 차분하게 시선을 내리깔았다.

주근깨가 호들갑을 떨었다.

"재미있었어요, 사마 공자. 호호호… 널빤지에 앉아서 뱃놀이라니 깔깔깔깔……. 하지만 백양천에 그런 사람들이 생기기 시작하면 우리 같은 사람들도 함께 도매 급으로 취급당하지 않겠어요? 그저 장난에 그친 게 오히려 지나치게 관대한 것이라고 봐요."

사마 공자라 불리운 남색 장삼이 주근깨를 향해 억지 미소를 지어내 보였다. 시선은 이내 다시 백 소저에게로 향해진다.

"정말 괜찮으시겠소이까, 백 소저?"

"저는 괜찮습니다, 사마 공자."

주근깨가 사마 공자의 관심이 온통 백 소저에게만 집중되어 있자 입술을 삐쭉하며 샐쭉한 표정을 지어냈다.

뾰쪽 턱이 그런 백 소저를 힐끔 훔쳐보며 입맛을 다셨다. 그리고는 약간 원망스러운 눈빛으로 남색 장삼을 흘겨보다가 이내 시선을 탁발한에게로 돌리며 눈을 부릅떴다.

"어라? 노인장은 왜 아직도 거기 서 있소?"

뾰쪽 턱이 금방이라도 달려들어 내팽개치기라도 할 듯 으르렁거렸다.

탁발한이 기다렸다는 듯 만면에 미소를 지어냈다.

"헤헤헤… 그거… 작약로(芍藥露)인가…?"

탁발한이 가리키는 것은 식탁에 놓인 커다란 술병이었다.

뾰쪽 턱의 얼굴이 일그러졌다. 얼굴이 일그러지자 정말 재수없는 얼굴이 되었다.

"이 노인네가……? 그건 왜 묻는 거야?"

"헐헐헐… 작약로는 좀체로 볼 수 없는 귀한 술 아닌가…? 노부가 듣기로는 선주에서도 사마약포(司馬藥鋪)로 유명한 사마가(司馬家)에서만 맛볼 수 있다 하던데…?"

탁발한이 엉거주춤한 자세로 식탁 쪽을 향해 다가오려는 자세로 너스레를 떨었다. 금방 침이라도 넘어올 얼굴이었고, 시선은 식탁의 술병에 꽂힌 채 움직이지 않았다.

뾰쪽 턱의 얼굴이 더욱 일그러졌다.

“이 늙은이가 실성을 했나? 여봐라. 당장 이 늙은이를 배 밖으로 내치지 않고 뭐 하고 있느냐?”

명령이 떨어지기만 기다리고 있던 두 무사가 벌떡 일어나 빠른 몸놀림으로 탁발한에게로 다가왔다.

왼쪽의 무사가 다가서는 서슬에 불쑥 손을 내밀어 탁발한의 멱살을 잡아왔다. 제법 틀이 잡힌 금나수법이었다.

“어어… 노부가 뭐 도둑질이라도 했나? 그저 작약로 한 모금 맛이나 보잔 말이지, 내 말은…….”

탁발한이 너스레를 떨며 어지럽게 손을 휘저었는데, 그것은 마치 너무 놀라 자신도 모르게 아무렇게나 휘두르는 손짓처럼 보였다.

그러나 공교롭게도 그 아무렇게나 휘저은 손짓이 무사의 정교하게 날아드는 손목을 옆으로 슬쩍 쳐내게 될 줄은 탁발한 스스로도 몰랐던 것처럼 보였다.

“어이쿠, 손목이야…….”

가볍게 스친 듯했지만 탁발한은 그 자리에 털썩 주저앉으며 손목을 부여잡고 오만상을 찡그렸다.

비록 우연찮게 그렇게 되었지만 무사는 주인과 손님들이 보는 앞에서 멋들어지게 탁발한의 멱살을 잡아 물속으로 내던지려던 원래의 의도가 빗나가자 부화가 치밀었다.

“이놈의 늙은이가……?”

　무사가 양손을 번개같이 내려쳐 탁발한의 양 어깨를 움켜쥐려고 했다.

　"에구구… 그저 늙으면 죽으라는 말이 딱 맞구만……."

　탁발한이 엉거주춤한 자세로 앉은 채 앞으로 어기적어기적 기어 일어나면서 한차례 몸을 틀었다. 그러자 무사의 두 팔은 간발의 차이로 속절없이 허공을 움켜쥐는 꼴이 되었다.

　옆에서 지켜보고 있던 다른 무사가 답답하다는 얼굴로 나섰다.

　"도대체 뭘 하고 있는 건가? 이까짓 늙은이 하나 내던지지 못하고 쩔쩔매다니……."

　무사가 재빠르게 탁발한의 손목을 나꿔채 가며 다른 한 발을 내밀어 탁발한의 발목을 걸쇠처럼 걸어갔다. 일종의 투술(鬪術)로 북방지역에서나 볼 수 있는 수법이었다.

　이번엔 탁발한으로서도 더 이상 우연의 행운은 찾아들지 않은 듯 무사의 억센 손아귀에 손목이 잡혀 버리고 말았다. 게다가 발목을 걸은 무사의 갈고리 같은 발길에 꼼짝없이 몸의 균형을 잃고 말았다.

　"어이쿠… 이놈들, 늙은이에게 이게 무슨 짓들이냐?"

　앞으로 고꾸라질 듯 엎어지는 탁발한이 물속에 빠져 허우적이듯 자유로운 한 팔을 마구 휘젓자 그 손끝에 무사의 뒤통수가 걸려들었다.

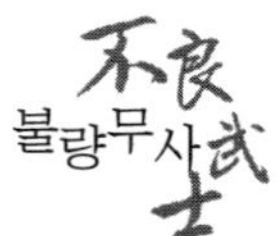

퍽!

마구잡이로 휘두른 손짓치고는 제법 둔탁한 격타음이 터져 나왔다. 동시에 무사가 탁발한의 손목을 놓으며 얼굴이 일그러진 채 굳어버렸다. 비명조차 없었다.

처음의 무사가 눈을 휘둥그렇게 뜨고 무사를 쳐다보았다.

"이봐, 왜 그래?"

얼굴이 일그러진 채 굳어버린 무사가 아무 대꾸도 없다가 스르르 석상처럼 그대로 쓰러졌다.

쿵.

선체가 흔들릴 정도로 둔중한 소리를 내며 무사가 나동그라져서는 더 이상 움직이지 않았다. 숨을 쉬고 있은 것으로 보아 죽은 것은 아니었지만 거센 충격에 일시 의식을 잃은 것이 분명했다.

사마 공자와 뾰쪽 턱이 돌연한 사태에 아연 놀라 탁발한을 쳐다보았다.

탁발한은 앞으로 허우적이며 두어 번 더 비칠거리다가 간신히 중심을 잡고 서서는 행여 누가 때리기라도 할세라 후다닥 옆으로 몸을 움츠리며 움직여서는 힐끔 뒤를 돌아보았다.

무사가 쓰러져 있자 눈이 찢어질 듯 부릅떠지며 화들짝 놀랐다. 그런 일련의 동작들은 눈에 띄게 커서 어떤 상황에서도 누구나 놓치지 않고 볼 수 있는 것이었고, 그건 마치 탁발한

스스로도 이런 결과가 오리라고는 상상도 못했다는 것을 몸 놀림으로 완곡하게 표현한 듯했다.

탁발한이 탐욕스러운 눈길을 좌우로 서너 차례 쥐처럼 돌리다가 이내 의기양양한 얼굴이 되어 허리를 곧게 폈다.

"헐헐헐… 고작 작약로 한잔에 이렇게 늙은이를 핍박한단 말이냐? 고얀 것들……."

그 모습은 마치 상대의 약점을 발견하자마자 이내 백팔십 도 태도를 바꾸는 거리의 삼류왈패 같은 모습이었다.

남은 무사가 새파란 안광을 떠올리며 허리의 검을 뽑아 들었다.

"늙은이, 이제 보니 예사 늙은이가 아니로구나."

무사가 검을 뽑자 새파란 검광이 불빛을 받아 눈부시게 무지개를 그려냈다.

주근깨가 호들갑을 떨며 비명을 질렀다.

"어머머… 무서워라……!"

그러나 사마 공자는 아까부터 침착하게 가라앉은 시선을 탁발한에게 둔 채 미동도 하지 않고 있었다.

탁발한이 움찔했다.

"서, 설마 술 한잔 가지고 사람을 해치겠다는 말은 아니겠 지?"

"늙은이, 허튼 수작은 그만두고 당장 내력을 밝혀라. 그렇

지 않으면 고기밥을 만들어주겠다."

무사가 검을 겨누며 자세를 취했다.

검끝이 탁발한의 허리 아래쯤 어딘가에 고정되어 천천히 북두칠성의 별자리 방위의 모양을 따라 움직이고 있었다. 선주에서도 유명한 검가(劍家)인 칠성보(七星堡)의 칠성검법(七星劍法)이었다.

탁발한이 더 이상 너스레를 떨지 않고 싸늘하게 무사를 노려보았다. 그런 표정을 지어내자 세모꼴의 눈과 성성한 백발이 어우러져 예사롭지 않은 분위기를 물씬 풍겨냈다.

"놈, 칠성보의 곽 늙은이가 길러낸 애송이로구나."

무사가 움찔했다.

"사부님을 아시오?"

그 순간 탁발한이 불쑥 손을 내밀어 무사의 머리통을 후려쳤다. 육합권법의 망미참(望眉斬)이라는 초식이었다.

망미참은 양손으로 마치 손뼉을 치듯 상대의 양 관자놀이를 후려치는 수법인데 지금 탁발한은 한 손으로 그것을 시전한 것이다.

육합권의 망미참이라면 지금 눈앞의 무사 수준 정도의 무공을 가진 자라면 기실 웃음거리조차 안되는 것이다. 육합권의 기본초식에 당할 자라면 소위 무사라는 이름을 달고 다닐 수조차 없는 것이었는데…….

짝…….

경쾌하게 손바닥 부딪치는 소리가 일며 무사의 관자놀이
에 탁발한의 손바닥이 맵시있게 작렬했다.

"어……."

손바닥엔 공력이 실리지 않은 듯 무사는 그저 휘청하고 뒤
로 한 걸음 물러섰을 뿐 상처를 입지는 않았다. 그렇다 해도
한 번의 타격은 잠시 불이 번쩍하며 정신이 달아날 정도로 아
팠다. 만약 공력이 실렸다면 치명상이 되었을 일격이었다.

탁발한이 기괴한 표정을 지어내며 입을 열었다.

"네놈이 곽 늙은이의 제자라면 우선 존장을 대하는 예의부
터 제대로 배워오너라. 썩을 놈……."

무사는 이제 완전히 기가 꺾인 듯 고개를 떨구고 아무 말도
하지 못했다. 그는 방금 자신의 관자놀이를 후려친 탁발한의
수법에 대해 곰곰이 생각해 보고 있었다. 아무래도 어디선가
낯이 익은 수법인데 도무지 가물가물 이름이 떠오르지 않는
것이다.

다만 그것을 왜 피하지 못했는지 그는 스스로도 납득하지
못하고 있었다. 그로서는 그것이 육합권법이리라고는 아예
생각조차 하지 않고 있을 것이었다.

뾰쪽 턱이 놀란 얼굴이 되어 벌떡 몸을 일으켰다.

"돈을 얼마를 처발랐는데 호위무사가 저따위란 말인가? 당

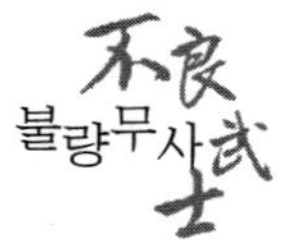

장 천변에 머물고 있는 황 집사를 불러들여라."

그때 사마 공자가 가볍게 손을 들어 뾰족 턱을 제지했다.

"잠시 앉으시오, 호 형. 보아하니 그렇게 호들갑을 떨 일은 아닌 듯하오."

호 형이라 불리운 뾰족 턱이 적개심이 가시지 않은 시선으로 탁발한을 노려보았지만 사마 공자의 말을 무시할 수 없는 듯 다시 주저앉았다.

"노선배께서 무림의 고인이신 걸 모르고 후학들이 실례가 많았소이다. 소생은 사마장천이라 하오이다. 누추하지만 잠시 자리에 모셔도 될는지요."

사마장천이 몸을 일으켜 정중하게 권했다.

탁발한의 입가에 묘한 미소가 감돌다가 사라졌다.

"에헴… 뭐, 무림의 고인은 무슨… 공자가 굳이 그렇게 청하니 그럼 어디 한번 앉아볼까…?"

엉거주춤한 자세로 굽신거리기까지 하며 식탁으로 다가오는 탁발한의 모습에선 언제 그랬냐는 듯 탐욕스럽고 비굴한 늙은이의 모습이 물씬 느껴졌다.

탁발한이 빈 의자에 엉덩이를 걸치려다 말고 다시 엉거주춤 몸을 일으켰다.

"근데……."

사마 공자가 무슨 일이냐는 듯 조심스럽게 물었다.

“다른 분부라도 계신지……?”

“노부가 거두어 데리고 다니는 꼬마가 하나 있는데… 합석해도 되려나……? 헤헤… 뭐, 안 되면 할 수 없고…….”

“아… 제자가 계십니까? 안 되다니요. 그 무슨 말씀을… 어서 부르시지요.”

“뭐… 제자랄 것까진 없고. 그냥 불쌍해서 거두어들인 아이인데… 쩝… 그럼 불러볼까?”

탁발한이 주위를 둘러보며 옥단풍을 찾았다.

“이놈이 어디로 사라졌나? 단풍아.”

그때 배의 선실 뒤편에서 불쑥 옥단풍이 걸어나왔다.

“글쎄… 탁 노인이 거두어들인 아이가 누구인지는 모르겠소만… 험험… 동업자를 찾으시는 것이라면 여기 나왔소이다.”

사마 공자를 비롯한 중인들이 옥단풍의 갑작스러운 출현에 깜짝 놀랐다. 선실의 뒤편에 한 사람이 서 있을 것이라고는 생각도 못했던 것이다.

“잠시 실례하겠소.”

옥단풍이 중인들을 향해 가볍게 목례를 남기고는 탁발한의 옆에 앉았다.

뾰쪽 턱과 주근깨는 뭔가 영 못마땅한 듯 떨떠름한 얼굴이다가 옥단풍의 목례를 받고는 마지못해 고개를 까딱했다.

그러나 옥단풍이 깨끗한 것만 빼면 거지나 다름없이 헐한 차림임이 눈에 들어오자 눈살을 찌푸리며 외면하고 있었다.

백의궁장녀는 여전히 다소곳한 자세로 앉아 있었는데 그 모습이 선녀처럼 아름다워서 옥단풍은 자리에 앉고서도 다시 한 번 그녀의 모습을 쳐다보았다.

탁발한이 그런 옥단풍이 아니꼬운지 슬쩍 자세를 옮겨 옥단풍의 시선을 몸으로 가렸다. 그리고는 옥단풍의 못마땅한 시선을 피해 딴청을 부리고 있었다.

옥단풍까지 합석하게 되자 자리의 분위기가 매우 서먹서먹하게 되었다. 누구도 먼저 입을 열어 말하지 않았다.

원래 이 놀잇배는 뾰쪽 턱의 소유였다.

그는 호첨방(胡詹方)이라는 자로 선주 내에 열두 개의 미곡상(米穀商)을 소유하고 있는 호가(胡家)의 외아들이었다.

호가는 포목점으로 부의 기반을 쌓은 후 곡류 사업에 진출해 선주의 곡류 유통을 완전히 장악한 집안이었다. 곡류 사업에서 커다란 성공을 거두자 호가는 기루와 도박장 등에도 진출하여 철을 먹는 불가사리처럼 선주의 돈을 쓸어 담고 있는, 선주에서는 두 손가락 안에 드는 부호집안이기도 했다.

사업의 종류가 그러하다 보니 호가가 거느린 무가(武家)의 수도 선주에서 가장 많다고 할 수 있었고, 그 무가들의 명성 또한 드높았다. 반가(潘家)와 더불어 선주에선 가장 강력한 무력을 소유하고 있는 집안인 셈이었다.

그에 반해 사마장천은 약포로 유명한 사마가의 둘째 아들이었다. 사마가는 비록 부에 있어서는 호가에 비해 한참 떨어진다고 할 수 있었지만 그의 부친인 사마호(司馬豪)는 뛰어난 의술과 환자의 신분을 가리지 않고 인술을 베푸는 선행으로 모든 사람들의 존경을 받고 있었다. 또한 사마가는 선주의 부자들 중 유일하게 무가를 따로 거느리지 않은 집안이기도 했다.

원래 오늘의 자리는 호첨방이 두 규수와 사마장천을 초청해서 만들어진 자리였다. 특히 백의궁장을 걸치고 다소곳이 앉아 있는 백소청(白少淸)이 오늘 호첨방이 자리를 마련한 주된 이유이기도 했다. 그러니 뜻하지 않은 불청객들과 자리를 함께하게 된 호첨방으로서는 모든 것이 마음에 들지 않는 것이었다.

갑자기 나타난 늙은이는 그렇다 쳐도 언제 배에 올랐는지조차 알 수 없는 옥단풍이 천연덕스러운 표정으로 자리에 앉자 심기가 더욱 불편해졌다.

옥단풍이 자신을 향해 부드럽게 한차례 웃어주자 그 불편함은 이제 슬슬 부화로 바뀌어가고 있었다.

"관웅(關熊)."

호첨방이 신경질적으로 한쪽에 서 있는 무사를 불렀다.

"예, 소주(少主)."

무사는 탁발한과 한차례 드잡이질을 나눈 후 의기소침해 있었다.

"황 집사는 어찌 아직 소식이 없느냐?"

호첨방은 불쾌감을 감추지 않은 시선을 옥단풍에게서 거두지 않고 있었다.

"그, 그것이 저… 아직 연락을 보내지 않았습니다만……."

"뭐야? 내 조금 전에 이르지 않았느냐? 너는 어째서 명을 이행하지 않았단 말이냐?"

관웅이 쩔쩔매는 표정이 되어 사마장천을 힐끔 쳐다보았다.

"아까 사마 공자께서……."

"이런… 몰랐었군. 철성보가 사마가로부터 녹봉을 받고 있었단 말이지? 그래서 이제는 사마 공자의 한마디가 본 공자의 말보다도 더 중요하단 말이지?"

관웅이라 불리운 무사가 당황하여 어쩔 줄 모르는 얼굴로 쩔쩔매었다.

"아, 아닙니다, 소주. 바로 연락하겠습니다."

관웅이 돌아서 뱃전으로 갔다. 보아하니 그들 사이엔 따로 연락하는 방법이 있는 듯했다.

호첨방이 영 못마땅한 듯 관웅을 쏘아보고는 차갑게 뱉

었다.

“검귀(劍鬼)도 반드시 같이 오라고 해라.”

“알겠습니다, 소주.”

호첨방이 그제야 조금 성이 가신 듯 시선을 돌려 옥단풍을 향해 두고 보라는 듯 턱을 치켜들었다.

옥단풍은 그것이 마치 호의의 시선이라도 되는 듯 다시 한 번 넉살 좋게 웃고 있었다.

호첨방이 사마장천을 돌아보며 묻지도 않은 말을 했다.

“검귀는 최근에 폐가에서 거두어들인 고수지요. 하하… 사마 형께서도 보시면 아주 마음에 드실 것이외다.”

사마장천이 못마땅한 듯한 얼굴이었지만 입을 열어 말하지는 않았다.

그때 탁발한이 덥썩 손을 내밀어 탁자 위의 기름진 닭다리 하나를 집어 들었다.

어색한 침묵이 흐르는 와중에 탁발한의 행동은 더욱 돌발적으로 보였고, 중인들의 시선이 일제히 탁발한에게로 모아졌다.

탁발한이 닭다리를 입으로 가져가다 말고 주위를 둘러보았다.

“왜? 이거 관상용인가?”

사마장천이 어색하게 웃었다.

호첨방은 더 할 말조차 없다는 듯 코웃음을 치며 고개를 돌려 버렸다.

탁발한이 닭다리를 입에 넣고 길게 찢으며 옥단풍을 돌아보았다.

"자넨 안 먹나? 와아… 이거 제대로 익었군."

옥단풍은 그저 시원하게 웃었지만 시선은 탁발한의 눈에 고정되어 움직이지 않았다. 이게 다 무슨 수작이냐고 묻는 시선이었다.

탁발한이 우적우적 닭고기를 씹으며 지나가듯 말했다.

"사마 공자라네."

"……."

"뭐, 배 위에 올라오고서야 알게 된 사실일 뿐이야. 너무 그렇게 노려보지 말게."

"……."

"어차피 선주에서 사업을 시작하기로 했잖은가? 뭐, 이렇게 시작할 수도 있는 거지. 의도한 것은 아니지만 말이야."

옥단풍은 여전히 말없이 탁발한만 쳐다보고 있었다.

사마장천이 듣고 있다가 조심스럽게 입을 열었다.

"사업이라 하셨소이까?"

탁발한이 대수롭지 않다는 듯 닭고기에 열중하며 대답했다.

“그렇지. 우린 막 사업을 시작했다네. 헐헐…….”

“그런데 아까 소생의 가성(家姓)을 거론하셨는데……. 무슨 관련이 있는지요?”

“어? 말 안 했던가? 우리 사업의 첫 번째 상대가 자네 가문이라네. 선주의 사마가 말일세. 헐헐…….”

사마장천이 더욱 납득할 수 없는 얼굴이 되어 옥단풍을 돌아보았다.

옥단풍이 어깨를 으쓱하며 애매하게 웃었다.

탁발한이 말끔하게 발라먹은 닭뼈를 아무렇게나 내던지고는 기름 묻은 손을 옷자락에 썩썩 문대어 닦았다. 그리고는 그 손으로 턱 하고 옥단풍의 어깨를 두들겼다.

“자네가 설명해.”

옥단풍이 뭘 설명하라는 소리냐는 듯 탁발한을 쳐다보았다.

“이런 젠장할… 아무리 동업이지만 이런 설명은 대장인 나보다 아랫것인 자네가 해야 어울리는 거 아닌가?”

옥단풍이 다시 한 번 어깨를 으쓱했다.

“쩝… 알았다 알았어. 내가 하지. 하지만 나중에 이익분배에서 이 부분은 반드시 반영될 테니 그때가서 딴소리하지 말아.”

탁발한이 정색을 하고 사마장천을 돌아보았다.

“우린 매검업(賣劍業)을 할 생각이라네. 그 첫 번째 고객이 바로 자네의 그 사마가문이란 말일세.”

사마장천이 더욱 의아한 얼굴이 되었다.

“매검업? 그게 우리 사마가와 무슨 상관이 있는지…….”

탁발한이 혀를 찼다.

“허어… 이거야 원, 매검업이라고 하니 무슨 검을 파는 대장장이인 줄 아는가? 우리는 돈을 받고 대신 싸워주는 사람들이란 말일세. 이제 좀 알아먹겠는가?”

사마장천이 멍하니 쳐다보았다.

“어차피 자네는 지금 호가(胡家)의 무력을 빌리고자 이 자리에 앉아 있는 거 아닌가? 헐… 저기, 저 백소청이라는 낭자를 불러내서 뚜쟁이 짓까지 할 만큼 절박하지 않은가 말이야.”

사마장천의 얼굴이 붉게 물들었다.

이제껏 다소곳이 앉아만 있던 백소청이 새카만 눈을 들어 사마장천을 쏘아보았다. 그녀의 얼굴은 창백하게 변해 있었다.

“음… 이 노인네가 원래 말을 좀 함부로 하지요. 험험…….”

옥단풍이 황급히 끼어들었다.

“마지막 말은 못 들은 것으로 해주시오, 사마 형.”

사마장천이 붉게 물든 얼굴로 옥단풍을 쏘아보았다. 옥단풍은 말하자면 매우 느물느물하게 웃고 있었는데, 사마장천은 오히려 그 느물느물 웃는 옥단풍의 얼굴을 보며 갑작스러운 분노가 조금은 가라앉는 것을 느끼고 있었다.

"물론… 이 노인네가 말은 좀 함부로 해도 없는 소리는 결코 안 하는 양반이긴 하지만 말이오… 허허……."

옥단풍이 탁발한 때문에 시야가 가려져 보이지 않는 백소청을 향해 상체를 쑥 내밀고 빙그레 웃으며 말했다.

백소청이 얼굴이 더욱 창백해져서 옥단풍을 쏘아보았다.

그 시선 속엔 초면에 범한 옥단풍의 실례를 엄중하게 꾸짖는 분노가 담겨 있었다.

옥단풍이 어깨를 으쓱하며 시선을 돌렸다.

"사실인데……. 쩝……."

그때 퍼드득 하고 옷자락이 바람에 펄럭이는 소리와 함께 두 명의 사내가 배의 갑판으로 떨어져 내렸다.

"무슨 일입니까, 소공자?"

붉은 머리에 붉은 수염을 한 육십은 되어 보이는 노인이 빠르게 배 위의 상황을 둘러보며 입을 열었다.

그는 황색 장삼을 걸치고 있었는데 허리에는 한 자 길이의 담뱃대를 차고 있었다.

그의 뒤에는 일신을 검은 경장으로 가린 호리호리한 사내가 무표정한 얼굴로 서 있었다. 대략 삼십이 채 안 되어 보이

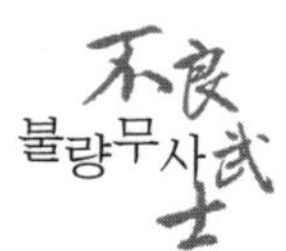

는 사내의 얼굴은 마치 분을 바른 듯 창백했는데, 흐릿한 듯한 시선은 누구에게도 고정되지 않은 채 허공 어디쯤에 머물러 있는 듯 보였다.

그는 한 자루 고동색 가죽 집에 넣은 검을 팔짱 낀 가슴에 비스듬히 품고 있었다.

보아하니 호첨방이 말한 황 집사와 검귀임에 틀림없었다.

不良武士

第二章

不良
불량무사武

호첨방이 반색을 하며 벌떡 일어났다.

"황 집사, 본 공자가 이런 시시껄렁한 자들의 방해를 받으며 물놀이를 하고 있는 것이 그대의 눈에는 매우 편안해 보이는 모양이구만……."

황 집사가 예리한 눈으로 탁발한과 옥단풍을 쓸어보았다. 옥단풍은 등을 의자에 붙이고 느긋한 자세로 느물느물 웃고 있었고, 탁발한은 기름에 튀긴 오리 다리 하나를 노려보고 있었다.

황 집사가 사태가 파악됐다는 듯 신뢰감이 가는 표정으로 호첨방을 보았다.

"소공자, 결코 길지 않은 시간 안에 편안하게 물놀이를 즐기시게 될 겁니다. 약속드리지요."

호첨방이 세모꼴의 눈을 가늘게 뜨고 탁발한과 옥단풍을 주시했다.

"나는 평소에 나와 안면이 없던 사람들이 계속 그렇게 안면이 없는 상태이기를 바라오. 물론 그자들이 물속에서 허우적이거나 혹은 팔다리를 자유롭게 쓰지 못하는 상태가 된다고 해도 전혀 신경 쓰지 않을 생각이란 말이오."

황 집사가 엷게 웃었다.

"잘 알겠습니다, 소공자."

황 집사가 짧게 대답하고는 탁발한과 옥단풍 쪽을 향해 돌아섰다.

"들었지? 귀한 분들 앞에서 소란 피우지 말고 얌전히 일어나도록."

탁발한과 옥단풍이 멀뚱하게 서로를 쳐다보았다.

"이번엔 네가 좀 어떻게 해봐라."

"하긴 뭘 어떻게? 그러지 말고 아까 그 곽 늙은이 한 번 더 써먹어보쇼. 그거 괜찮은 수법이던데?"

"곽 늙은이라니? 아… 칠성보 곽 늙은이?"

"그 바닥에도 족보 비슷한 게 있는 모양이외다. 허

허……."

"임마, 성이 곽씨라는 거 빼고 내가 뭐 쥐뿔이나 아는 게 있
는 줄 아냐? 그러지 말고 이번엔 네가 힘 좀 써라."

"그럼 곽 늙은이 운운했던 건 다 뻥이었단 말이우? 참
내……."

"너도 뭔가 힘은 써야 할 거 아냐? 거저 먹을래?"

"노인장이 대장이라고 하지 않았수? 이익 분배도 그렇게
하겠다고 했으니 뭐… 이런 때 대장이 다 알아서 하는 거
지……."

"이런 싸가지 없는 놈……."

사마장천은 두 사람의 어이없는 대거리를 쳐다보며 미간
을 깊숙이 찌푸렸다. 기실 탁발한이 매검업을 들먹이며 자신
의 현재 처지를 정확히 짚어냈을 땐 꽤 놀랐던 것이 사실이
다. 또한 한편으론 은근히 기대하는 바가 없지도 않았었다.
그런데 지금 이들이 주고받는 얘기를 듣고 있자니 뭔가 단단
히 속은 느낌이 드는 것을 어쩔 수가 없었다.

"이런… 버러지 같은 것들… 관을 봐야 반드시 눈물을 흘
릴 작자들이로군."

황 집사가 검귀를 돌아보며 눈짓을 했다.

검귀는 여전히 퀭한 시선을 빈 허공에 두고 있으면서도 황
집사의 눈짓이 있자 즉각 움직였다.

검귀가 가슴에 품고 있던 검을 한 손으로 잡으며 왼쪽 발을 가볍게 움직이자 어느새 날카로운 바람 가르는 소리와 함께 한줄기 싸늘한 빛이 일직선을 그리며 쏟아져 나왔다.

놀랍도록 빠르고 간결한 발검(發劍)이었다.

때마침 탁발한이 오리 다리 하나를 들고 엉거주춤 일어서며 투덜거리고 있었다.

"우라질 놈. 네놈하고 동업하자고 한 것 자체가 노부 일생일대의 엄청난 실수라는 생각이 든다."

서걱.

눈 깜짝할 사이에 스치고 지나가는 섬전처럼 검귀의 검이 탁발한의 손에 든 오리 고기를 가르고 지나갔다. 검귀의 검이 애초에 탁발한의 오리 고기를 노린 것은 분명 아니었지만 정말 기가 막히게도 우연히 탁발한이 몸을 움직이는 서슬에 불쑥 오리 고기를 내밀어 검귀의 놀랍도록 빠른 쾌검을 막은 형국이 되고 만 것이다.

탁발한이 짐짓 깜짝 놀란 얼굴로 동작을 멈추었다.

그의 손엔 예리한 면도날에 잘린 듯 매끄럽게 잘라져 나간 오리 고기의 밑둥만 허전하게 들려 있었는데 그의 표정과 동작을 보아서는 방금 무슨 일이 일어났는지조차 모르겠다는 표정이었다.

검귀가 쾡한 시선을 돌려 탁발한을 정면으로 응시했다. 표

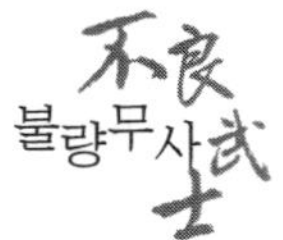

정도 느낌도 없는 극도로 무미건조한 검귀의 시선에 일말의 놀라움이 순간적으로 스치고 지나갔다.

검귀가 검을 비스듬히 사선을 그리며 옆으로 늘어뜨렸다.

그의 전신에서 팽팽한 긴장감이 감돌았다.

"이 자식은 뭐여? 검을 뽑았으면 사람을 벨 일이지 왜 어먼 오리 다리만 잘라내는 거여?"

탁발한이 오리 고기가 밑둥만 남은 사실이 못내 참을 수 없다는 듯 미간을 잔뜩 찌푸리며 검귀를 향해 짜증 섞인 시선을 던졌다.

검귀는 그러나 움직이지 않았다.

다만 탁발한의 한 자 거리 앞의 빈 허공을 응시하고 있었다. 그런 자세는 만약 탁발한이 손끝 하나라도 움직인다면 곧바로 검귀의 감각망에 반드시 걸려들, 그런 자세였다.

그 모습을 옥단풍은 느긋하게 앉아 있었지만 하나도 놓치지 않고 보고 있었다. 그는 검귀가 필시 만만치 않은 내력을 감추고 있는 자임에 틀림없다고 생각했지만 탁발한이 낭패를 겪으리라고는 생각하지 않았다.

결코 길지 않은 지난 세월 동안 겪어본 탁발한은 낭패를 겪을 일에는 애초에 나서지도 않는 그런 류의 사람이었다. 그의 자세한 내력을 알 수는 없었지만 검귀보다 못하지는 않을 것이라 생각했다.

"흐흐… 강호에서 가장 빠른 쾌검수(快劍手) 열을 꼽으라면 반드시 검귀가 포함된다더군."

호첨방이 득의한 미소를 지으며 옥단풍을 아래로 내려다보았다. 득의의 미소라고 했지만 보기에 따라서는 얼굴을 일그러뜨리는 것으로 보일 수도 있을 만큼 호감이 가지 않는 미소였다.

모두 검귀와 탁발한을 긴장해서 보고 있다가 호첨방이 입을 열자 자신도 모르게 시선을 그에게 모았다.

"너의 그 늙은 사부는 자신이 베어지는 순간에도 무슨 일이 벌어졌는지 알아차리지 못하고 죽을 게다."

옥단풍이 멀끔하게 호첨방을 쳐다보다가 호첨방이 재차 이죽거리듯 말하자 퍼뜩 상체를 등받이에서 세웠다.

"지금 나보고 한 얘기요?"

"그럼 저 늙은이의 제자라는 작자가 너 말고 또 있더냐?"

"이런… 쩝……."

옥단풍이 쓴웃음을 지었다. 그리고는 자세를 고쳐 앉았다.

"첫째, 저 노인장은 내 사부가 아니외다."

사마장천이 호기심이 담긴 시선으로 옥단풍을 주시했다. 다소곳하던 백소청도 조심스럽게 옥단풍을 쳐다보았다.

"둘째, 강호에선 결코 쾌검수 따위로 순위를 매기지 않소. 쾌검만으로는 밥 벌어먹기 어려운 곳이 강호이니까."

　호첨방의 얼굴이 일그러졌다. 웃는 것이나 일그러지는 것이나 크게 다르지 않은 얼굴이었다.

　"셋째."

　옥단풍이 정색을 했다. 그러자 부드럽게 느껴지던 그의 인상이 백팔십도 변했다. 온갖 풍상을 다 겪어 녹록치 않은 관록이 풍겨지는 뒷골목의 노대만이 지닐 수 있는 깊은 회색빛 눈동자가 호첨방을 똑바로 주시하고 있었다.

　"날 언제 봤다고 반말이야?"

　짧고 아무런 감정이 실리지 않은 듯한 평이한 말투의 한마디, 그러나 호첨방이 듣기에는 목젖 밑까지 바싹 파고든 날이 선 비수처럼 소름이 오싹 돋게 하기에 충분한 것이었다.

　호첨방이 일시 무슨 말을 해야 할지 모르는 얼굴로 굳어버렸다.

　그때 재차 검날이 허공을 가르는 날카로운 쇳소리가 울려 퍼졌다.

　"어이쿠, 이놈 보게? 그런다고 진짜 사람을 베려고 해?"

　탁발한의 주발 깨지는 듯한 탁한 음성이 뒤를 이었다.

　중인들이 모두 돌아보았을 때 검귀는 여전히 검을 비스듬히 들고 서 있었는데, 검날이 허공을 가르는 소리가 없었다면 누구도 그가 검을 한차례 휘둘렀다고 짐작조차 하지 못할 모습이었다.

탁발한은 저만치 나뒹굴어 엉거주춤 막 몸을 일으키는 찰나였다. 그의 손에 들린 오리 고기의 밑둥은 이제 아예 눈에 보이지 않을 만큼 모조리 잘려 나가 있었다.

"이놈아, 이 늙은이가 오리 고기 좀 먹는 것이 그리도 아깝단 말이냐?"

순간 중인들은 보았다. 검귀의 검끝이 퍼뜩 꿈틀거렸다 싶은 순간 검의 형체가 흐릿하게 사라지며 눈부신 일직선의 광채가 허공을 가르고 탁발한의 목젖을 향해 쏘아가는 모습을……

"탁 노인장!"

옥단풍이 자신도 모르게 덥썩 의자의 등받이를 움켜쥐며 몸을 일으켰다.

"아아……"

사마장천은 자신도 모르게 탄성을 터뜨렸다.

검귀가 내지른 일검의 궤적이 너무도 빨랐을 뿐 아니라 군더더기 없이 깨끗한 동작은 차라리 아름답기까지 했던 것이다.

그 순간 탁발한이 엉겁결에 손으로 그것을 막으려는 자세를 취하며 움찔하고 몸을 옆으로 기울였다.

서격.

눈부신 검의 궤적이 무언가를 날카롭게 가르고 지나갔고,

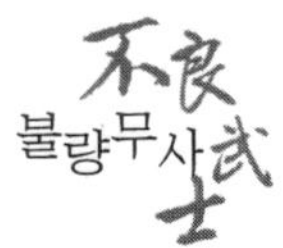

탁발한은 하얗게 질린 얼굴을 하고 털썩 그 자리에 엉덩방아
를 찧고 말았다.

환영과도 같던 일직선이 사라졌을 때 검귀는 다시 검을 비
스듬히 기울여 지면을 가리키고 서 있었는데, 그의 원래 창백
했던 안색은 그 순간 아예 하얗다 못해 푸르게 변해 있었다.

그제야 허공에서 툭툭 하고 배 바닥에 떨어지는 것이 있었
다.

그것이 바로 탁발한이 아슬아슬한 순간 내던져서 검귀의
검이 가르고 지나간 남은 오리 고기임을 알아보는 데는 그리
많은 노력이 필요치 않았다.

"어이구구… 난 더 못하겠다, 이놈아. 네가 좀 나서란 말이
다."

탁발한이 엉금엉금 기어서 옥단풍에게로 다가와 바지 자
락을 잡아당겼다.

옥단풍이 그런 탁발한을 내려다보며 가볍게 한숨을 내쉬
었다.

검귀의 쾌검은 연달아 세 번이나 펼쳐졌지만 단 한 번도 탁
발한을 베지 못했다. 세 번 다 탁발한이 아무렇게나 내민 오
리 고기를 잘랐을 뿐이었다.

그것은 확실히 우연처럼 보이지 않았다. 둘러보고 있는 사
람들이 모두 그것을 알아차렸는지는 알 수 없지만 적어도 옥

단풍은 확실히 알고 있었다.

어쩌면 검귀 또한 잘 알고 있을 것이다.

옥단풍이 마지못한 얼굴로 검귀의 앞에 섰다. 어쨌거나 사마장천이 보고 있는 자리다. 사마가를 상대로 장사를 하려면 우선 뭔가 보여줘야 한다는 탁발한의 말은 나름 일리가 있었다.

"나는 저 노인장처럼 관대하지 못하오. 적어도 내게 검을 휘두를 땐 그 점을 반드시 기억하기를 바라오."

옥단풍이 시원스럽게 말을 뱉고는 가볍게 양팔을 좌우로 벌리고 후굴 자세를 취했다. 예의 용호권 기수식 그 자세였다.

지켜보고 있던 사마장천이 어이없는 얼굴이 되어 미간을 깊숙히 찌푸렸다.

탁발한도 아까 육합권을 사용하지 않았던가…….

사마장천이 비록 의가의 자제이나 적어도 탁발한이 펼쳤던 것이 육합권이라는 것과 지금 옥단풍이 취하고 있는 자세가 용호권이라는 것 정도는 알아볼 수 있었다.

기가 막힐 노릇이었다. 왠지 일말의 기대를 걸었던 자신이 한심하기까지 했다.

검귀의 검끝이 가늘게 떨렸다.

세 번이나 검을 휘두르고도 탁발한의 머리카락 하나 건드

리지 못했다는 사실이 검귀를 당혹하게 하고 있었다. 그런데 대타로 나선 자가 고작 무공이라고 할 것도 없는 용호권의 자세를 취하고 있는 것이다.

참을 수 없는 분노가 검귀의 가슴속에 소용돌이쳤다. 이 빌어먹을 허접 쓰레기 같은 것들…….

광혼참(狂魂斬)은 검귀가 지난 삼십 년을 절치부심 갈고 닦아온 쾌검류의 결정판이다. 광혼참이 펼쳐지면 그 누구도 검의 궤적조차 보지 못한다. 그만큼 빠른 것이다. 단지 섬광처럼 한차례의 반짝임만이 시야의 잔상으로 남을 것이다.

검귀는 호흡을 가다듬으며 가슴속의 격랑을 가라앉혔다. 광혼참의 익숙한 검결이 뇌리를 스치자 검귀는 완전히 평정을 되찾을 수 있었다.

평정을 되찾자 엉성하기 그지없는 용호권의 기수식을 취하고 서 있는 옥단풍의 전신 곳곳이 허점투성이로 보였다.

번쩍.

검귀의 검이 순간 시야에서 사라졌다. 사라진 것처럼 보이는 것은 발검이 있었으되 그 궤적조차 보이지 않았기 때문이었다.

"타앗―!"

옥단풍이 거의 동시에 타령 같은 한가한 기합을 내지르며 움직였다. 두 팔은 각각 하늘과 정면을 가리키고 두 발은 정(丁)

자 형태를 취하며 앞으로 미끌어졌다.

　궤적조차 보이지 않는 검귀의 빠른 쾌검의 움직임에 비한다면, 마치 코끼리가 움직이는 것처럼 느리고 한가한 옥단풍의 움직임이었다.

　그런데 섬전처럼 가느다란 일직선이 믿을 수 없게도 옥단풍과 손가락 하나 정도의 거리를 두고 속절없이 허공을 스치고 지나갔고, 뒤이어 옥단풍의 주먹이 우스꽝스러운 광대춤처럼 완만하게 곡선을 그리며 검귀를 향해 날아갔다.

　빡.

　마른 장작이 부서지는 소리가 울려 퍼지며 검귀의 머리가 뒤로 휘청 하고 젖혀졌다.

　쨍그렁…….

　검귀의 손을 벗어난 검이 배의 바닥에 떨어져 날카로운 쇳소리를 내었다.

　그 순간 옥단풍은 사자춤이라도 추듯 엉성한 자세로 두 팔을 활짝 벌리고 경중경중 건너뛰듯 두 다리를 놀려 옆으로 두 걸음 옮기고 있었다.

　쿵.

　그제야 얼굴이 찐빵처럼 부풀어 오른 검귀가 마른 고목처럼 배 바닥을 울리며 쓰러졌다.

　그와 같은 일련의 변화는 그야말로 눈 깜짝할 사이에 벌어

진 일이었는데 옥단풍의 우스꽝스러운 광대춤 같은 동작이 워낙 선명하고 커서 지켜보고 있던 중인들에겐 마치 옥단풍이 한차례 광대춤을 추고 곧바로 검귀가 나가떨어진 것처럼 보였다.

지켜보고 있던 중인들은 모두 입을 다물지 못했다.

옥단풍이 시전한 일초의 권법이 그 흔하디 흔한 용호권법임을 한눈에 알아볼 수 있었기 때문이다. 검귀의 놀랍도록 빠른 쾌검이 어떻게 옥단풍을 비껴갔는지는 고사하고 옥단풍의 허접한 용호권이 어떻게 검귀의 안면을 강타할 수 있었는지조차 제대로 본 사람이 없었다.

그저 우스꽝스러워 보이는 광대 춤사위 같은 옥단풍의 용호권의 궤적만이 뇌리에 짙게 남아 지워지지 않고 있었다.

"네 정체가 무엇이냐?"

황 집사가 무섭게 굳은 얼굴로 옥단풍을 쏘아보며 물었다. 그의 시선에서 더 이상 옥단풍을 경시하는 태도는 찾아볼 수 없었다.

"난 옥단풍이라고 하오만……."

옥단풍이 썩썩하게 웃었다.

황 집사가 고개를 갸웃했다. 선주는 물론 강호에서 내로라하는 무가들의 족보는 손바닥 들여다보듯 훤히 꿰고 있는 황 집사였다. 그런데 전혀 생소한 이름이었다.

“사문은?”

“어차피 싸울 거면 호구조사는 해서 뭘 하겠소? 자, 시작합시다.”

옥단풍이 선선하게 웃으며 예의 용호권의 기수식을 취했다.

금방 덩실덩실 춤사위라도 이어질 것 같은 옥단풍의 자세는 보는 이로 하여금 저절로 웃음을 자아내게 하는 우스꽝스럽기 그지없는 것이었다.

황 집사가 침착하게 옥단풍을 노려보았다.

그는 소리장도(笑裏藏刀)라는 별호를 가지고 있었는데 흑도(黑道)에서 그 명성은 결코 만만한 것이 아니었다.

흑도무림이 좌문방도(左門幇道)라는 오명을 벗고 정도무림과 어깨를 나란히 하며 무림의 한 축으로 자리 잡기까지는 꽤 오랜 세월이 필요했다. 흑도무림의 태양이라고까지 불리는 흑좌불(黑座佛)이 무림에 그 혁혁한 무명(武名)을 날리기 전까진 흑도무림은 그저 떼를 지어 약탈이나 일삼는 삼류왈패들의 대명사였을 뿐이었다.

흑좌불은 당금 무림에서 인간의 경지를 벗어나 신화경에 이른 최고의 기인들로 꼽히는 사대기인(四大奇人) 중 유일하게 정파무림에 속하지 않은 인물이기도 했다.

흑좌불은 흑도무림의 지존으로 군림한 후 흑도무림의 결

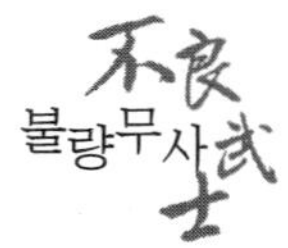

속과 부흥을 위해 삼십육 인(三十六人)의 흑도 지도자 급 인사를 지목하여 공표했다. 소위 흑도삼십육숙(黑道三十六宿)이라 불리는 이들은 흑도무림을 대표하는 고수들로, 전체 흑도무림의 추앙을 받는 것은 물론 정도무림으로부터도 걸맞는 대접을 받는 인물들이었다.

소리장도 황문평은 흑도삼십육숙 중 한 명인 흑백상문검(黑白常蚊劍) 황호평의 막내 동생이었다. 소리장도의 명성이 반드시 황호평의 위명에 기대어 이루어진 것만은 아니었지만 어지간한 배경을 가진 자가 아니면 쉽사리 황호평의 비위를 거스를 엄두조차 내지 못하는 것이 사실이기도 했다.

"네놈이 지금 무슨 짓을 저지르고 있는지 알고는 있느냐?"

황 집사, 소리장도 황문평은 좀체로 흥분하지 않았다.

"싸움을 걸어온 것은 그쪽이고, 나는 확실히 걸어온 싸움을 피하지는 않는 사람이오만……."

"발칙한 놈. 하늘 높은 줄 모르는 놈이로구나. 오늘 노부가 네놈의 안계를 넓혀주마."

황문평이 허리춤에서 담뱃대를 꺼내어 들었다. 그의 별호가 소리장도인 것은 그 담뱃대 속에 날이 예리한 칼이 감추어져 있기 때문이었지만 그 사실을 아는 사람은 그리 많지 않았다.

황문평이 자세를 취하자 주위의 공기가 순식간에 얼어붙

었다. 자세를 취하는 것만으로 이 정도의 기운을 주위에 뿜어
내는 자는 그리 흔하지 않다.

지켜보고 있던 중인들이 모두 숨을 죽이고 긴장을 감추지
못했다. 오직 탁발한만이 한가하게 음식접시를 뒤적이며 먹
을 만한 것을 찾고 있었다.

그 순간 황문평의 담뱃대가 현란하게 움직였다.

황문평을 흑도의 고수로 올려놓은 자랑스러운 상문검법(常
蚊劍法)이 담뱃대를 통해 펼쳐지고 있었다. 옥단풍의 미간을
노리고 날아들던 담뱃대가 교묘하게 방향을 바꾸며 허리를
쓸어왔다.

담뱃대가 바람을 가르며 쉿소리를 내는 것으로 보아 담뱃
대에는 가히 천 근의 바위를 박살 낼 내공이 실려 있음이 분
명했다.

옥단풍이 건듯 한쪽 발을 크게 들어 올려 마치 징검다리를
건너듯 옆으로 옮겼다. 보기에는 무척 한가하고 커다란 동작
이 우스꽝스러워 보였지만 놀랍게도 황문평의 현란한 담뱃대
는 그 한 동작으로 깨끗하게 허공을 가르고 말았다.

황문평이 크게 당황하며 서둘러 담뱃대를 거둬들였다. 동
시에 상문검법의 회선추룡세(回旋追龍勢)를 펼쳐 옥단풍의 상
반신 세 곳의 요혈을 노리고 찔러갔다. 상대의 반격을 사전에
차단하는 적절한 공격이었다.

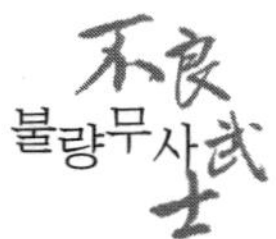

옥단풍이 다시 한 번 성큼 다리를 들어 올려 징검다리를 건너듯 옆으로 옮겨 놓았다. 겉으로 보기에도 별반 빠르지도 않고, 그렇다고 무슨 특별한 변화를 내포한 것 같지도 않은 우스꽝스럽기만 한 발걸음인데 이번에도 황문평의 담뱃대는 속절없이 허공만 휘저었다.

황문평이 황급히 뒤로 서너 걸음 물러서며 빈 허공을 향해 엄밀하게 담뱃대를 휘둘렀다. 연이어 공격이 실패한 끝에 상대가 그 허점을 노리고 반격을 가해올 것을 두려워한 조치였지만 옥단풍이 뒤쫓지 않고 그저 시원하게 웃고 서 있기만 하자 황문평만 우스운 꼴이 되고 말았다.

황문평은 얼굴이 붉어져서 헛기침을 두어 차례 뱉어냈다.

무명의 애송이를 상대로 자신의 최고 절기인 상문검법을 펼치고도 털끝 하나 건드리기는커녕 우스운 꼴만 보였던 것이다. 게다가 곰곰이 생각하니 애송이가 담뱃대를 피하며 펼친 두어 차례의 보법은 그저 용호권의 방위를 따라 몸을 움직인 것일 뿐이었다.

"그럴 리가 없어… 그럴 리가……."

황문평이 고개를 절레절레 흔들며 머릿속에서 맴돌고 있는 용호권의 권로를 지우려 애썼다. 아이들조차 흉내 내는 한두 수 용호권에 낭패를 당했다는 생각을 서둘러 지우고 싶었던 것이다.

"한 수 더 양보하고 나면 소생은 더 이상 예의를 갖출 생각
이 없소만……."

옥단풍이 느물느물하게 웃으며 말하자 황문평의 얼굴이
더욱 붉어졌다. 두 번의 공격 속에서 반격을 하지 않는 것이
삼초를 양보하는 일환이었다는 말이었다.

"이런 찢어죽일 놈……!"

황문평이 분노를 참지 못하고 벼락같이 몸을 날렸다.

허공에 수십 가닥의 담뱃대 그림자가 거미줄처럼 얽히며
옥단풍을 휩쓸어왔다. 가공할 위력의 공격이었다.

옥단풍의 얼굴에서 미소가 사라졌다.

더없이 진지한 얼굴의 옥단풍이 사자춤 같은 모양새로 용
호권의 자세를 취하자 그것은 더욱 우스꽝스러워 보였다.

"헛… 타앗―!"

마치 추임새라도 놓듯 기합을 내지르며 옥단풍의 주먹이
호선을 그렸다.

황문평은 상대가 펼치는 권로가 용호권의 그것이라는 사
실을 이미 확인했지만 경계를 게을리하지 않았다. 검귀가 단
한 주먹에 쓰러진 것도 용호권이었고, 자신의 공격을 헛손질
로 만든 것도 용호권이었다.

그러므로 황문평은 공격을 가하는 한편 온 신경을 기울여
옥단풍의 용호권이 반격을 가할 권로를 이미 머릿속에 선명

하게 그리고 있었던 것이다.

그런데 호선을 그리며 날아든 옥단풍의 주먹은 확실히 용호권의 투로를 타고 있으되 뭔가 달랐다.

황문평은 숨을 들이키며 호흡을 멈추었다. 분명 용호권의 투로를 타고 날아드는 옥단풍의 주먹을 두 눈으로 똑똑히 보고 있는데 그것을 막을 방도도 피할 방도도 쉬이 떠오르지 않는 것이다.

뭐랄까……?

주먹을 한번 내밀어도 그에 따르는 무수한 예비동작들이 일어나는 법이다. 예측된 공격에 대응하는 것도 마찬가지다.

동작을 일으키기 위해 호흡과 주변 근육의 긴장 상태 등이 수시로 변하게 되는데, 절묘하게도 옥단풍의 그 흔하디 흔한 용호권의 투로를 탄 주먹은 황문평의 호흡과 몸의 긴장상태가 휴지기로 접어드는 아주 짧은 찰나에 이루어졌던 것이다.

"이, 이런……."

뻑.

황문평의 면상에 옥단풍의 주먹이 정확히 꽂혔다.

적어도 황문평은 그렇게 생각했다. 그래서 눈을 질끈 감았는데 묘하게도 자신의 안면에 아무런 고통도 느낄 수가 없었다.

황문평이 번쩍 눈을 떴을 때 자신의 바로 앞을 탁발한이 가로막고 서 있는 모습이 눈에 들어왔다.

"이놈아, 아직 우리 고객이 누가 될지도 모르는 판에 원수부터 만들어놓을 셈이냐?"

탁발한이 입에서 씹던 오리 고기 조각을 이리저리 튕겨내며 고래고래 고함을 내지르고 있었다.

"이런… 언제는 뭔가 보여줘야 한다고 하고선……."

옥단풍이 입맛을 다셨다.

"보여줘도 적당히 해야지, 이놈아. 네놈하고 동업하려면 아무래도 청심환이 보따리로 있어야겠다."

옥단풍이 더 이상 아무 말도 하지 않고 그냥 웃었다.

황문평은 그제야 자신의 안면을 강타한 옥단풍의 주먹을 탁발한이 가로막았다는 사실을 깨달을 수 있었다.

졌다.

이름도 모르고 내력조차 불분명한 늙은이와 애송이에게 완벽하게 졌다.

도대체 이들이 누구란 말인가?

선주에서 단 한 번도 본 적이 없는 이 한 쌍의 노소는 도대체 어디서 왔단 말인가?

그때 탁발한이 황문평을 돌아보았다.

"소리장도, 오늘은 이쯤에서 물러나는 것이 좋겠구만……."

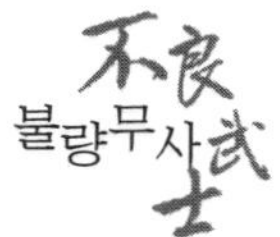

황문평이 깜짝 놀랐다. 늙은이가 자신을 알고 있는 것이다.

황문평은 가슴이 서늘해짐을 느끼며 머릿속에 자신이 알고 있은 수많은 강호 고수들의 인상착의를 떠올렸다.

그 누구도 눈앞의 싸가지 없어 뵈는 노인과 일치하는 고수는 없었다.

"우린 앞으로 적이 될 수도 있지만 친구가 될 수도 있으니까 말일세. 헐헐……."

탁발한이 황문평의 어깨를 툭툭 치기까지 했지만 황문평은 더 이상 꼼짝도 하지 못했다.

탁발한이 시선을 사마장천에게로 돌렸다.

"사마 공자, 조만간 귀가를 방문할 것이네. 그때 좋은 조건으로 계약이 이뤄지기를 바라네."

사마장천이 엉거주춤 몸을 일으켰지만 무어라고 해야 할지 몰라 선뜻 입을 열지 못했다.

배가 백양천변에 닿을 때까지 그 누구도 입을 열지 않았다.

특히 호첨방은 얼굴 가득 불만을 감추지 못하고 있었지만 용케도 두 사람이 배를 떠날 때까지도 굳게 입을 다물고 있었다.

두 사람이 배를 떠나자 황문평이 호첨방을 향해 공손하게 포권을 취했다.

"소공자, 낭패를 보시게 해서 죄송합니다. 책임을 물으신다면 기꺼이 달게 받겠소이다."

호첨방이 세모꼴의 눈꼬리를 치켜세우며 황문평을 노려보았다.

"낭패라… 본 공자는 새로운 사실을 깨닫게 되어 의미있는 시간이었다고 생각하오만……."

황문평이 무슨 뜻이냐는 듯 고개를 들었다.

호첨방의 세모꼴 눈이 더욱 표독스럽게 빛났다.

"우리 호가가 거느린 무력이 선주 최고가 아니라는 사실 말이외다……."

황문평의 얼굴이 더욱 붉어졌다.

不良武士

第二章

선주의 중심을 동서로 가로지르는 것이 백양천이라면 남북으로 가로지르는 것은 화양로(華陽路)다. 즉, 선주는 백양천과 화양로로 사 등분 되어 있는 셈이었다.

화양로는 폭이 정확히 삼 장 삼 척이고, 바닥은 장방형으로 자른 운남석(雲南石)으로 덮여져 있다. 선주의 중심 대로답게 길 양옆으로 많은 상가와 주점, 객점 등이 발달되어 있어 언제나 오가는 사람들로 북적이는 곳이다.

백양천이 갈라놓은 선주의 북쪽은 소위 부자 동네다.

선주에서 부자행세하기가 결코 쉬운 노릇은 아니지만 만

약 백양천 북쪽에 살고 있지 않다면 그건 아예 불가능하다고 봐야 했다.

부자 동네인 백양천 북쪽도 화양로에 의해 동서로 나뉜다.

그중 중원 쪽에 가까운 서쪽이 더욱 부자 동네다.

소위 말하는 선주 팔대부호도 모두 화양로 서쪽에 살고 있다.

백양천 북쪽에 화양로 서쪽, 즉 북백서화(北白西華)라 불리는 그곳이야말로 선주에 사는 자라면 단 하루라도 좋으니 들어가 살아보는 것이 꿈인 그런 곳이었다.

북백서화의 장원들은 하나같이 고루거각들이다.

저택들의 규모와 그 화려함이 결코 승상 댁에 뒤지지 않는다.

그나마 그중 가장 소박하고 겉치장이 화려하지 않은 장원이 바로 사마가(司馬家)다. 북백서화의 한쪽 끝에 위치한 사마가의 솟을대문엔 일대에선 흔한 금장의 편액도 걸려 있지 않았다.

"이거 우리가 고객 선택을 잘못한 거 아니우?"

옥단풍이 차라리 검박해서 초라해 보이기까지 한 사마가의 솟을대문을 올려다보며 미간을 찌푸렸다.

"그건 자네가 모르는 소리야."

"예? 모르는 소리라뇨? 그건 또 무슨 어법에도 맞지 않는

이상한 표현입니까?"

옥단풍이 싱글싱글 웃으며 탁발한을 돌아보았다.

탁발한이 미간을 찌푸렸다.

"불알 보고 탱자탱자 하는 소리란 말이다, 이 우라질 놈아."

"하하하하… 백번 양보해도 훈장질은 정말 아니군요. 그렇죠?"

"너 또 늙은이 속 뒤집어놓을래? 콱, 이걸 그냥?"

"하하… 아닙니다. 왜 고객 선택을 잘못한 게 아닌지나 설명해 보시우. 하하하……."

옥단풍이 손사래를 치며 웃었다.

탁발한이 그런 옥단풍을 잡아먹을 듯이 흘겨보고는 고갯짓을 했다.

"자네도 보면 알 걸세."

"예?"

옥단풍이 탁발한의 고갯짓을 따라 사마가의 솟을대문 쪽으로 시선을 돌렸을 때 솟을대문이 열리며 홍등을 든 하인 하나가 모습을 보였다.

뒤이어 남색 궁장을 말쑥하게 차려입은 묘령의 여자가 조심스럽게 대문을 나섰다. 여자는 대략 스무 살가량으로 보였고, 그 뒤를 하녀 차림의 비슷한 또래의 여자가 손에 검은 옷칠을 한 나무 상자를 들고 따르고 있었다.

"어서 서두르자꾸나. 환자의 증세가 구안와사라 하니 시침(施鍼) 시간을 놓치면 안 돼."

남색궁장녀가 서두르는 기색을 보이며 하인을 재촉하자 하인이 종종걸음으로 홍등을 밝히며 길을 열었다.

남색궁장녀가 문득 고개를 돌리다가 옥단풍과 시선이 마주쳤다. 흑백이 분명한 눈동자가 아주 잠깐 옥단풍의 시야에서 머물렀다가 이내 사라졌다.

옥단풍은 숨이 턱하니 막혀왔다.

"정말 아름다운 처자로군……."

옥단풍은 넋을 잃고 멀어지는 남색궁장녀의 일행을 한동안 쳐다보았다. 백양천 호첨방의 배에서 만난 백소청도 아름다운 미인이었지만 지금 눈앞에서 멀어지는 남색궁장녀에 비한다면 꼬집어 설명할 수는 없지만 한두어 수 떨어진다 할 수 있었다.

"이래도 고객 선택을 잘못했느냐?"

"저 낭자가 누굽니까?"

옥단풍이 아직도 미련이 남은 듯 시선을 남색궁장녀가 사라진 길목에서 돌리지 못하고 물었다.

"사마장천의 바로 아래 동생인 사마추(司馬秋)다. 사마가의 유일한 여식이지."

옥단풍이 탁발한을 돌아보며 지체없이 버럭 고함을 내질렀다.

"근데 여기서 뭐 하고 있는 겁니까? 빨리 들어가서 계약하지 않고?"

"뭐, 뭐야?"

"사마가같이 훌륭한 의가(醫家)와 매검업의 계약을 맺는 것은 돈을 떠나서 장부의 의기가 담긴 일이오. 어서 들어갑시다."

탁발한이 한 대 쥐어박고 싶어서 도저히 참을 수 없다는 표정으로 옥단풍을 노려보았다.

"왜 그러시우?"

"계약하기 전에 한 가지 확실히 해두자."

"뭘 말이우?"

탁발한이 정색을 했다.

"뭐든지 노부가 주(主)다. 넌 종(從)이란 말이다."

"그거야 뭐 동업할 때부터 이미 약조한 것이니… 새삼스럽게 강조할 거 뭐 있수?"

탁발한이 정색한 얼굴을 옥단풍의 턱밑으로 바싹 들이밀었다.

"여자 문제라고 해서 예외는 아니란 말이다. 알겠냐?"

"엥?"

옥단풍이 뭐라고 대꾸할 새도 없이 탁발한이 이내 몸을 돌려 사마가의 솟을대문을 향해 걸음을 옮겼다.

옥단풍은 어이없는 표정이 되어 그 자리에 멍하니 서 있었다. 처음엔 무슨 뜻인지 납득할 수 없었는데 잠시 생각해 보니 탁발한의 뜻이 어렴풋이 짐작되었다.

“에이… 아무리… 노인네인데…….”

옥단풍이 고개를 갸웃하다가 새삼스럽게 솟을대문을 두드리고 있는 탁발한을 노려보았다.

“설마……?”

이젠 옥단풍이 한 대 쥐어박고 싶은 걸 억지로 참는 표정이 되어 있었다.

사마호는 올해로 예순아홉이 되었다.

그는 아홉 살의 나이에 부친을 따라 선주로 이주해 온 이후 줄곧 선주에서 살았다. 그의 부친은 약초를 팔아 생계를 연명하는 가난한 약초꾼이었고, 두주를 불사하는 호주가였다.

사마호가 열두 살이 되었을 때 그의 부친은 채 비우지 못한 술독을 옆구리에 끼고 벽에 기대어 앉은 채로 세상을 떠났다.

그 후 사마호가 지금의 사마가를 일구기까지 겪었던 모진 고생들은 이루 다 말로 형용키 어려운 것이었다.

사마호는 미간을 깊숙이 찌푸린 채 눈앞에 놓인 찻잔을 지

그시 응시하고 있었다. 숱한 고생을 겪으며 여기까지 온 그였지만 근래의 사마가에 닥친 먹구름은 그 어떤 위기보다도 그를 두렵게 하고 있었다.

"두 분의 대협께서 비록 무림에 널리 명호를 세운 분들이 아니긴 하옵니다만… 무림의 명성이라는 것이 워낙 허명도 많고 또……"

"됐다. 더 설명하지 않아도 된다."

사마장천이 사마호의 짧은 한마디에 입을 다물었다. 그러나 그는 자신이 목도했던 두 사람의 놀라운 무위에 대해 말하지 못한 것에 못내 아쉬운 표정을 지우지 못하고 있었다.

사마호는 자신의 맞은편에 천연덕스러운 얼굴을 하고 앉아 있는 일노일소를 다시 한 번 살펴보았다. 아무리 봐도 은거고수는커녕 칼이나 제대로 휘두를 줄 아는 자들인지 의심스러운 모양새였다.

"음……"

사마호는 자신도 모르게 나직한 신음을 뱉어내었다.

사마호는 두 아들 중에서도 사마장천을 유독 총애했다. 과묵하고 중후하기만 한 장자 사마장중에 비해 사마장천은 두뇌 회전이 빨랐다. 총명하면서도 경솔하지 않고 매사에 빈틈이 없는 사마장천이 추천한 자들이니 필경 눈에 보이지 않는 무엇이 있을 것이었지만, 그냥 턱 믿어버리기엔 두 사람의 행색이나 풍기는 분위기가 너무도 형편없었다.

"아버님, 호숙부께서는 말씀으로는 무엇이든 돕겠다고 하셨지만 아무런 후속 조치가 없사옵니다."

사마장천이 고개를 숙여 사마호의 시선을 피하며 말을 이었다. 선주의 호가 얘기다.

"호 대인은 애비가 두 번이나 급질을 고쳐 준 사람이다. 그는 애비를 생명의 은인이라고 부르곤 했어……."

사마장천이 안타까운 시선을 들었다.

"아버님, 선주의 누구도 반가와 맞서려고 하지 않습니다. 그건 호가도 마찬가지입니다."

"호가의 무력은 반가에 결코 뒤지지 않는다. 장천아, 그들은 결코 반가를 두려워하지 않아."

사마장천이 고개를 떨구고 숨을 골랐다. 하고 싶은 말이 목구멍까지 치미는 듯했지만 그것을 애써 눌러 참고 있는 모습이었다.

사마호가 금방 일어설 것 같은 모습으로 중얼거렸다.

"아무래도 내가 직접 호 대인을 만나봐야겠다."

"아버님……."

사마장천이 다급하게 만류했다.

"호가는 우리 가문의 일에 개입하지 않는 것이 자신들에게 이익이라고 생각하는 것뿐입니다. 아버님께서 열 번을 더 병

을 고쳐 주셨다 해도 그들의 생각은 결코 변하지 않을 것입니다. 왜 그걸 모르십니까?"

사마호가 놀란 눈으로 사마장천을 말없이 보았다. 이제껏 단 한 번도 자신의 앞에서 언성을 높여본 적이 없는 사마장천이었다.

"죄송하옵니다, 아버님."

사마장천이 고개를 떨구었다. 그의 눈가가 붉어진 것으로 보아 애써 가슴에 이는 격랑을 눌러 참고 있는 모습이었다.

사마호가 길게 한숨을 내쉬었다.

"저분들이… 우리 가문을 지켜주실 수 있느냐?"

그때 이제껏 한가한 얼굴로 넉살 좋게 앉아만 있던 탁발한이 벌떡 상체를 세웠다.

"우린 매우 신용이 높은 사람들이올시다, 사마 가주."

사마호가 못 미더운 시선으로 탁발한을 마주 보았다.

탁발한이 그런 사마호를 마주 보며 비릿하게 웃었다.

"두고 보시면 아시겠지만 결코 실망시켜 드리지 않을 것이외다. 물론 가격이 맞아야겠지만 말씀이외다. 헐헐헐……."

사마호가 눈살을 가볍게 찌푸렸다. 소위 무림의 호걸이라는 자들이 가격 운운하는 것부터 마음에 들지 않는다. 그러나 어쩌랴, 부정하고 싶어도 사마장천의 말대로 선주 어디에서도 도움의 손길을 얻어내기는 불가능한 것이 사실이었다.

"얼마를 원하시는 것이오?"

사마호가 가늘게 한숨을 내쉬며 힘없는 음성으로 물었다.

"그거야 많으면 많을수록 좋지만… 헤헤……."

탁발한이 뜸을 들이듯 말을 끊었다.

사마장천이 잽싸게 끼어들었다.

"그 문제는 소생과 따로 말씀하시지요. 결코 두 분을 섭섭하게 해드리지는 않을 것을 약속합니다."

탁발한이 그 말을 믿어도 되냐는 듯 사마호를 쳐다보았다.

"이번 일은 소자께 맡겨주십시오, 아버님."

사마장천이 간곡하게 말하자 사마호가 길게 한숨을 내쉬었다. 눈가의 주름이 더욱 깊어진 모습이었다.

"네게 맡기는 외에 달리 무슨 방도가 있겠느냐? 허어… 평생 인술을 베풀며 살아온 내게 이런 날이 올 줄이야……."

사마호가 부쩍 기력이 쇠잔한 모습으로 등받이에 길게 몸을 묻었다.

사마장천이 몸을 일으켰다.

"아버님, 그럼 소자 이만……."

사마호가 고개는 들지도 않고 손만 내저었다. 매사가 모두 귀찮다는 모습이었다.

사마호의 그런 태도는 두 사람을 거의 무시하다 못해 무례

하다고까지 한 것이었지만 탁발한과 옥단풍은 아예 그런 건 알지도 못하는 사람처럼 태평한 얼굴이었다.

"좋은 거 많네? 와아… 저건 태평소가 만든 백자기 아녀?"

탁발한이 일어서다 말고 함부로 고개를 휘휘 저어 방 안을 둘러보며 저잣거리의 하류 왈짜배 같은 어투로 지껄였다.

"이런… 태평소가 누구요?"

옥단풍이 입가에 어이없는 미소를 지어내며 물었다.

"태평소 몰라? 이 사람, 이제 보니 말짱 맹탕이구먼. 자기 하면 태평소 아녀? 몰라? 그 뭐냐… 그러니까 태평소 이 사람 아."

탁발한이 눈을 까뒤집으며 침을 튀겼다.

사마장천이 민망한 얼굴로 부친의 얼굴을 바로 보지 못하고 있었고, 사마호는 그야말로 어이없는 얼굴로 탁발한의 그런 모습을 물끄러미 쳐다보았다.

"춘추전국시대의 장인 말씀이시오?"

옥단풍의 말에 탁발한이 무릎을 치는 얼굴로 환하게 웃었다.

"그렇지, 춘추전국시대. 자네도 이제야 생각나는 모양이구만. 헐헐……"

"아마도 대붕소(大鵬蘇) 말씀이신가 보군요……."

보다 못한 사마장천이 조심스럽게 말했다.

“잉? 대붕소여? 태평소 아니고?”

탁발한이 떠름한 표정을 지어냈다.

사마호는 아예 고개를 돌려 버렸다.

사마장천이 어매한 미소를 지어내며 나가자는 자세를 취했다.

옥단풍이 알 듯 모를 듯한 미소를 입가에 지어내며 탁발한의 시선을 피했다.

탁발한은 옥단풍과 함께 사마장천을 따라 사마호의 처소를 나오면서도 연신 태평소 타령을 그치지 않았다.

저택 안은 마치 사람이 살고 있지 않은 곳처럼 조용했다.

마당으로 나오자 옥단풍이 걸음을 멈추었다.

“그럼 자세한 사항은 두 분이서 말씀하시고… 나는 먼저 다녀오겠소이다.”

탁발한과 사마장천이 의아한 얼굴로 돌아보았다.

“다녀오긴 어딜 다녀와?”

탁발한이 영 못마땅한 시선으로 옥단풍을 쏘아보았다.

“돈 문제는 원래 소생이 계산이 영 시원치가 않아서 말이지요.”

옥단풍이 사마장천을 향해 시원스럽게 웃었다.

사마장천이 뭐라고 해야 할지 모르는 얼굴로 탁발한을 돌아보았다.

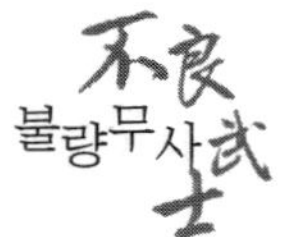

“물론 계약 건은 노부가 다 알아서 할 거다만… 네놈은 이 와중에 어딜 간다는 말이냐?”

“내가 갈 곳이 어디 있겠소? 뻔하지…….”

“뻔하다니?”

“참내… 반가밖에 더 있겠소?”

옥단풍이 천연덕스럽게 말하자 사마장천이 화들짝 놀라는 얼굴이 되었다.

“반가에 가시겠다는 말씀이시오?”

“얘기를 듣자니 우리가 싸울 상대가 바로 그 반가인 거 같은데… 아니오?”

“그, 그렇긴 하오만…….”

사마장천이 어이없는 표정으로 말끝을 흐렸다.

옥단풍이 다시 한 번 시원스럽게 웃었다.

“내 가서 간단하게 상견례를 하고 올 테니 그리 아시구려.”

탁발한이 정말 쇠망치라도 있다면 단방에 두들겨 박살이라도 내고 싶은 얼굴로 옥단풍을 노려보았다.

“이놈아, 싸움을 해도 다 순서가 있는 법인데 계약도 마치기 전에 뭐? 어딜 가?”

옥단풍이 탁발한의 어깨를 가볍게 두들기며 한쪽 눈을 찡긋했다.

“계약이야 어차피 대장이 할 일 아닌가? 하하… 물론 어리

벙벙하게 푼돈 몇 푼 받고 계약한다면 물론 좌시하지 않을 것 이오만."

"뭐, 뭐야, 이놈아?"

"하하하하……."

옥단풍이 후다닥 걸음을 옮겨 탁발한의 공격권에서 벗어 나며 유쾌하게 웃었다.

사마장천은 그저 씁쓸하게 웃고만 있었다. 만약 호첨방의 배에서 두 사람이 호가의 황 집사와 싸우는 모습을 직접 보지 못했다면 지금 이 모습을 보고 누가 이들에게 돈을 줘가며 대 신 싸워달라고 할 것인가…….

탁발한이 영 못 미더운 얼굴로 옥단풍을 향해 소리쳤다.

"이놈아, 쓸데없는 말썽은 피우지 말고 대충하고 돌아 와."

옥단풍이 멈칫 걸음을 멈추고 돌아섰다.

"아참……."

옥단풍이 성큼성큼 다가와 사마장천의 귀에 귓속말을 전 했다.

사마장천이 씁쓸하게 웃으며 어이없는 표정을 지었다.

"자, 그럼 소생은 다녀오겠소이다."

옥단풍이 시원하게 웃으며 멀어졌다.

"저놈이 뭐라고 합디까, 사마 공자?"

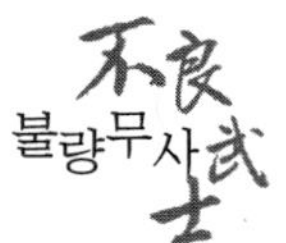

사마장천이 탁발한을 돌아보았다. 영 떨떠름한 얼굴이었
다.

"옥 형의 말은… 계약할 때 반드시 여자 문제는 제외시키
라는데… 소생은 도무지 무슨 뜻인지……."

탁발한의 얼굴이 일그러졌다.

그리고는 눈앞에 있으면 그 자리에서 잡아먹기라도 할 표
정으로 옥단풍이 사라진 쪽을 무섭게 노려보았다.

"일생에 도움이 안 되는 놈 같으니라구…."

사마장천이 여전히 납득하지 못하는 얼굴로 그런 탁발한
을 쳐다보고 있었다.

반가(潘家)의 가주인 반포광(潘包鑛)은 선주의 부호들 중 유
일하게 무림인(武林人)이다. 그는 철장철심(鐵掌鐵心)이라는
별호로 유명했으며, 그의 아홉초 철사장(鐵砂掌)은 가히 철벽
도 무너뜨릴 정도로 위력적이어서 장강이남(長江以南)에서는
손꼽히는 장법의 대가로 행세했다.

반포광은 선주에 무려 열두 개의 전장(錢莊)을 소유하고 있
다.

선주에서 오가는 돈의 팔 할은 반포광이 소유한 반가전장(潘
家錢莊)을 통해 들어오고 나간다 해도 과언이 아니다.

이 두 가지 이유로 해서 재력으로만 치자면 팔대부호에서

도 일곱 번째에 불과한 반가가 선주 최고의 가문이 될 수 있었다.

"강호에서 제법 알아주는 무가(武家)만 해도 열둘이나 됩니다. 그 각각의 무가는 평균 오십 명 정도의 무사들을 거느리고 있고, 그 외에 이름이 덜 알려진 잡다한 무가들의 무사들까지 합하자면……."

"천 명이 넘겠군."

탁발한이 너무도 태연하게 말하자 사마장천이 새삼스럽게 탁발한의 얼굴을 들여다보았다.

탁발한이 손가락으로 코를 후벼 이물질을 돌돌 뭉쳐서 꺼내며 심드렁하게 말했다. 지저분하기 짝이 없었지만 사마장천은 내색하지 않았다.

"예상했던 것보다는 많은 편이군……."

사마장천이 길게 한숨을 내쉬었다.

"그들 전부를 상대로 싸워달라는 말은 하지 않겠소이다."

탁발한이 동작을 멈추고 사마장천을 응시했다.

"단지 이번 위기만 무사히 넘길 수 있다면 그 후엔 어떤 식으로든 반가와 타협할 여지를 남기고 싶소이다만……."

"타협?"

탁발한이 노회한 시선으로 사마장천을 쏘아보았다. 그에게서 더 이상 흰소리나 픽픽 해대는 별 볼일 없는 늙은이의

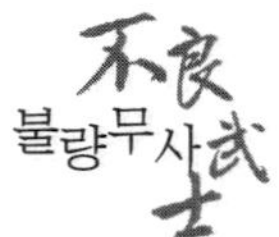

인상은 이미 사라지고 없었다.

사마장천이 숨을 들이마셨다.

"강호의 싸움에 타협이란 없는 법이네."

탁발한의 탁한 음성이 착 가라앉았다. 사마장천은 탁발한으로부터 숨막히는 듯한 압박감을 느끼고 있었다.

"반가에선 사마추를 달라고 했지?"

사마장천이 놀라 입이 쩍 벌어졌다.

그 사실은 아직 그 누구에게도 밝히지 않았었다. 사마가의 식구들만 알고 있는 비밀인 셈이었는데 탁발한이 어찌 알고 있는 것인가?

"그것도 반가에 시집와 달라는 것이 아니라 다 늙어서 오늘내일하고 있는 엉뚱한 늙은이에게 주려고 말이야."

"그, 그걸 어떻게 아셨소?"

탁발한이 사마장천을 쏘아보다가 입가를 허물어뜨리듯 웃었다. 그러자 예의 탐욕스럽고 천해 보이기까지 한 이전의 얼굴이 되살아났다.

"이 장사를 하려면 우선 정보가 첫째이지. 우수한 정보력이 없다면 이 장사로 성공 못해."

사마장천은 여전히 미심쩍은 바가 없지 않았지만 납득했다.

"두 분께 부탁드리는 것은 그 일만은 막아달라는 것입니다."

탁발한이 잠시 침묵을 지켰다.

사마장천이 초조한 기색이 되어 탁발한의 입을 쳐다보았다. 그 자신도 탁발한과 옥단풍이 반가를 상대로 얼마나 맞서 버틸 수 있는지 조금도 확신하지 못했지만 지푸라기라도 잡는 심정이 되어 있었다.

"착수금 은자 백 냥."

사마장천이 가늘게 숨을 내쉬었다. 은자 백 냥은 일반 서민들에겐 그야말로 거금에 해당되겠지만 선주팔대부호에 끼어 있는 사마가로서는 조금도 큰돈이 아니었다.

"일이 끝나면 사례금 은자 백 냥."

"드리지요. 일이 무사히 끝나면 사례금으로 은자 천 냥을 얹어드리겠습니다."

사마장천은 기실 일만 냥도 아깝지 않았다. 이들이 사마추를 반가의 흉수로부터 무사히 지켜낼 수만 있다면 그보다 더한 것도 내놓을 생각이었다.

다만 두 사람에 대해 도무지 그 능력을 종잡을 수가 없었기 때문에 섣불리 말을 꺼내지 못했을 뿐이었다.

탁발한이 착 가라앉은 시선으로 사마장천을 노려보았다.

"우리는 정가 이상 절대 안 받아. 물론 그 밑으로도 절대 안 받지만 말이야……."

사마장천은 도무지 종잡을 수가 없었다. 어떤 때 보면 필시

놀라운 내력을 숨기고 허허실실 강호를 주유하는 은거고수 같기도 하고, 또 어떤 때 보면 영락없는 사기꾼처럼 보였다.

"아, 한 가지 더 추가할 조건이 있네만……."

"무엇입니까?"

사마장천이 진지한 얼굴로 되물었다.

탁발한이 사마장천의 얼굴을 똑바로 들여다보며 비릿하게 웃었다.

"내 처소는 사마 낭자의 바로 옆방으로 해줘야겠네."

"네? 사마 낭자라니요?"

"호호호… 사마가에 사마 낭자가 사마추 말고 또 있었나?"

사마장천이 기가 막혀 입을 쩍 벌렸다.

不良武士

第四章

옥단풍은 번화한 화양로를 따라 느긋하게 걷고 있었다. 아직 서쪽으로 완전히 해가 지지 않았는데도 화양로변의 주점들은 청홍등을 밝히고 있었다. 오가는 행인들의 차림새도 모두 고급스러운 비단옷 차림이었다.

"반가에 대한 기본적인 정보 정도는 미리 알아둬야 할 텐데……."

옥단풍은 잠시 화양로의 한가운데 서서 주위를 두리번거렸다. 풍래객잔(風來客棧)이라 쓰인 깃발이 펄럭이는 고급 주점이 눈에 띄자 옥단풍은 서슴없이 걸음을 옮겼다.

"부자 놈들은 대개 끼리끼리 노는 법이지……."

옥단풍이 고급 자단목을 깎아 엮은 입구의 주렴을 젖히고 안으로 들어서자 지배인으로 보이는 중년인이 반갑게 맞이했다.

"어서 오십시오. 손님, 예약은……."

지배인이 말꼬리를 흐렸다. 조금은 수상쩍은 얼굴로 옥단풍의 위아래를 조심스럽게 훑어보는 표정으로 보아 옥단풍의 허름한 차림새에 일시 혼란을 느낀 얼굴이었다.

옥단풍이 시원스럽게 웃었다.

"본 공자가 좀 일찍 왔나?"

그리고는 느긋한 자세로 뒷짐을 지고 짐짓 누군가를 찾기라도 하듯 실내를 두리번거렸다.

지배인의 자세가 약간 누그러졌다.

"약조하신 손님이 어떤 분이신지 말씀을 해주시면 곧바로 안내해 드리겠습니다만……."

옥단풍이 새삼스럽게 지배인을 돌아보았다. 옥단풍의 서글서글한 눈이 시원스럽게 웃고 있었다.

"자네는 매우 성실하지만 아둔한 편이군."

"무, 무슨 말씀이신지……."

"본 공자가 황산(黃山)에서 손수 선주까지 왔을 땐 누굴 만나러 왔겠는가?"

"화, 황산요?"

"그렇다네. 황산."

옥단풍이 가볍게 지배인의 어깨를 두드렸지만 옥단풍의 시선은 지금 맞은편 벽에 걸려 있는 당대(唐代)의 명필 왕상택(王尙澤)이 그린 황산산수도(黃山山水圖)에 꽂혀 있었다.

"그, 그러시다면 남궁세가(南宮世家)에서 오셨군요? 반 공자님의 축하연에 오시는 길이실 테구요."

지배인이 완연히 달라진 자세로 극도의 경의를 보이며 머리를 연신 조아렸다.

그제야 옥단풍은 무림의 절대강자인 오대세가(五大世家)의 하나인 남궁세가가 황산에 그 근거지를 두고 있다는 사실이 떠올랐다.

"핫핫핫. 자넨 정말 총명하군. 그렇다면 오늘 반 공자의 축하연이 무엇을 위한 것인지도 알고 있겠구만?"

"당연합지요. 반 대공자께서 오늘 색사연(色絲宴)을 가지시는 거 아닙니까요? 헤헤헤……."

"색사연……?"

지배인이 의아한 얼굴이 되었다.

"아니, 남궁세가의 공자 분께서 색사연을 모르십니까?"

"응? 핫핫핫… 이 사람아, 그럴 리가 있나? 안내하게. 어서 반 공자를 봐야겠네."

　지배인이 고개를 갸웃하다가 옥단풍이 재촉하자 어쩔 수 없다는 듯 앞장섰다.

　"조금만 더 늦게 도착하셨으면 공자께서는 색사연의 가장 중요한 장면을 놓치실 뻔하셨습니다요."

　계단을 오르면서도 지배인은 쉴 새 없이 입을 열었다.

　옥단풍이 아닌 척 지나가는 말로 물었다.

　"어째서 그런가?"

　"바로 조금 전에 색사를 위한 물감이 올라갔거든요. 헤헤헤……."

　"오오, 그래?"

　지배인이 삼층에 이르는 계단의 끝에 이르러 옥단풍을 돌아보았다.

　"다 왔습니다요. 소생이 기별을 해야 하니 공자님의 존성 대명이라도……."

　옥단풍이 황급히 지배인의 소맷자락을 잡아당겨 계단의 중간으로 끌어내렸다.

　"됐네. 자네 볼일은 여기까지. 나머지는 내가 알아서 함세."

　"예? 그건 안 되는뎁쇼?"

　"안 되긴 뭐가 안 된단 말인가? 괜찮으니 그만 가보게."

　"절대로 그럴 수 없습니다요."

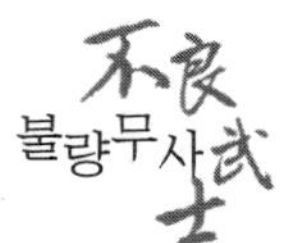

지배인이 완강하게 버텼다. 반가와 같은 최고 가문의 축하
연을 유치하는 것은 풍래객잔 같은 고급 주루에게는 사활이
걸린 문제라 해도 과언이 아니었다. 그런 만큼 만에 하나라도
소홀함이 있게 되면 객잔의 위상은 순식간에 급전직하 하는
것이다.

"만약 의전절차를 어겨서 무슨 일이 생긴다면 소인이 감당
할 수 없게 되옵니다."

옥단풍이 말없이 얼굴을 굳히고 지배인을 노려보았다.

옥단풍은 오랜 경험을 통해 이런 순간이야말로 백 마디 말
보다는 단 한 번의 강렬한 눈빛이 훨씬 효과적이라는 사실을
잘 알고 있었다.

옥단풍이 얼굴을 굳히자 유들유들하고 풍류과객 같은 서
글서글하던 인상이 노련한 뒷골목의 왈짜 같은 인상으로 백
팔십도 변했다.

지배인이 자신도 모르게 주춤 물러서다 계단을 헛밟아 기
우뚱하고 균형을 잃었다가 간신히 몸을 세웠다.

"그만 가보게."

옥단풍이 나직하고 위엄이 실린 음성으로 말하자 지배인
은 거역할 수 없는 어떤 힘을 느껴야 했다.

"이, 이러면 정말 안 되는데……."

지배인이 못내 찜찜하지만 어쩔 수 없다는 얼굴로 계단을

내려갔다.

옥단풍은 잠시 그렇게 서서 위압적인 시선으로 지배인을 지켜보다가 그가 완전히 사라지자 히죽 웃었다. 그 웃음 한 번으로 어느 성질 고약한 조직의 우두머리쯤으로 보일 만큼 험악하던 그의 모습이 순식간에 다시 유들유들하고 건들건들한 애초의 모습으로 돌아왔다.

"어디 그럼 반가의 색사연인가 뭔가 한번 구경이나 해볼까……?"

객잔의 삼층은 전 층을 하나의 연회실로 쓰는 구조였다. 집기들이며 벽을 장식한 채색들, 아늑한 분위기 등 어느 것 하나 고급스럽지 않은 것이 없었다.

연회실 안은 간혹 나이 든 사람들도 눈에 띄었지만 대부분 젊은 선남선녀들로 가득했다. 그들은 지금 한결같이 연회석의 상석 쪽을 향해 모두 일어서 있었다.

옥단풍은 눈에 띄지 않도록 행동을 작게 하며 서 있는 젊은 이들의 뒤편에 조용히 끼어들었다. 바로 옆에 서 있던 옥색 문사복 차림의 서생 하나가 힐끔 옥단풍을 돌아보고는 몸을 움직여 자리를 내주었다.

옥단풍이 그를 향해 부드럽게 웃어주었다.

"색사연이 이미 끝났소?"

"지금 막 색사의식이 시작되었소이다. 용봉대협(龍鳳大俠)

께서 지금 반 대형의 검을 받고 있잖소?"

옥색 문사복이 손가락으로 연회석 상석 쪽을 가리키며 설명했다.

연회석의 상석엔 검박한 백색 장삼을 걸치고 온통 흰수염이 얼굴을 가득 뒤덮은 나이를 짐작하기 어려운 노인 하나가 서 있고, 그 앞에 흑의 무복을 걸치고 머리를 역시 흑색 영웅건으로 질끈 동여맨 강건한 체격의 서른 살가량 돼 보이는 사내가 무릎을 꿇고 양손으로 검 한 자루를 받쳐 들어 노인에게 내밀고 있었다.

"아… 그렇군… 색사의식……."

옥단풍이 고개를 끄덕였다.

"그러니까 저 노인 분이……."

"그렇지요. 바로 용봉대협이시잖소. 하하… 원래 남궁세가의 색사연은 가문 내에서 일부 초청인사만 참석케 하고 치루는 것이 관례인데, 이번에 관례를 깨고 선주까지 용봉대협께서 직접 오셔서 주관하시는 것이외다."

옥단풍이 이미 알고 있은 사실이라는 표정을 지어내며 웃었다.

"그만큼 남궁세가가 반 대형의 가문을 중요하게 생각한다는 의미 아니겠소이까? 하하하… 소생은 남궁세가의 제자가 된 반 대형이 자랑스럽소이다."

옥색 문사복이 옥단풍의 동의를 구하듯 호들갑스러운 얼굴로 웃었지만 옥단풍은 더 이상 대꾸하지 않았다. 이런 때는 차라리 아무 대꾸 안 하는 것이 귀찮은 대화를 일찍 끊을 수 있는 지름길인 것이다.

옥단풍이 더 이상 자신에게 관심을 보이지 않자 옥색 문사복이 썩은 얼굴이 되었다가 이내 시선을 돌려 버렸다.

흰 수염의 노인, 용봉대협이 검을 양손으로 받아 들고 좌중을 향해 한 바퀴 둘러 보이며 장중하게 입을 열었다.

"남궁세가의 제십팔대 가외문하제자(家外門下弟子) 반교창(潘敎昌)의 색사의식을 시작하겠소."

좌중이 일제히 박수를 보냈다.

용봉대협이 장중한 표정으로 검을 받쳐 들고 탁자 앞으로 다가섰다. 탁자 위엔 커다란 옥배(玉盃)가 놓여 있었고 핏빛처럼 붉은 물감이 넘치도록 담겨 있었다.

"붉은색이라……."

옥단풍은 그제야 남궁세가의 색사연이 무엇을 의미하는 것인지 깨달았다.

남궁세가는 검예(劍藝) 하나만으로 지금의 위치에까지 오른 가문이다. 강호의 오대세가는 구파일방이나 흑도무림의 대표격인 군산십팔채(群山十八寨)와 더불어 절대강호로 군림하고 있은 거대문파들이다.

남궁세가는 역대 무림에 모두 열다섯 명의 검성(劍聖)을 배출한 가문이기도 했다.

남궁세가의 제자들은 단색의 수실을 검에 달고 다닌다.

누구나 입문하여 남궁세가의 검법을 배우기 시작하면 검은색 수실을 달게 된다. 남궁세가의 검법은 다양하고 복잡하여 가전의 모든 검법을 다 익히기란 거의 불가능에 가깝다고 한다. 특히 남궁세가가 자랑하는 태을검법(太乙劍法)은 심오하고 까다로워서 태을검법을 십이성 연성한 남궁세가의 제자의 수는 가문의 역사를 통틀어서도 손가락에 꼽히는 정도였다.

가장 먼저 백삼십팔수로 이루어진 무궁검법(無窮劍法)을 십이성 연성하고 나면 기초적인 검기(劍氣)를 발출할 수 있다고 한다.

무궁검법을 연성해 검기를 발출할 줄 알게 되면 색사의식을 거쳐 그 제자의 검에 달린 수실에 붉은 물감을 물들여 준다. 즉, 붉은 수실의 검을 소유하고 있는 남궁세가의 제자는 적어도 검기를 발출할 줄 아는 검의 고수라는 뜻이다.

그 후 또다시 오랜 세월의 고련을 거쳐야 태청검법(太靑劍法)을 익힐 수 있다. 태청검법을 십이성 연성하면 검강(劍鋼)을 발출하여 멀리 떨어져 있는 바위도 능히 검강으로 박살 낼 수 있을 정도가 된다.

　그 경지에 이르면 남궁세가에서 푸른 색[靑色]의 수실로 물들이는 색사연을 열어준다. 푸른 수실을 검에 달고 다닐 자격이 생기는 것이다.

　현재 푸른 수실을 달 자격이 있는 남궁세가의 제자의 수는 오십 명이 넘지 않는다고 한다. 그만큼 어려운 경지인 것이다.

　만약 남궁세가의 제자가 검에 금색 수실을 달고 있다면 절대로 그와는 싸우지 않는 것이 좋다. 적어도 이기어검술(以氣御劍術)에 맞서 충분히 싸울 자신이 없다면 말이다.

　태을검법을 십이성 연성한 자는 어검술을 할 수 있다. 그리고 검성(劍聖)에 도전할 자격이 주어지며 비로소 금색 수실을 검에 달고 다닐 수 있는 것이다.

　"그렇다면 검기를 발출할 수 있다는 얘기로군……."

　옥단풍이 흑의 무복의 사내를 응시하며 중얼거렸다. 그가 이 축하연의 주인공인 반 대공자임이 분명했다. 각진 얼굴에 길게 뻗은 콧날, 그리고 한일자로 굳게 닫힌 입술은 그가 매우 강건하며 결코 지기 싫어하는 승부사적 기질을 가지고 있음을 여실히 보여주고 있었다.

　그때 용봉대협이 양손에 들린 검의 수실을 조심스럽게 옥배의 붉은 물감 속에 담갔다.

　수실은 물감 속어서 넓게 퍼졌다가 천천히 가라앉아 완전

히 모습을 감추었다.

잠시 후 용봉대협이 수실을 옥배에서 들어 올리자 옆에서 대기하고 있던 사내 하나가 빠르게 천을 갖다 대 물감이 바닥에 떨어지지 않도록 조치했다.

물감은 뭘로 만들어졌는지 몰라도 이내 건조하게 말랐다. 손으로 문지른다 해도 아무것도 묻어나지 않을 정도였다.

"교창아, 검을 받도록 해라."

용봉대협이 인자한 미소를 지어내며 검을 반교창에게로 내밀었다.

반교창이 두 손을 공손하게 뻗어 검을 받아 들었다. 그의 얼굴엔 기쁨과 자부심이 감춤없이 드러나 보였다.

"사부님의 은혜에 감사 드리며 가르침을 결코 잊지 않고 남궁세가의 제자로 결코 부끄러움이 없는 검객이 되겠습니다."

반교창이 우렁찬 음성으로 아뢰자 용봉대협이 흐뭇한 얼굴로 고개를 끄덕였다.

좌중에 모인 선남선녀들이 일제히 박수로 반교창을 축하해 주었다.

요란한 박수 소리 속에서 한줄기 청아한 음성이 흘러나온 것은 바로 그때였다.

"붉은 수실을 받았으니 그는 검기(劍氣)를 발출할 수 있다는 말인가? 과연 정말로 붉은 수실을 달 자격이 있는 것인가?"

청명한 음성은 낮았지만 요란한 박수 소리 속에서도 또렷하게 들렸다.

반교창이 짙은 검미를 꿈틀하며 좌중을 돌아보았다. 음성은 들었으되 음성의 주인이 누구인지는 쉽게 알아채지 못한 얼굴이었다.

"반 모가 사장들의 은혜를 입고 색사의식을 하사받은 것은 재주보다는 복이 많아 그런 것이라 여기니, 반 모는 귀하의 우려를 충언으로 들을 수 있지만 색사의식을 내려주신 사장들께는 귀하의 말씀이 큰 실례가 되는 것이오."

좌중의 선남선녀들이 모두 박수를 멈추고 한쪽을 돌아보았다.

색 바랜 장삼에 색 바랜 머리띠를 하고 있는 인물, 옥단풍이 시원하게 웃고 있었다.

반교창이 다시 힘주어 말했다.

"이 자리는 반 모의 오랜 벗들을 초청하여 조촐하게 치르는 자리오만… 혹시 반 모가 눈이 어두워 귀한 벗을 몰라 뵙는 것은 아닌지 하고 바라오."

내뱉는 한마디 한마디가 명가의 자제답게 예의 바른 것이었으나 날카롭게 옥단풍을 쏘아보는 눈빛은 예사롭지 않았다.

장내가 일시에 조용해졌다.

좌중의 시선은 오직 옥단풍 한 몸에 모아져 있었다. 모두들 낯선 이 사내가 누구인지 궁금해하는 눈치였다.

"검기란 검에서 뿜어져 나온 기운으로 일 장 밖의 촛불도 끌 수 있는 것이라 알고 있는데……."

용봉대협은 옥단풍이 축하연의 자리에 있으므로 반교창의 지우 중 하나이리라 지레짐작하고 있었다. 그래서 후학을 대하는 너그러움이 가시지 않은 음성으로 입을 열었다.

"맞네. 대저 일 장 정도 떨어진 거리의 촛불을 검의 기운으로 끌 수 있다면 그것을 검기라 부를 만하지. 매우 정확한 지적이라네."

옥단풍이 용봉대협을 향해 시원스럽게 웃었다.

"용봉대협께선 푸른 수실의 검을 메고 계신 것으로 보아 검강을 발출하실 수 있는 정도로군요."

반교창의 얼굴이 싸늘하게 굳었다.

"무엄하다. 감히 뉘 안전이라고 말을 함부로 하는가?"

기실 옥단풍의 말은 틀린 말이 아니었지만 무림의 대선배를 앞에 두고 젊은 후학이 자연스럽게 뱉을 말은 아니었다.

용봉대협이 약간 붉어진 얼굴로 헛기침을 두어 번 내뱉었다.

"허험… 틀린 말은 아니니 크게 신경 쓸 것 없느니라."

"아닙니다, 사부님. 설사 틀린 말이 아니라 해도 후학의 입장에서 감히 무림의 사장을 능멸하는 언동은 용납할 수 없사옵니다."

"허어……."

용봉대협이 난감한 얼굴로 입맛만 다셨다.

반교창이 옥단풍을 똑바로 노려보며 물었다.

"귀하는 아직 본 공자의 질문에 대답하지 않은 것 같소만……."

"본인이 누구인지는 그대가 진정 붉은 수실을 검에 매달 자격이 있는지 증명해 보이면 말해주지."

옥단풍의 단호한 말에 좌중에서 일시 소란이 일었다.

"저런 발칙한 자가 있나?"

"저자가 도대체 느구지? 신분이 불분명한 자가 어떻게 반 대형의 색사연에 참석한 건가? 지배인… 지배인, 게 없는 가?"

"당장 무례함에 대해 사과하라."

그러나 옥단풍은 예의 시원스러운 미소를 입가에 머금은 채 반교창을 똑바로 응시하며 한 술 더 떴다.

"어때? 그 검기라는 걸 만천하 환시리에 한번 보여줄 생각은 없는가?"

반교창의 얼굴이 붉게 물들었다.

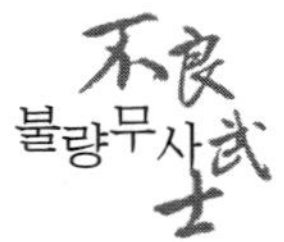

이글거리는 시선이 형형한 안광을 담고 옥단풍을 매섭게 쏘아보고 있었다. 어지간한 담력이라면 그 시선만도 마주 받아내기 어려운 그런 강렬한 것이었다.

그러나 반교창은 바로 발작하지 않았다. 길게 숨을 들이마시고는 이내 평온한 안색을 되찾고 있었다.

'제법이로군… 흥분을 저처럼 쉽고 빠르게 가라앉힐 수 있다면 허접 쓰레기는 아니란 얘긴가……?

옥단풍이 양 어깨를 으쓱하며 한 번 더 이죽거렸다.

"뭐, 자신이 없다면 굳이 강요하고 싶은 생각은 없다네. 허허… 어차피 붉은 수실은 이미 달았으니 굳이 그걸 증명해 보일 필요야 없지 않겠나? 하하하……."

반교창은 더 이상 얼굴이 붉어지지 않았다.

대신 좌중의 몇몇 사내들이 자리를 박차고 일어나며 옥단풍을 향해 손가락질을 했다.

"보자 보자 하니 말이 지나쳐도 한참 지나치구나."

"저자를 당장 밖으로 내치지 않고 뭣들 하고 있는가?"

반교창이 한 손을 번쩍 들어 좌중을 가라앉혔다.

"기실 반 모는 여러 벗들 앞에서 기예를 뽐내고 싶은 마음은 없소이다. 다만 저자가 소생의 명예를 훼손할 뿐 아니라 소생의 사문까지 능멸하는 말을 함부로 지껄이고 있으니 그냥 참고만 있을 수는 없게 되었소이다."

반교창이 검을 잡고 자세를 취했다. 그리고 수하를 시켜 일 장 거리에 촛불을 세우도록 지시했다. 좌중의 선남선녀들이 일제히 커다란 박수로 반교창의 검기 시범을 반겼다.

옥단풍은 팔짱을 끼고 묘한 미소를 입가에 지은 채 지켜보고만 있었다.

모든 준비가 갖춰지자 반교창이 호흡을 가다듬고 촛불을 노려보았다. 매우 진지한 자세였다. 좌중이 일제히 숨을 죽이고 지켜봤다.

스르릉…….

반교창이 천천히 검을 뽑아 들어 촛불을 가리켰다. 무궁검법의 기수식 만천무궁(滿天無窮)의 자세였다.

일순 뿌연 서릿발 같은 기운이 반교창의 검을 감싸고 일어나서는 곧바로 촛불을 향해 일직선을 그리며 쏘아갔다.

"아……!"

"과연 멋지군……."

여기저기서 탄성이 터져 나왔다.

대저 검에서 기운을 뿜어내는 것은 인간의 몸에서 직접 기운을 뿜어내는 장풍이나 지풍에 비해 열 배는 힘들다고 한다. 검기를 발출해 일 장 밖의 촛불을 끌 수 있는 힘이라는 것은 장풍을 발출해 일 장 밖의 철벽에 장인을 남기는 것보다 힘든 일이라는 것이다.

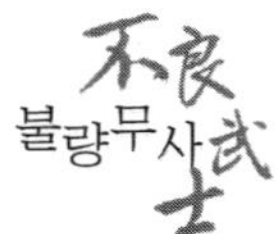

그런데 반교창의 검에서 서릿발 같은 검기가 쏘아져 나가서는 촛불을 강타하는 모습을 눈앞에서 목도하니 절로 탄성이 터져 나온 것이다. 용봉대협도 반교창이 수월하게 검기를 발출하자 대견하다는 듯 입가에 흐뭇한 미소를 머금고 고개를 끄덕이고 있었다.

그러나 모두들 손뼉을 치려고 양손을 들어 올리려다 순간 깜짝 놀라고 말았다. 검기가 적중하자 훅하고 꺼져 버릴 듯 잦아들었던 촛불이 돌연 퍼뜩 살아나 꼿꼿하게 다시 타오르고 있는 것이었다.

"어……?"

중인들이 모두 멍한 채 어찌해야 할지 모르는 얼굴이 되었다.

반교창의 얼굴이 백짓장처럼 창백하게 변했다. 그는 다시 검을 잡아 만천무궁의 자세를 취하며 촛불을 향해 검을 겨누었다. 굳게 앙다문 입술과 타는 듯이 이글거리는 눈빛은 치밀어 오르는 수치심을 전력을 다해 다스리고 있음을 보여주고 있었다.

검에서 더욱 강력한 서릿발 같은 기운이 일어 순식간에 일직선을 그리며 촛불을 향해 쏘아갔다.

촛불은 다시 휘청하고 쓰러지며 사라질 듯 보였지만 이번에도 이내 다시 몸을 일으켜 세우며 보란 듯이 활활 타고 있었다.

반교창의 얼굴이 일그러졌다.

그의 얼굴은 수치심과 당혹감에 물들어 옆에서 보기에도 민망할 지경이 되었다.

좌중은 순식간에 물을 끼얹은 듯 침묵에 빠져들고 말았다. 모두 무슨 표정을 지어야 할지 모르는 얼굴이었다. 그들 중 그 누구도 반교창이 검기를 발출할 때 옥단풍이 한쪽 손가락을 소매 속에서 은밀하게 튕겨내었다는 사실을 알지 못했다.

"핫핫핫… 역시 그렇군. 그 검기라는 것이 고작 촛불 하나도 끌 수 없는 것이었어."

옥단풍이 커다란 소리로 웃자 모두들 못마땅한 시선으로 옥단풍을 돌아보았다.

반교창이 옥단풍을 잡아먹을 듯 노려보았다.

그때 좌중에서 푸른 무복을 갖춰 입은 이십대 후반의 청년이 벌떡 몸을 일으켰다.

"반 대형, 이자는 아무리 봐도 반 대형의 좋은 날을 망치려 하는 자 같소. 소생이 반 대형을 대신해서 이자에게 교훈을 내려야겠소이다."

청년은 말을 마치자마자 중인들의 이목을 받으며 훌쩍 앞의 탁자를 건너뛰어 옥단풍의 앞으로 떨어져 내렸다.

꽤 날렵하고 민첩한 몸놀림이었다.

"맞소, 종 형. 그자에게 따끔한 맛을 좀 보여주시오."

"하룻강아지 범 무서운 줄 모른다더니… 허어……."

여기저기서 청년을 두둔하는 말들이 튀어나왔다.

옥단풍은 청년이 정면으로 다가오는 모습을 그저 태연한 신색으로 빙글빙글 웃으며 쳐다보고만 있을 뿐이었다.

청년이 미간에 내 천 자를 그리며 다짜고짜 일장을 날려왔다.

"네놈의 그 빌어먹을 웃음이 영 마음에 들지 않아."

우우웅…….

은은한 기운이 청년의 손바닥을 통해 쏟아져 나왔다. 겉으로 보기에는 산들산들한 미풍 같은 기운이었지만 옥단풍은 이미 한눈에 상대의 장력이 일종의 내가장력(內家掌力)임을 알아보았다.

이와 같은 장력은 음유한 기운에 속한다. 그래서 겉으로 보기에는 부드럽고 잔잔해 보이지만 막상 부딪치게 되면 마치 바다의 잔잔한 수면 아래 노도와 같은 물살이 밀려들 듯 강력한 충격을 전해오는 것이다.

옥단풍이 청년을 다시 한 번 쳐다보았다.

이와 같은 내가장력을 연성한 자라면 적어도 강호에서 이름이 알려지지 않은 무명소졸은 아닐 것이었다.

"거참… 반 대형이 촛불을 못 끈 것이 내 탓이라도 된단 말인가?"

입으로는 천연덕스럽게 내뱉었지만 그의 왼쪽 발은 중궁을 밟으며 자세는 가볍게 낮춰지고 있었다. 동시에 옥단풍의 주먹이 허리춤에서 상단으로 불쑥 내밀어지며 청년의 장력과 맞부딪쳐 갔다.

바로 용호권의 일식이었다.

"저런… 저건 용호권이 아닌가?"

"하하하하… 저자의 용호권은 우리 집 마굿간지기의 용호권에 비해서도 형편없어 보이는군."

좌중에서 커다란 웃음이 터져 나왔다. 무공을 잘 모르는 여인들 중 몇몇도 옆의 여인과 서로 용호권임을 알아보고 웃으며 속삭이고 있었다.

청년이 장력을 내쳐 뻗어내다가 일순 얼굴 가득 당혹의 빛을 떠올렸다.

"내가 이런 자를 향해 언가장(彦家掌)을 펼쳤단 말인가? 허어… 낭패로군."

큰 소리로 말은 그렇게 했지만 그건 좌중이 모두 들으라고 한 소리에 불과함을 마주 보고 있는 옥단풍은 잘 알고 있었다.

청년이 당혹의 빛 끝에 입가에 비웃음을 머금고 시선 깊숙한 곳에 살의를 담고 있음을 보았기 때문이었다. 더군다나 청년은 장력의 힘을 거두어 줄이기는커녕 마지막 순간에 더욱 힘을 끌어올려 내공을 배가시키는 모습이었다.

옥단풍의 입가에 예의 시원한 미소가 떠올랐다.

뻐억……!

옥단풍의 주먹과 청년의 장력이 마침내 맞부딪치자 몸의 내부에서 뭔가 부서져 나가는 듯한 둔중한 소리가 허공에 메아리쳤다.

"우욱……."

청년이 돌연 입으로 묵직한 신음을 뱉어내며 뒤로 주루루 밀려났다. 그러고 나서야 돌연 돌개바람을 맞은 사람처럼 우당탕탕! 하고 나동그라지며 몇 개의 탁자를 뒤엎어 버리고 말았다. 원래 음유한 장력이란 그런 것이다. 충돌과 함께 첫 타격은 미미한 듯하지만 뒤이어 파도처럼 덮치는 후폭풍이 더욱 강력한 것이다.

어찌 된 일인지 청년은 옥단풍에게 그런 장력을 내뻗었다가 고스란히 그것을 자신에게로 되돌려 받은 것이다.

"아… 종 형!"

"어머머… 종 대가."

가까이 있던 청년들과 여인들이 모두 화들짝 놀라 몸을 피하며 소리쳤다.

옥단풍이 얼굴에서 미소를 지워 버리고 바닥에 쓰러져 꿈틀거리고 있는 청년을 내려다보았다. 미소가 지워진 옥단풍의 얼굴에서 풍기는 묘한 분위기가 가까운 곳에서부터 차례로 좌중의 입을 다물게 했다.

뭐랄까… 어찌 보자면 산전수전 다 겪은 늙은 노강호 같기도 하고, 또 어찌 보자면 특수 임무를 띠고 척살대 노릇을 한다면 모든 것을 그에게 맡기고 반드시 따르고 싶은 척살대장 같은 느낌이랄까……?

"네놈은 살의를 품은 만큼 되돌려 받은 것이니 나를 원망하지 말거라."

옥단풍의 낮은 음성은 부드러웠지만 듣기에 따라서는 몸서리쳐지는 묘한 힘이 있었다.

종가로 불린 청년은 내상이 심한 듯 얼굴이 창백하게 변해서 전혀 몸을 움직이지 못하고 있었다.

얼어붙은 듯 적막하게 침묵을 지키던 좌중에서 두어 명이 헛기침을 했다.

"허험… 종 형을 상하게 하다니 간이 배 밖으로 튀어나온 놈이구나."

"종 대인께서 결코 가만히 있지 않을 것이다."

옥단풍의 회색빛 시선이 그들에게로 천천히 돌려지자 지우개로 지우듯 차례대로 소리가 사라졌다. 모두 꿀 먹은 벙어

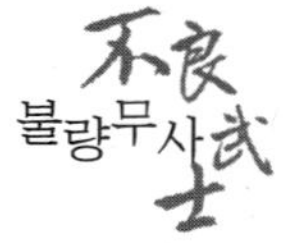

리 같은 표정으로 입을 다문 것이다.

그들은 한결같이 옥단풍이 아까 펼친 무공이 정말 용호권이었을까 하는 의문에 사로잡혀 있었다. 용호권이 이런 결과를 빚어냈다면, 그건 용호권이 절대 아니라는 턱없는 믿음은 쉽게 흔들리지 않는다. 그래서 더욱 혼란스러운 것이다.

반교창이 슬쩍 고갯짓을 하자 실내의 주변에 서서 경계하고 있던 무사들이 신속하게 움직여 옥단풍의 퇴로를 차단했다. 반교창으로서는 이제 더 이상 좋은 자리에서 좋게 끝낼 일이 아니라고 생각하는 것임이 분명했다.

"가능하면 불미스러운 일을 피하고자 했으나 그렇지 못해 유감이군."

반교창이 옥단풍을 차갑게 응시하며 입을 열었다.

"귀하가 까닭없이 반 모의 좋은 자리를 망치려 하지는 않았을 터, 연유를 물어도 되겠는가?"

반교창은 분노를 안으로 삭힐 줄 아는 자였다. 여전히 그의 언사엔 주위를 의식하는 자제력이 실려 있었다.

"네 이름이 뭐지?"

옥단풍이 불쑥 물었다.

노강호 같던 표정은 어느새 사라지고 호기심 많은 어린애처럼 불쑥 내뱉는 옥단풍의 한마디가 팽팽하게 고조되던 좌중의 긴장감을 탁하고 풀어버렸다.

좌중에서 피식피식 웃는 소리가 흘러나왔다. 도무지 옥단풍을 종잡을 수가 없는 것이다. 그러나 웃음소리는 이내 사그라들었다.

반교창이 찐득한 살기가 느껴지는 시선으로 옥단풍을 쏘아보자 장내에 팽팽한 긴장감이 감돌았다. 애써 눌러 참고 있던 반교창의 분노와 살의가 그 순간 제어력을 잃고 용암처럼 솟구치고 있었다.

"망종 같은 놈. 도저히 참아줄 수가 없는 놈이로구나."

반교창이 검을 들고 옥단풍의 앞으로 나섰다.

"병기를 뽑아라."

옥단풍이 어깨를 으쓱했다.

"뭐, 서로 죽이고 죽을 일이라도 있나? 병기는 무슨……. 더군다나 난 병장기를 별로 좋아하지 않는다네."

반교창의 얼굴이 더욱 붉어졌다.

"네놈 스스로 선택한 것이니 빈손인 자에게 병장기를 사용했다 탓하지 마라."

스르릉…….

반교창이 멋들어진 자세로 검을 뽑아 들었다. 검의 손잡이엔 방금 색사의식을 끝내 붉게 염색된 수실이 출렁거리고 있었다.

"물론 그럴 기회나 있을지 모르겠다만… 재간이 있다면 있

는 힘껏 펼쳐 보이는 게 좋을 게야. 난 지금 관용을 베풀 의사가 전혀 없으니까……."

옥단풍은 조금도 개의치 않은 표정으로 여유있게 웃었다. 반교창에 대해 조금도 두려움이 없어 보이는 모습이었다.

반교창이 다짜고짜 무궁검법(無窮劍法)의 살초에 해당하는 후반 구식 중 맹룡과해(猛龍過海)를 펼쳐 옥단풍을 공격하기 시작했다.

검날이 반사하는 빛이 해일처럼 넓게 퍼지며 옥단풍의 상반신을 휘감아왔다.

"오오… 과연……."

"멋지다……."

좌중에서 탄성이 터져 나왔다. 그만큼 반교창의 초식은 정교하면서도 멋들어지게 우아했다. 우아함과 정교함은 남궁세가 검법의 특징이기도 했다.

순식간에 옥단풍의 상반신이 반교창의 엄밀한 검망 안에 갇혀 버리고 말았다. 옆에서 보기에도 금방 그 날카로운 검날에 갈갈이 찢겨 버릴 것 같은 위태로움을 느끼게 했다.

그러나 옥단풍은 오로지 할 줄 아는 것이 용호권밖에 없다는 듯 두 발이 용호권의 초식에 따른 방위대로 움직이고 있었다. 단지 다르다면 그 발걸음이 보통의 용호권에 비해 조금 빠르다는 것뿐이었다.

　은은한 바람 가르는 소리를 동반하며 세차게 몰아치는 반교창의 검날은 매 변식마다 기묘하게도 아슬아슬하게 옥단풍의 살갗을 스치고 있었다.

　"아… 저런……!"

　"정말 손톱만큼의 차이야… 저자는 매우 운이 좋군…….'

　좌중에서 연신 탄성과 함께 관전평이 흘러나왔다. 그만큼 여유를 찾은 것이었고, 반교창과 옥단풍의 싸움은 어린아이와 어른의 싸움처럼 일방적으로 반교창에게 유리한 것처럼 보였던 것이다.

　반교창의 검이 맹룡과해에서 난화만개(亂花滿開), 청운파천(靑雲破天) 등으로 초식을 옮겨가며 더욱 날카롭게 옥단풍을 휘몰아쳤다. 한번 흐름을 탄 무궁검법의 후반구식은 과연 강호의 전언이 거짓이 아님을 여실히 보여주었다.

　옥단풍은 엄밀하고 촘촘한 검망에 갇혀 거의 모습이 보이지 않을 정도였는데, 오직 그의 두 발만은 부지런히 용호권의 초식이 정한 방위를 따라 분주하게 움직이고 있는 모습이 똑똑히 보였다.

　옥단풍의 두 발은 고작 좌우 한 자 정도의 장방형 바닥을 벗어나지 않았다. 그 좁은 공간 안에서 이리저리 움직였다는 뜻인데 반교창이 무궁검법의 후반 구식을 모두 펼치고 나서도 반교창의 검은 매번 아슬아슬하게 옥단풍의 살갗을 스쳤

을 뿐 그의 털끝 하나 건드리지 못하고 말았다.

"어……?"

"정말… 저렇게 운이 좋은 자가 또 있을까?"

"이봐, 저건 운이 아닌 거 같은데……?"

좌중이 술렁거렸다.

후반구식을 모두 펼친 반교창이 한 걸음 뒤로 물러서 숨을 고르고 옥단풍을 매섭게 노려보고 있는데 옥단풍은 그저 헐렁헐렁한 얼굴로 서 있었다.

"꽤 쓸 만한 검법이군. 잘 봤어."

옥단풍이 씨익 웃었다.

반교창의 얼굴이 창백하게 질려서 믿을 수 없다는 표정을 하고 있었다.

수치심이 물밀듯이 밀려왔다. 오늘 색사지연을 열 수 있었던 건 자신이 남궁세가의 무궁검법을 완전히 익혔다는 증표인 셈이고, 강호에 검의 고수로 한 자락 말단에 이름을 올릴 수 있다는 자부심이 그를 기쁘게 했었다.

그런데 이름도 알 수 없는 떠돌이 같은 사내가 모든 것을 물거품으로 만들어 버린 것이다. 더군다나 상대는 말도 안 되는 용호권의 권로를 따라 움직이기만 했을 뿐 반격조차 하지 않았다. 멀쩡히 서 있는 허수아비조차 베지 못했다는 자괴감마저 들고 있는 것이다.

좌중도 모두 반교창과 비슷한 심정으로 무거운 침묵을 지키고 있었다.

문득 이제껏 조금도 움직이지 않고 앉아서 옥단풍을 지켜보던 용봉대협이 입을 열었다.

"처음 언가장을 되받아친 것은 이형차형(以型借型)인가?"

옥단풍의 시선이 용봉대협에게로 향해졌다.

"용호권의 제삼식 용두호미(龍頭虎尾)의 원리가 이형차형이외다."

"무궁검법 후구식을 모두 피해낸 것도 그럼……."

"그렇소. 용호권의 제육식 용추호망(龍追虎望)의 원리가 이위환위(以位換位)이니 제대로 보셨소이다."

용봉대협의 형형한 봉안에 놀라움이 스쳤다.

"결국 자네는 용호권만으로 언가장을 되받아치고 무궁검법의 후구식을 모두 파해한 셈이로군."

"하하하… 그런 셈인가요?"

좌중이 일제히 소란스러워졌다.

말도 안 되는 얘기다. 용호권 따위로 언가장을 파해하고 무궁검법을 무용지물로 만들 수 있다는 말은 어디에서도 들어본 적이 없던 것이다.

"용호권 따위에게 남궁세가의 검법이 파해될 수 있다는 말을 노부는 받아들일 수가 없다."

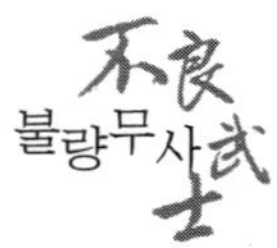

용봉대협이 몸을 일으키며 뒤쪽의 수행무사를 돌아보았다.

"노부의 검을 가져오너라."

남궁세가의 수행무사가 두 손으로 용봉대협의 검을 받쳐 올렸다. 푸른 수실이 손잡이 끝에 매달려 있었다.

"노부도 무궁검법만을 사용하겠다. 네가 과연 용호권으로 노부의 검 역시 파해할 수 있는지 봐야겠다."

용봉대협이 검을 잡자 반교창과는 달리 무거운 위압감이 주위를 휘어 감았다.

용봉대협은 남궁세가의 이대제자 중에서는 가장 나이가 많은 인물이었다. 남궁천평(南宮千評)이라는 이름은 남궁세가에서는 고집 세고 독불장군 같은 성격을 대변하는 것이라 해도 과언이 아니었다.

그는 불과 스물다섯 살의 젊은 나이에 푸른 수실을 검에 달 자격을 얻은 장래가 촉망받는 기재 중 하나였으나, 남궁세가의 주요 요직들을 거부하고 오직 검예의 길에 정진한 인물이었다. 이해할 수 없는 것은 태을검법의 연성을 포기하고 오히려 무궁검법을 다시 연마하는 길로 들어선 것이었다.

주위의 만류에도 불구하고 그는 푸른 수실에서 금색 수실로 넘어가는 과정을 포기하고 만 것이다.

그가 무궁검법에 천착하면서 남궁세가의 무궁검법은 지대

한 발전을 이룩한 것도 사실이었다. 그래서 남궁세가의 삼대 제자들이나 혹은 가외제자들 사이에 용봉대협 남궁천평의 위치는 특별한 바가 있었다.

옥단풍은 그런 사실을 아는지 모르는지 남궁천평의 앞에 서도 여전히 여유만만한 헐렁헐렁한 자세였다.

"아까와 똑같이 맹룡과해부터 시작하겠다."

용봉대협 남궁천평이 검을 뽑아 가볍게 휘두르며 초식을 펼치기 시작했다.

초식은 반교창의 그것과 똑같은 것이었지만 사람들이 보기에는 판이하게 다른 것처럼 보였다. 반교창의 무궁검법은 매우 격식에 얽매어 있었지만, 남궁천평의 무궁검법은 형식과 격식에 얽매이지 않는 자유로운 움직임을 가지고 있었다.

검에서 은은하게 일어나는 검기가 검보다 먼저 옥단풍의 전신을 휘감아 왔다.

꼼짝도 하지 않고 헐렁헐렁 보고만 있던 옥단풍의 발이 움직이기 시작했다. 중궁을 밟았던 왼발이 좌삼(左三)으로 이동하고 다시 퇴이(退二)로 옮겨지며 점점 속도를 빨리하기 시작했다.

옥단풍은 여전히 용호권의 투로를 따라 몸을 움직이고 있었지만 아까보다 훨씬 빠르게 움직이고 있는 것이 달랐다.

초수가 흐를수록 용봉대협의 검은 영활한 뱀의 혀처럼 기

기묘묘한 방향에서 불쑥불쑥 튀어나오고 가로 쓸고 내려치는 변화를 자유자재로 구사하기 시작했다.

용봉대협의 검이 아슬아슬하게 옥단풍의 살갖을 스치고 지나갔다. 옆에서 보자면 용봉대협의 검에 옥단풍이 베어져도 여러 번 베어진 것처럼 보였다.

십여 초가 그렇게 흐르자 옥단풍의 발걸음이 흐트러지기 시작했다. 금방이라도 용봉대협의 검에 피를 뿌리며 쓰러질 것만 같은 모습이었다.

용봉대협의 검이 기세를 타고 더욱 빨라졌다.

옥단풍의 어깨를 향해 날카롭게 내리 찍히던 용봉대협의 검이 옥단풍이 상체를 기울이며 그것을 간신히 피해낼 즈음 어느새 둥그런 호선을 그리며 옥단풍의 옆구리를 횡으로 베어왔다.

누가 봐도 더 이상 피할 여지도 없는 결정적인 공격이었다.

"끝이다."

"햐아… 정말 남궁세가의 검법은 절묘하기 그지없구나!"

여기저기서 탄성이 터져 나온 그 순간, 땅! 하는 쇳소리가 울려 퍼지며 용봉대협이 돌연 뒤로 훌쩍 물러났다.

절체절명의 순간 옥단풍이 그야말로 번개같이 주먹을 내밀어 용봉대협의 검신을 때려낸 사실을 알아챈 사람은 아무도 없었다.

용봉대협의 얼굴이 하얗게 질렸다.

"이런 괘씸한… 용호권 따위가……?"

용봉대협이 벼락같이 검을 휘둘러 왔다.

카캉……!

검날이 허공을 가르는데 날카로운 쇳소리가 울려 퍼졌다. 마치 검날이 창이라도 된 듯 길게 늘어나며 일직선으로 옥단풍의 가슴을 노리고 날카롭게 파고들었다. 검강(劍鋼)이었다.

옥단풍이 아연 긴장한 얼굴이 되어 신속하게 방위를 밟았다. 그의 몇 차례 옮겨지는 방위를 보고 있자면 참으로 신기했다. 둘레 한 자 남짓의 좁은 장방형을 결코 벗어나지 않는데도 그의 몸은 변화무쌍하게 움직이는 그 어떤 현란한 보법보다도 더욱 교묘하게 움직였다.

파캉……!

용봉대협의 검강이 옥단풍의 겨드랑이 어림을 뚫고 바로 뒤쪽 바닥에 날카롭게 작렬했다. 주루의 바닥에 쟁반만 한 구멍이 뚫린 것으로 보아 용봉대협의 검강의 위력을 미루어 짐작할 수 있었다.

"불초는 남궁세가와 별다른 원한이 없는데 살수를 쓸 필요까진 없는 것 아니오?"

옥단풍이 바닥에 뚫린 구멍을 보며 외쳤다. 그러나 그의 얼굴은 전혀 변함없이 여유만만해 보여 자칫 잘못 들으면 그 말

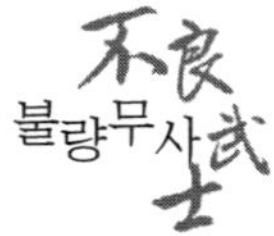

조차 용봉대협을 조롱하는 것처럼 들릴 수도 있었다.

용봉대협의 얼굴이 붉게 물들며 지체없이 검을 휘둘러 왔다.

"남궁세가는 네놈 따위의 입에 함부로 올려질 가문이 아니다. 게다가 원한은 노부와 이미 만든 셈이니 닥치거라."

파캉……!

용봉대협의 검이 새파란 검강을 뿜어내며 뇌전처럼 옥단풍을 휩쓸어왔다. 이번엔 검에 변초를 주었기 때문에 일직선으로 날아들지 않고 교묘하게 호선을 그리고 있었다. 옥단풍의 움직임에 따라 언제든 즉각 변화를 일으킬 만반의 준비를 갖추고 있었던 셈이었다.

옥단풍이 다시 방위를 밟고 움직였다.

동시에 기다렸다는 듯 용봉대협의 검이 검로를 바꾸며 두 갈래로 갈라졌다. 옥단풍이 어느 쪽으로 움직여도 검끝을 피해갈 수 없는 절묘한 변화였다.

"아……!"

좌중에서 일시에 탄성이 터져 나왔다. 무공의 수위가 그에 미치지 못하다 해도 보는 눈은 있는 법이다. 용봉대협의 변초는 그만큼 절묘했다.

순간 옥단풍이 주먹을 들어 올렸다. 올렸다 싶은 순간 눈에 보이지 않을 정도로 빠르게 주먹이 움직였다.

땅… 땅……!

연이은 날카로운 격타음이 울리며 용봉대협의 검강이 마치 망치에라도 부딪친 듯 강하게 튕겨져 나갔다.

“오오……!”

“앗……!”

좌중에서 놀라움의 탄성을 터뜨린 순간 옥단풍의 몸이 주욱 앞으로 미끌어지듯 이동했다. 그러자 옥단풍의 몸이 순식간에 용봉대협의 가슴으로 파고드는 형상이 되었다.

용봉대협이 황급히 검을 끌어당겨 가슴을 보호하는 순간 옥단풍의 주먹이 용봉대협의 손목을 후려쳤다.

빠각……!

뼈가 부러지는 소리와 함께 용봉대협의 검이 손에서 벗어나 두어 차례 허공을 돌아 벽에 텅 하고 꽂혔다.

용봉대협이 기겁을 하며 뒤로 서너 걸음 빠르게 물러섰다. 그의 검을 잡았던 오른손은 손목이 부러진 듯 아래로 처져 덜렁덜렁 흔들리고 있었다.

“사부님……!”

반교창과 남궁세가로부터 수행해 온 수행원들이 경악에 찬 외침을 터뜨리며 용봉대협을 가로막고 섰다. 남궁세가의 수행원들은 일제히 검을 뽑아 들었는데 모두 붉은 수실을 달고 있었다.

옥단풍은 더 이상 공격할 의사가 없다는 듯 자세를 풀고 헐 렁헐렁 서 있었다.

"쳐 죽일 놈. 네놈은 이제 여기서 살아나갈 생각을 버려 라."

남궁세가의 젊은 제자가 옥단풍을 잡아먹을 듯 노려보며 이를 갈아붙였다. 남궁세가의 제자들은 어느새 옥단풍의 퇴 로를 차단하고 있었는데 그와 같은 동작들은 매우 신속하고 숙련된 것이었다.

옥단풍이 방금 외친 남궁세가의 제자를 향해 씨익 웃었다.

"아직 내 볼일도 다 끝나지 않았는데 나가긴 어딜 나가겠 나?"

"이런 쳐죽일 놈!"

남궁세가의 제자가 쾌속하게 검을 휘두르며 덤벼들었다.

순간 용봉대협의 창노한 음성이 쩌렁하게 울렸다.

"멈춰라."

남궁세가의 제자가 동작을 멈추고 신속하게 물러섰다.

용봉대협이 침중한 얼굴로 남궁세가의 제자들을 둘러보며 말을 이었다.

"네놈들은 남궁세가의 이름에 먹칠을 할 셈이냐? 한심한 것들……."

남궁세가의 출신제자들이 일제히 고개를 떨구었다.

용봉대협의 엄한 꾸중이 이어졌다.

"방금의 결과는 정당한 대결에 의해 이루어진 것이거늘, 이 어찌 좌문방도와 같은 행동들이란 말이냐? 당장 물러서거라."

좌중도 일시에 물을 끼얹은 듯 조용해졌다. 모두들 숨소리조차 죽이고 있어서 바늘 떨어지는 소리도 크게 울릴 지경이었다.

용봉대협이 옥단풍을 보며 침착하게 입을 열었다.

"노부가 비록 과문한 편이지만 용호권으로 이름 석 자를 남긴 고수가 있다는 말은 금시초문이다. 그대는 사문을 밝힐 수 있겠는가?"

옥단풍이 시원스럽게 웃었다.

"소생의 용호권이야 강호에 널려 있는 흔한 것이니 딱히 사문이라고 따로 있을 리가 있겠소이까? 그저 여기저기서 주워듣고 얻어 배운 것들일 뿐이외다."

용봉대협의 얼굴이 분노로 다시 붉게 물들었다.

"오늘의 일합은 노부가 패했음을 깨끗이 인정하겠다. 그러나 일합의 승부로 끝내 기고만장한다면 남궁세가를 적으로 돌리는 어리석음을 범하게 되는 것이다."

그러므로 젊고 유망한 후학을 위해 충고하는 것이니 사문을 밝히고 이 자리를 끝내라는 뜻이었다.

패한 용봉대협으로서는 대단한 용기가 아니면 쉽게 할 수 없는 말이었다. 더군다나 남궁세가의 일원으로 전혀 무명의 애송이에게 패했다는 사실을 스스로 인정한다는 것은 거의 죽음을 불사하는 용기가 없이는 불가능한 일이기도 했던 것이다.

그러나 옥단풍은 그런 용봉대협의 심정을 아는지 모르는지 전혀 심각하지 않은 얼굴로 말했다.

"남궁세가와는 기실 아무런 볼일도 없으니 적이 되든 친구가 되든 그건 나중에 생각할 일이고… 오늘은 저 반가에게 한마디 경고하고자 해서 왔을 뿐이오."

용봉대협이 창백하게 변한 얼굴로 입술을 굳게 앙다물었다. 꽉 그러쥔 주먹이 부르르 떨리고 있었다. 기가 막힐 노릇이었다.

남궁세가의 젊은 제자들의 분노는 극에 달해 있었다. 용봉대협의 제지로 차마 발작하지는 못하고 있었지만 그들의 뇌리엔 이미 옥단풍은 남궁세가의 공적으로 깊이 새겨지고 있었다.

그러거나 말거나 옥단풍은 이내 시선을 반교창에게로 돌려 버렸다.

"반교창이라고 했나?"

반교창이 붉게 충혈된 시선으로 옥단풍을 잡아먹을 듯 쏘아보았다. 이제껏 그 누구에게서도 이런 대접을 받아본 적이 없던 반교창으로서는 지우들 앞에서 당하는 수모가 참을 수 없이 수치스러웠다.

그러나 스승마저도 눈앞에서 패퇴하고 말았지 않은가…….

"대답해!"

옥단풍이 눈을 부라리며 반교창에게 윽박질렀다.

반교창은 피가 머리 위로 솟구쳐 금방 숨이라도 넘어갈 듯한 기분이었지만 억지로 눌러 참을 수밖에 없었다.

"무슨 용건인가?"

옥단풍이 정색을 했다.

"선주의 사마가와 무슨 일이 있는지 모르겠다만… 아니, 무슨 일인지 상관없다만……."

반교창이 입술을 꼭 앙다물었다. 사마가를 들먹이니 그제야 어렴풋이 상대의 정체를 알 수 있을 것 같았다.

"사마가의 일가붙이인가?"

반교창이 입가로 옅은 비웃음을 머금으며 물었다.

"입 닥치고 듣기나 해, 임마."

옥단풍이 마치 어린아이 어르듯 눈을 부라렸다.

좌중의 그 누구도 입을 열어 찍소리조차 내지 않았다. 선주에서 반교창을 향해 저따위로 말하는 자가 있다는 것은 그들

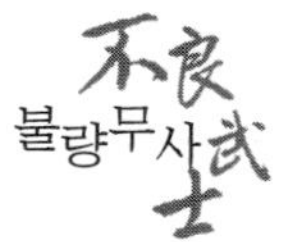

에겐 충격이나 다름없었다.

옥단풍이 마치 뒷골목에서 불량배를 만나 한바탕 설교하듯 건들건들한 모습으로 말을 이었다.

"사마가에서 손 떼. 아니면 내 손으로 선주에서 반가를 아예 없애줄 테니까. 알아들었냐?"

반교창이 꼼짝도 하지 않고 옥단풍을 마주 노려보았다. 사마가의 일가붙이가 아니면 사마가가 불러들인 고용무사임이 분명해졌다.

"알아들었으리라 믿고 오늘은 이쯤에서 물러나겠다. 그 색 사연인가 뭔가 계속하라구."

옥단풍이 말을 마치고는 미련없이 몸을 돌리며 어깨 위로 손을 살래살래 흔들었다.

좌중은 옥단풍이 계단을 통해 완전히 모습을 감출 때까지 모두 꿀 먹은 벙어리처럼 아무 말도 하지 못하고 바라보고만 있었다.

不良武士

第五章

不良
불량무사武
士

어둠 속에서도 검은 붉게 빛을 발하고 있었다.

마치 반딧불을 끌어 모아 검을 만든 것처럼 스스로 빛을 발하는 검은 악마의 헛바닥처럼 허공을 자유자재로 누비고 있었다.

옥단풍은 침상 밑에 바짝 엎드려 그 검날이 사방으로 뿌리고 있는 붉은빛의 어른거림을 두려움에 떨며 보고 있었다.

"여기서 꼼짝 말고 있거라. 아버지가 너를 다시 데리러 올 때까지 결코 움직여서는 안 된다."

다섯 살의 옥단풍은 말없이 고개만 끄덕였었다.

아버지는 반드시 그 약속을 지킬 것이라 믿었다. 옥단풍이 기억하는 아버지는 단 한 번도 약속을 어긴 적이 없었다.

그러나 아버지는 돌아오지 않았다.

아버지는 약속을 지키지 않았지만 옥단풍은 약속을 지켰다.

꼼짝도 하지 않고 침상 밑에 엎드려 있다가 깜빡 잠이 들었으므로…….

잠에서 깨어났을 때 검날의 붉은빛이 온 사방에 그 흔적을 남긴 것이라 믿었다. 침상 밖으로 기어나왔을 때 온 사방이 온통 붉었으므로…….

그것이 모두 사람의 피라는 것을 깨달았을 때 옥단풍은 그 자리에 철버덕 주저앉고 말았다. 아무 생각도 떠오르지 않았다.

그 피바다 속에서 낯익은 반지가 끼워진 비스듬히 잘라진 손을 주워 들었을 때에도. 그것은 옥단풍이 꿈속에서도 구분할 수 있는 낯익은 어머니의 손이라는 사실을 고개를 흔들며 부정하고 싶었을 때에도…….

반으로 쪼개진 사람의 머리가, 반쯤 뜬 눈을 자신을 향해 고정하고 있는 것 같은 그 머리가 언제나 존경하던 나이 차이 많은 형의 얼굴과 너무도 흡사하다는 것을 깨달았을 때에도…….

옥단풍은 아무 생각도 떠올릴 수 없었다.

끝없이 넓고 단단한 철벽이 좌우 양쪽에서 조여오듯 그 사이에 끼어 조금씩 조금씩 가슴의 뼈가 오그라들다가 와삭하고 부서지듯 그렇게 아파왔기 때문에 옥단풍은 끝내 철버덕 흥건한 피 속으로 넘어졌다. 한 손에 어머니의 잘린 손을 들고…….

"헉……!"

옥단풍은 침상에서 벌떡 상체를 일으켰다.

습관처럼 그의 손이 침상 베개 밑으로 넣어졌지만 그곳에 있어야 할 검은 잡히지 않았다.

그제야 옥단풍은 자신이 사마가의 정갈한 숙소 침상 위에서 잠들었다는 것을 깨달았다. 날름거리는 붉은 검광도, 온 사방을 가득 채운 피의 바다도, 반지를 낀 어머니의 손도…….

침상에서 잠든 날 어김없이 만나게 되는 꿈이라는 것을 깨달았다.

"젠장… 내가 침상에서 잠들었었군……."

옥단풍이 침상을 내려오며 손으로 목 어림을 문질렀다.

흥건한 땀이 손에서 미끌어졌다.

동쪽으로 난 창이 희뿌연 빛을 발하고 있었다. 새벽녘이리라.

옥단풍은 침상에 엉덩이를 걸치고 머리맡에 놓인 자리끼를 들었다. 그제야 갈증이 미친 듯이 밀려들어 옥단풍은 옥배에 담긴 물을 단숨에 들이켰다.

간밤에 마신 술이 좀 과했던 모양이었다.

두 사람의 합류를 환영하는 의미에서 사마장천이 베푼 술자리였다.

사마장천은 옥단풍이 반교창의 색사연을 완전히 휘저어놨다는 사실을 이미 알고 있었다. 그는 매우 흡족한 표정을 지어냈지만 그가 진실로 만족해하는지 구분하기는 매우 어려웠다.

어쨌든 탁발한만은 매우 기분이 좋아서 연신 옥단풍의 어깨를 두드렸었다.

"잘했어. 헐헐… 우리가 쪽수로는 완전히 밀리거든. 그러니까 잘한 거야."

탁발한은 양손에 오리 다리와 닭다리를 하나씩 들고 정신없이 번갈아 뜯으며 그렇게 말했었다.

탁발한의 그 말은 옥단풍의 생각과 정확히 일치했으므로 옥단풍은 새삼 탁발한을 다시 봐야 했다. 그는 확실히 싸움의 이치를 꿰뚫고 있는 사람이었다.

이쪽은 수적으로 열세이니 허장성세는 나쁘지 않다. 적은 이쪽의 전력을 정확히 탐색하는 데 좀 더 시간을 허비할 것

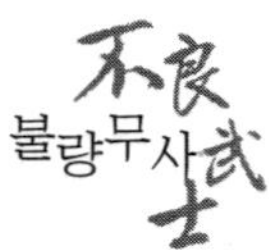

이다.

옥단풍은 머리를 가볍게 흔들며 방을 나왔다.

옥단풍이 머무는 곳은 외당에 위치한 손님용 객사였다. 총 다섯 개의 건물로 이루어진 사마가의 장원은 넓은 청석 마당에 아름답게 꾸며진 가산과 연못을 중심으로 내당, 외당으로 나뉘어져 있었다. 내당은 다시 사랑채 성격을 띤 매죽헌과 부녀자들이 기거하는 자운당으로 나뉘어져 있다.

탁발한이 술자리에서까지 끝내 우기고 우기다가 포기한 숙소가 바로 자운당의 한 침실이었음을 옥단풍은 나중에야 알았다. 그곳이 사마추의 침실 바로 옆이라는 사실을 알았을 때 옥단풍은 탁발한이 그만 매우 좋아졌다.

그것을 안 사마장천은 불쾌한 표정을 지었지만 결코 그것을 진심으로 받아들이지 않는 눈치였다. 그는 단지 탁발한이 농담으로 분위기를 부드럽게 하는 데 목적이 있다면 동생이 연루되지 않은 다른 농담을 더 선호한다는 의사표시를 함으로써 그 불쾌감을 완곡하게 표현했을 뿐이었다.

그러나 옥단풍은 안다.

탁발한의 농담이 농담이 아님을 단번에 깨달았다. 그래서 그가 괜히 더욱 좋아지는 것이다.

"후후……."

옥단풍은 탁발한을 떠올리자 저도 모르게 훈훈한 웃음이

흘러나오며 발걸음을 탁발한의 처소로 옮겼다. 같은 객사의
끝쪽 방이 탁발한의 처소였다.

보통은 아직 꿈나라를 헤매이고 있을 시간이지만 동녘이
훤히 밝아오지 않는가. 오늘부터는 어쩌면 제법 살벌한 싸움
을 시작해야 할지도 모른다는 생각을 하며 옥단풍은 탁발한
의 방문을 조용히 열었다.

방 안은 텅 비어 있었다.

"응? 어딜 갔지, 이 시간에?"

옥단풍은 자기도 모르게 사마추의 처소가 위치한 내당 쪽
으로 시선을 돌렸다.

"끄응… 뭐가 이렇게 소란스러워?"

탁발한이 눈꼽이 잔뜩 낀 얼굴에 부스스한 모습으로 문을
밀치며 나오고 있었다. 그는 잠을 잘못 잤는지 한쪽 볼이 벌
겋게 변해 있었는데 그건 딱딱한 목침에 짓눌린 자국처럼 보
였다.

자운당의 앞마당언 하녀들과 하인들이 모두 놀란 얼굴을
하고 삼삼오오 모여 있었고, 사마장천이 굳은 얼굴로 서서 방
을 나오는 탁발한을 보고 있었다.

옥단풍은 자운당의 앞마당으로 이르는 월동문을 들어서며
한눈에 무슨 일인지 알아차리고 말았다. 그러자 저도 모르게

웃음이 나왔다.

"허허허……."

사마장천이 옥단풍의 웃음소리에 고개를 돌리며 반가운 체를 했다.

"기침하셨구려, 옥 형."

옥단풍이 가볍게 목례를 보내고 사마장천의 옆에 나란히 섰다.

"평소에는 비어 있는 방이라 인기척을 느낀 하녀가 크게 놀랐던 모양이오. 다행히 부친께서는 아직 주무시고 계셔서 소생이 먼저 달려올 수 있었소이다."

사마장천이 대수롭지 않은 어투로 설명했지만 그 음성 속에 짙은 불쾌감이 담겨 있음을 옥단풍은 어렵지 않게 알 수 있었다.

말인즉슨, 탁발한이 야음을 틈타 사마추의 방 바로 옆의 빈 방으로 숨어들었고 새벽녘에 청소를 위해 들어갔던 하녀에게 발각되어 소란이 일어났다는 것이었다.

옥단풍은 그저 재미있다는 듯 엷게 웃고만 있었다.

"웬 소란들이여? 누가 죽기라도 했남?"

탁발한이 졸린 눈을 부비며 볼멘소리를 했다. 마당에 죽 늘어서 자신을 이상한 눈으로 쳐다보고 있는 하인 하녀들에게 오히려 눈을 부라리는 모습이었다.

사마장천이 미간을 가볍게 찌푸리며 하인들을 돌려보냈다.

"모두들 들어가거라. 별일 아니니 소란 피울 것 없다."

하인 하녀들이 사마장천의 말에 발길을 돌렸지만 탁발한을 이상한 눈으로 한 번씩 노려보는 것을 잊지 않았다.

사마추는 그 아름다운 미모도 미모지만 신분의 귀천을 가리지 않고 하인 하녀들을 대하는 고매한 인품으로 더욱 사랑받는 주인이었다.

그들이 보기엔 탁발한 같은 근본도 알 수 없는 늙은이와는 상상으로라도 사마추와 연결할 수가 없는 것이다.

탁발한이 그들의 시선 속에서 적개심을 감지하고 얼굴을 굳혔다.

"아니, 이것들이……? 콱, 그냥……!"

탁발한은 금방이라도 달려들어 한 대씩 쥐어박을 표정으로 눈을 부라렸지만 하인 하녀들은 흩어지는 내내 적개심이 담긴 눈빛을 지우지 않았다.

"이미 반가에 청혼을 거절한다는 전갈을 보냈다고 했지요?"

옥단풍이 서둘러 화제를 바꿨다.

사마장천이 고개를 약간 숙이고 뭔가 생각을 정리하며 어금니를 물고 있는 모습을 발견했기 때문이었다. 길게 얘기해

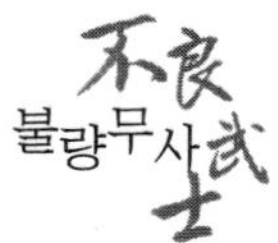

봐야 좋을 것 없다.

"거절은 이미 네놈이 어제 먼저 통보한 셈이지. 반교창인가 뭔가 하는 놈의 잔치를 엉망으로 만들었으니 말이야."

"그거야……."

"하지만, 정식으로 통보는 했다는군. 그것으로 전쟁의 시작을 알리는 셈이겠지만……."

탁발한이 사마장천 쪽은 아예 쳐다볼 생각도 없는 듯 고개를 외면한 채 옥단풍의 말에 맞장구를 쳤다.

옥단풍이 그 모습을 보고 다시 한 번 웃었다. 최소한 탁발한 본인도 자신의 행동이 말이 안 된다는 것쯤은 알고 있다는 뜻이었다.

"그보다도……."

사마장천이 목소리를 가다듬으며 조심스럽게 말문을 열었지만 이내 탁발한에 의해 가로막히고 말았다.

"적룡채(赤龍寨)는 알고 보니 군산십팔채(群山十八寨)의 그 유명한 적룡채더군. 그놈들이 왜 선주까지 기어들어 와서 반가의 앞잡이 노릇을 하고 있는지 알 수는 없지만 말이야."

사마장천이 입을 다물었다. 기실 다물고 자시고 할 것도 없었다. 탁발한이 콩 볶듯 빠른 속도로 말을 뱉어내고 있었기 때문이다.

"비룡검보(飛龍劍堡)는 남궁세가의 떨거지 하나가 나와서 세운 문파지만 결코 무시할 수가 없어. 그 남궁곽이라는 떨거지가 남궁세가의 현 가주 조카라니까 말이야."

탁발한의 말은 쉼없이 계속 이어졌다.

"사실 떨거지라고 했지만 그렇게 만만히 볼 놈은 아니야."

"농풍검객(弄風劍客) 남궁곽 말씀이신가요? 남궁세가에서 서열 이십팔 위라고 하더군요. 그는 검에 푸른 수실을 다섯 개나 달고 있지요."

사마장천이 설명하자 옥단풍이 의아한 얼굴이 되었다.

"푸른 수실 다섯 개?"

그러자 탁발한이 한심하다는 듯 옥단풍을 쳐다보았다.

"청색 수실을 다섯 개나 달았다는 것은 곧 황금색 수실을 달 준비가 되었다는 걸 의미하지. 네놈은 강호밥을 그렇게 먹었다는 놈이 어째 그 모양이냐?"

옥단풍이 눈을 부릅떴다.

"젠장할, 남궁세가의 청색 수실 다섯 개하고 강호밥하고 무슨 상관이란 말이오?"

"이놈아, 적어도 무림에서 칼밥을 먹은 놈이면 남궁세가의 청색 수실이 의미하는 바 정도는 꿰고 있어야 할 것 아니냐? 한심한 놈."

탁발한이 혀를 차며 힐끗 사마장천을 훔쳐보았다.

그는 매우 득의한 표정을 짓고 있어서 지금 사마장천 앞에

서 옥단풍에 비해 월등한 강호 경험을 드러내는 것으로 자신
과 옥단풍 사이의 서열 관계를 확실히 증명하는 것이라고 여
기는 듯했다.

"그래서 청색 수실도 급수가 있다, 이 말이오?"

"그렇지. 남궁세가에서 청색 수실을 달고 있으면 일단 검
의 절정고수라고 불릴 만하지. 그러나 청색 수실 속에도 등급
이 있단 말이다. 세 개에서 다섯 개까지……."

옥단풍이 미간을 찌푸렸다.

어제 만났던 용봉대협의 검에 몇 개의 수실이 붙어 있었는
지 잘 기억나지 않았던 것이다.

탁발한이 입가에 조소를 머금었다.

"용봉대협 말이냐? 어제 네놈이 한 수 상대했다는?"

"아마 다섯 개였을걸?"

"다섯 개 좋아하고 있네. 그자는 네 개의 청색 수실을 달고
있다. 그래서 남궁세가에서는 사청검(四靑劍)이라고 부르지."

옥단풍이 입맛을 다셨다.

"젠장할……."

사마장천이 끼어들었다.

"남궁세가의 사청검을 물리친 것도 그 자체로 대단한 것이
외다, 옥 형."

옥단풍이 사마장천을 향해 싱긋 웃어주었다.

“그렇게 위로하지 않아도 되오. 아무튼 탁 노인께서 그렇게 자신있어 하시니, 오청검(五靑劍)인 남궁곽인가 뭔가 하는 친구는 탁 노인께서 상대하시면 될 테니 말이외다.”

탁발한이 썩은 얼굴이 되었다.

“뭐야? 이런……”

사마장천이 씁쓸하게 웃었다. 사실 탁발한이 언급한 두 곳만으로도 도대체 어떻게 상대해야 할지 난감하기만 한 벅찬 상대들이었다. 그런 막강한 상대를 지금 자신은 도대체 근본조차 알 수 없는 떠돌이 무사 두 명에게 의지해 맞서 싸우려 하고 있는 것이다.

그때 인기척이 들리며 문을 열고 사마추가 모습을 드러냈다.

그녀는 막 잠자리에서 일어난 듯 간편한 차림에 화장하지 않은 얼굴이었는데, 그 모습이 마치 이슬을 머금고 있는 한 떨기 백합 같아서 탁발한과 옥단풍은 할 말을 잃고 멍하니 바라만 보았다.

“이른 아침인데……”

그녀가 탁발한과 옥단풍을 보며 깜짝 놀란 얼굴이 되었다.

자운당은 내당이니 평소라면 외간 남자들의 출입은 엄히 금지되어 있는 곳이다. 사마장천이라 해도 사전에 통보하고 출입하는 것이 관례였다.

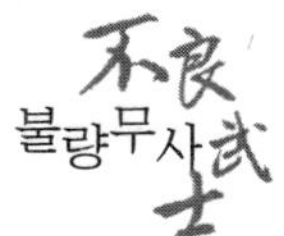

"오라버니, 이분들은……."

사마장천이 내키지 않았지만 서둘러 사마추에게 두 사람을 소개했다. 특히 탁발한을 소개할 때엔 영 내키지 않는 표정이 역력해 옆에서 보고 있는 옥단풍조차도 민망할 지경이었다.

그러나 탁발한은 그것을 아는지 모르는지 입이 귀밑까지 찢어져서 사마추의 얼굴에서 시선을 돌리지 못하고 있었다.

"이분들께서 우리 사마가를 대신해 반가와의 분쟁을 해결해 주실 것이다."

사마장천의 설명에 사마추가 반신반의한 표정이면서도 일단 두 사람을 향해 다소곳이 고개를 숙였다.

"두 분 무림호협께 어떻게 감사의 말씀을 드려야 할지……."

탁발한이 기다렸다는 듯 침을 튀겼다.

"핫핫핫… 사마 낭자, 강호무림이 비록 약육강식의 비정한 곳이지만 반가의 횡포는 지나친 바가 있소. 무림인의 한 사람으로 어찌 그 같은 횡포를 오불관언하고만 있을 수 있겠소. 안 그렇소, 낭자? 핫핫핫……."

탁발한이 말의 끝을 호기로운 웃음으로 맺었다. 그는 가능하면 사마추에게 멋진 모습을 보여주려고 애쓰는 젊은 애송이처럼 보였다. 그 모습이 늙은이에겐 썩 어울리지 않아 옥단풍은 쓸쓸한 기분을 느껴야 했다. 저 노인네가 정말 이 어린 낭자에게 온통 마음이라도 뺏긴 것일까? 설마 설마 했는데 진심이란 말인가?

"탁 대협의 협기 가득한 말씀 소녀의 가슴에 깊이 새겨두고 잊지 않겠사옵니다."

사마추가 진심 어린 얼굴로 탁발한을 향해 포권지례를 취해 보였다. 다소곳이 숙여진 이마가 한층 정갈하고 맑아 보여 탁발한은 눈을 뗄래야 뗄 수 없는 표정이었다.

"핫핫. 협기라니요, 낭자. 그저 제정신 박힌 무림인이라면 누구나 다 같은 생각일 것이외다. 핫핫핫……."

사마추가 조심스럽게 시선을 돌려 옥단풍을 바라보았다.

"옥 소협께도 충심으로 감사드립니다."

옥단풍이 씨익 웃었다. 사마추 본인이 의식하지 않더라도 노인인 탁발한을 대할 때와 젊은 옥단풍을 대할 때의 기색이라는 것이 자연스럽게 달라지는 법이다.

그것은 사마추가 옥단풍에게 다른 뜻을 품고 있어서가 아니라 비슷한 또래의 젊은 남녀라면 의당 자연스럽게 그리되는 것이다.

그런데 탁발한은 그 묘한 차이를 귀신처럼 감지한 듯 얼굴이 순식간에 썩은 빛으로 변했다.

옥단풍이 그런 탁발한의 심적 변화를 모를 리가 없었다. 그

런 탁발한의 모습이 배를 틀어쥐고 웃고 싶을 만큼 우습기도
했지만 한편으론 묘하게도 가슴 한구석이 아려왔다.

"나는 돈을 받고 대신 싸워주는 사람이오, 낭자."

아마도 그런 탓에 좀 더 매정한 어투로 그렇게 말할 수 있
었을 것이다.

사마추의 안색이 가볍게 변했다.

"낭자의 오라버니께서 충분한 대가를 치르셨기 때문에 아
마도 나는 죽을 때까지 싸울 것 같소이다."

옥단풍은 되도록 그것이 겸양의 말이 아니라 보다 사무적
으로 들리도록 딱딱한 어투를 사용했다.

사마추가 당황한 기색을 감추지 못하며 도움을 청하듯 사
마장천을 쳐다보았다.

사마장천이 서둘러 사마추의 어깨를 감싸며 안으로 이끌
었다.

"반가와의 문제는 오라비가 다 알아서 처리하마. 너는 더
이상 신경 쓰지 않아도 된다."

"하지만 모든 것이 저로 인해 비롯된 일인걸요?"

"그렇지 않다, 추야. 이 전쟁은 이제 더 이상 네 문제만으
로 국한되지는 않을 것 같구나."

"전쟁이라구요?"

사마장천이 잠시 말을 멈추었다.

"그래, 전쟁이다……."

사마장천의 얼굴이 어느 때보다 비장해 보였다.

사마장천의 말대로 사마추의 혼사로 시작된 반가와 사마가의 작은 분쟁은 누구도 예측하지 못한 가운데 살벌한 전쟁으로 급속하게 발전되어 가기 시작했다. 누구도 예측하지 못했다는 것은 사마가와 같은 무력과는 거리가 먼 가문이 무력하나만으로 선주 최고의 가문에 오른 반가와 맞서 싸우리라고 생각한 사람이 하나도 없었다는 것과 같은 의미다.

처음 반가가 사마추를 원한다는 소문이 선주의 부자들 사이에 퍼졌을 때 사람들은 반가의 지나친 횡포를 비난했다. 또 사마추의 운명이 서글프게도 기구하다고 동정했다. 반가가 원한다면 결국 사마추는 그렇게 될 것이라 믿었기 때문이었다.

그러나 사마장천이 반가의 요구를 일언지하에 거절하자 사람들은 모두 곧 닥칠 커다란 비극을 예감했다. 사람들이 하나같이 의심의 여지없이 꼽는 비극의 주인공은 당연하게도 사마가였다.

사마가에서 출신조차 불분명한 두 명의 무사를 고용했다는 소문이 돌자 사람들은 그것이 사마가의 비극을 더욱 앞당길 것이라는 확신에까지 이르게 되었다.

성급한 선주의 부자들은 교분을 나누어야 할 선주의 가문 목록에서 이미 사마가의 이름을 지운 지 오래였다.

전쟁의 시작은 사마가에서 운영하는 모두 다섯 곳의 약포(藥鋪)에서부터 시작되었다.

홍만중(洪萬衆)은 올해 서른두 살의 의원이다.

그는 한때 출사에 뜻을 두고 과거를 준비하던 서생이었으나 번번이 생원시에서도 낙방하여 출사의 뜻을 접고 우연히 접하게 된 황제내경을 공부하여 의원이 된 인물이었다.

생원시쯤은 단숨에 합격할 것이라고 그를 아는 모든 사람들이 장담할 정도로 학문에 뛰어난 바가 있었지만, 연이어 세 번이나 생원시에서 낙방한 것은 지금까지도 불가사의 중 하나였다.

홍만중은 사마가가 고용한 서른 명에 이르는 의원 중에서도 가장 뛰어난 의원으로 꼽힌다. 그래서 그는 다섯 곳의 사마약포 중에서도 가장 중요한 북백서화의 사마약포에 배치되어 오늘도 환자를 보고 있는 중이다.

홍만중은 진맥하던 환자의 손목을 놓으며 알지 못할 소리를 중얼거렸다.

"뭐라고 그랬소?"

환자가 묘한 눈초리로 홍만중을 보며 물었다. 눈이 아플 정도로 붉은 장삼을 걸친 삼십대의 사내였다. 왼쪽 눈 아래 깊숙한 칼자국이 반달형으로 새겨져 있어 보는 이로 하여금 상처의 유래가 궁금하게 만드는 사내였다.

홍만중이 힐끔 환자를 쳐다보고는 다시 알지 못할 말을 중얼거렸다. 그가 난감한 상태에 빠졌을 때 늘 하는 버릇이지만 생면부지인 사내는 그것을 알 턱이 없었다.

"이런 씨발… 뭐라고 했냐니까?"

사내가 몸은 전혀 움직이지 않고 안면근육만 움직여 높지 않은 음성으로 외쳤는데, 홍만중은 그 어투만으로도 등골이 오싹해짐을 느끼며 멈칫 사내를 돌아보았다.

"그, 그게… 손님께서는… 아무리 살펴봐도 아픈 곳이 없으셔서 말씀이오……."

홍만중이 겁에 질려 떨리는 음성으로 간신히 몇 마디를 말했을 때 사내가 벌떡 일어났다. 일어나는 서슬에 사내가 어느새 잡았는지 옆의 탁자를 집어 벽을 향해 내팽개치고 있었다.

"뭐가 어쩌고 어째?"

와장창! 하고 각종 약초들이 진열되어 있던 진열장이 탁자에 부딪쳐 부서져 내렸다.

사내가 흉악하게 웃었다.

"내 일찍부터 사마약포가 엉터리 같은 의원들을 앞세워 힘

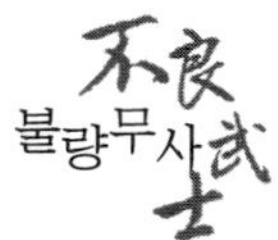

없는 환자들의 등을 쳐먹는다는 소문을 익히 들었지. 흐흐…
하지만 오늘은 임자를 잘못 골랐어."

"이, 이게 무슨 짓입니까?"

홍만중이 아직도 제대로 사태를 파악하지 못하고 사내를
향해 돌아섰을 때 섬뜩한 기운이 정수리로 떨어져 내렸다.

눈을 흡뜬 홍만중의 시선에 눈부신 빛이 자신을 향해 빠르
게 쏟아져 내리고 있는 모습이 환영처럼 들어왔다. 그것은 한
자루의 칼이었고, 붉은 장삼을 걸친 사내의 오른손에 들려 있
었다.

좌아악……!

홍만중의 정수리가 반으로 갈라지며 더운 피가 분수처럼
솟구쳐 사내에게 뿌려졌다.

붉은 장삼에 뿌려진 피는 이내 구분할 수 없는 색으로 장삼
에 녹아들었지만 사내의 얼굴에 뿌려진 피는 선명하게 한줄
기 흔적을 남겼다.

사내가 흉악한 눈을 번득이며 장삼의 소매를 들어 얼굴의
피를 닦았다. 피는 사내의 핏빛 장삼에 이내 녹아들어 사라지
고 말았다.

홍만중은 뒤로 넘어가며 의식을 잃어가는 순간에야 사내
가 왜 그처럼 타는 듯한 핏빛 장삼을 걸치고 있었는지를 깨달
았지만 자신이 죽어가고 있는 진료실의 밖에서도 그와 똑같

은 운명의 순간을 맞이하고 있는 사마약포의 식구들이 있다
는 사실은 미처 깨달을 겨를이 없었다.

성수(聖手)라는 영광된 칭호를 들으며 인술을 베풀던 사마
호가 그토록 공들여 가꾸어온 사마약포가 화염에 휩싸이며
검붉은 연기를 내뿜고 있다는 사실은 더더욱…….

같은 시간에 선주에 분포한 총 다섯 개의 사마약포가 모두
잿더미로 화했다. 물론 사마약포에 속한 대다수의 종업원들
역시 영문도 모른 채 이승을 하직해야 했다.

그중 천행으로 살아남은 몇몇이 사마가로 돌아와 참상을
알릴 때까지도 사마가는 그저 조용하고 평온했으며, 평상시
와 조금도 다름없이 밥짓고 빨래하며 일상을 보내고 있었음
은 말할 나위도 없었다.

사마장천이 탁자를 짚은 손을 부르르 떨며 이를 악물었다.

분노란 일반적으로 격렬한 반응으로 연결되지만 그 도가
지나치면 오히려 아무런 반응을 불러오지 않을 때도 있다. 지
금의 사마장천이 그랬다. 그의 안색은 창백하다 못해 푸르게
보이기까지 했지만 굳게 다문 입술을 파리하게 떨고 있을 뿐
아무 말도 하지 않았다. 아직도 얼굴 한복판에 길게 그어진
자상이 끔찍하게 옆으로 벌어져 붉은 속살을 드러내고 있는
홍만중을 그저 망연히 바라볼 뿐이었다.

홍만중이 정수리를 가르고 떨어져 내리는 칼질에 어떻게 목숨을 건졌는지는 그 자신도 설명하지 못했다. 다만 뜨겁게 타오르는 진료실 안에서 그는 간헐적으로 의식을 되찾았으며, 오로지 사마가에 이 끔찍한 만행의 전모를 알려야 된다는 일념이 그를 불구덩이 속에서 기어나올 수 있게 했다.

"그, 그자는 눈 밑에 반월형의 칼자국이… 콜록콜록……."

홍만중은 말을 하다 말고 격하게 기침을 했다.

옆에서 탁발한이 보다 못해 나섰다.

"우선 치료부터 해야 하는 거 아닌가?"

사마장천은 아예 탁발한의 말을 듣지 못한 듯 여전히 뚫어지게 홍만중의 끔찍한 모습만 쳐다보고 있었다.

"소, 소생 역시 의원이올시다. 시급한 처치는 스스로 했으니 걱정하지 않으셔도 되오이다."

탁발한이 홍만중의 말에 머쓱해서 입맛만 다셨다. 보기에도 끔찍한 상처가 길게 입을 벌리고 있었지만 그러고 보자니 피는 더 이상 흘러나오지 않고 있었다.

"말하는 걸 보아하니 그런 것도 같구만……."

탁발한이 옥단풍을 돌아보며 동의를 구했지만 옥단풍은 웬일인지 무표정한 얼굴로 홍만중을 쳐다보고만 있었다.

탁발한이 의외라는 표정을 지었다. 옥단풍이 그런 모습을 보인 건 드문 일이었다. 아니, 탁발한이 기억하기엔 처음이었다. 어찌 보면 충격을 받은 것도 같고, 어찌 보면 분노하고 있는 듯도 보였다.

"반달형의 흉터라고 했나?"

옥단풍의 음성이 스산하게 울렸다.

홍만중이 옥단풍을 차분한 시선으로 돌아보았다. 가문의 이공자인 사마장천과 함께 있으니 신분을 의심할 여지는 없을 터였지만 그래도 처음 보는 자를 경계하는 눈빛을 감추지 않았다.

옥단풍은 그러거나 말거나 똑같은 얼굴로 스산한 음성을 토해냈다.

"피빛 장삼을 걸치고… 혹시 검에서 붉은빛이 돌지 않던가?"

홍만중이 옥단풍의 스산한 모습에서 왠지 섬뜩한 느낌을 느끼며 고개를 갸웃했다.

"글쎄올시다… 붉은빛은… 기억에……."

"무슨 일인지 모르지만 그자들은 필경 적룡채 놈들일 게야. 그놈들이 항상 붉은 장삼을 걸치고 다니지."

옥단풍은 소름이 오싹 돋을 정도로 싸늘하게 굳은 얼굴로 그저 묵묵히 탁발한을 마주 보고 있었다.

그때 사마장천이 드디어 입을 열었다.

"이런 일이 있으리라는 걸 예상했어야 하는데… 멍청하

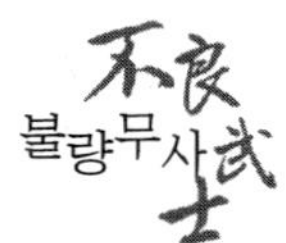

게……."

그건 자책의 소리였다.

탁발한이 사마장천을 보며 냉정하게 입을 열었다.

"모든 것을 다 지키려고 한다면 모든 것을 다 잃게 될 것이오, 사마 공자. 지켜야 할 것이 사마본가로 한정되게 되면 우린 훨씬 수월하게 지켜낼 수 있을 것이란 말이오."

사마장천이 붉게 충혈된 눈으로 탁발한을 마주 보았다.

"미리 대비했다면 약포는 잃었을지 몰라도 사람들은 구할 수 있었을 것이오. 본 공자의 불찰이오. 내가 어리석어 죽지 않아도 될 사람들이 죽었단 말이오."

"흐음……."

사마장천은 깊이 자책하고 있었지만 흥분을 다스리는 좋은 자제력을 보여주었다. 그는 뼛속 깊이 반가에 대한 원한을 새겼지만 흥분을 자제하는 모습이었다. 차라리 도가 지나칠 정도의 침착함이었다.

"이제 우리는 어떻게 하는 것이 좋겠습니까?"

탁발한이 입맛을 다셨다. 사마장천의 질문에 선뜻 대답하지 않는 것은 대답이 궁색해서가 아니었다. 그는 지금 옥단풍의 전 같지 않은 모습이 계속 마음에 걸리고 있었다.

그래서 조심스럽게 옥단풍을 돌아보았다.

"자네 생각은 어떤가?"

　옥단풍이 아직까지도 싸늘하게 굳은 얼굴로 힐끔 탁발한을 보았다.

　“사마본가를 지키는 것이 우선 우리가 해야 할 일이지만…… 저들이 저지른 만행에 대한 응징이 있어야겠지요.”

　“그렇지.”

　“내가 가겠소.”

　“엥? 어딜 간단 말인가? 적룡채 말인가?”

　“그렇소. 우선 적룡채에 그에 상응하는 댓가를 지불하도록 해야겠지요.”

　“자네 혼자서?”

　“그럼 여길 비워두고 함께 가잔 말이오?”

　“하긴 그렇군…….”

　탁발한이 고개를 끄덕이자 옥단풍이 더 할 말이 없다는 듯 몸을 일으켰다. 그는 마치 동생이 골목 밖에서 얻어맞고 들어오자 곧바로 응징해 주러 가는 형처럼 보였다.

　사마장천이 조심스럽게 입을 열었다.

　“적룡채에 가서 뭘 어떻게 하시려는 겁니까, 옥 형?”

　옥단풍이 힐끔 사마장천을 돌아보았다. 그는 여전히 스산한 느낌을 풍기고 있었다.

　언제나 널널한 한량 같은 분위기를 풍기던 옥단풍에게서 이런 스산한 느낌을 느낀다는 것은 매우 생소한 것이었다.

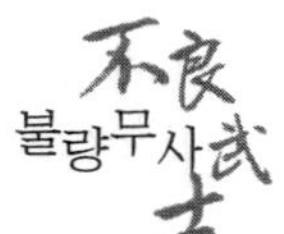

"정말 괜찮겠소이까? 적룡채는 군산십팔채의 일원이라고 했던 거 같은데……."

사마장천이 우려를 담고 동조를 구하는 눈빛으로 탁발한을 돌아보았다.

탁발한이 고개를 끄덕였다.

"군산십팔채는 흑도에서는 오대세가와 같은 존재지. 만만치 않을 거야. 고수도 많고……."

옥단풍이 엷게 웃었다. 웃음조차도 스산하게 느껴져 사마장천은 옥단풍을 보는 내내 가슴속으로 서늘한 바람이 부는 느낌이었다.

"꼭 위험을 감수하면서까지 보복 조치를 취할 필요는 없소이다, 옥 형. 아니, 사실을 말하자면 소생의 생각은 차라리 탁대협과 더불어 앞으로 있을지도 모르는 반가의 추가 공격에 대응하는 것이 더 옳다고 생각하오만……."

옥단풍이 말없이 웃었다.

"다녀오겠소."

사마장천이 가늘게 한숨을 내쉬었다.

옥단풍의 모습이 보이지 않게 되자 탁발한이 미간을 찡그리며 혼잣소리처럼 중얼거렸다.

"저놈 이상한데? 붉은빛……?"

사마장천이 의아한 얼굴로 탁발한을 돌아보았다. 갑자기

탁발한이 무척 생소하게 보였다. 사마장천이 고개를 갸웃했다. 아무리 애를 써도 두 사람을 이해할 수 없다는 얼굴이었다.

"으아악……!"

소름이 끼치도록 처절한 단말마의 비명이 들려온 것은 바로 그때였다.

사마장천이 화들짝 놀라 고개를 돌렸을 때 탁발한은 이미 실내에 없었다.

콰쾅……!

연이어 뭔가 부서져 내리는 소리가 크게 들려왔다. 가늠하기 힘들었지만 필경 대문 쪽에서 뭔가 벌어지고 있다는 생각이 뇌리를 스치자마자 사마장천은 후다닥 뛰어나갔다.

사마장천이 마당을 가로질러 객사를 돌아 대문에 당도했을 때 담장을 뛰어넘는 흑의 무복의 사내들을 보았다. 그들은 모두 손에 날이 시퍼렇게 선 검을 들고 있었으며 한결같이 얼굴을 검은 면사로 반 넘게 가리고 있었다.

"크아악……!"

뭔지 모르고 뛰쳐나왔던 하인 하나가 흑의 무복의 사내가 휘두른 검에 피를 뿌리며 사선으로 몸이 갈라지고 있었다.

사마장천은 눈을 찢어져라 부릅뜨고 그 자리에 얼어붙은 듯 서버렸다. 그와 같이 끔찍한 광경은 난생처음 목도한다는

표정이었다. 두 다리가 후들거리고 간이 오그라들어 꼼짝도 할 수 없는 듯이 보였다.

스삿……!

날렵한 검 한 자루가 바람을 가르는 경쾌한 소리를 울리며 사마장천의 머리 위로 떨어져 내리고 있었다. 그러나 사마장천은 그저 멍청한 눈으로 그것을 보고만 있을 뿐 손가락 하나 까딱하지 못했다.

순간 날카로운 일직선이 허공을 가르고 날아들어 막 사마장천의 정수리를 가르려던 검날을 튕겨냈다. 작은 돌멩이였다.

"사마추에게 가 있어."

어느새 탁발한이 사마장천의 앞을 가로막으며 주먹을 내질러 흑의 무복 하나를 뒤로 나동그라지게 하고 있었다.

사마장천은 알았다고 외치며 고개를 끄덕였지만 그건 마음뿐이었다. 숫자를 헤아릴 수 없이 많은 흑의 무복들이 여기저기서 닥치는 대로 도륙하고 있었다. 몽둥이나 쇠스랑 따위를 들고 뛰쳐나왔던 하인들은 허수아비나 다름없었다. 순식간에 대문 뒤의 작은 마당이 피바다가 되고 있었다.

"빨리!"

탁발한이 사마장천의 멱살을 와락 움켜쥐고 얼굴을 바싹 들이밀며 힘주어 외쳤다.

　　사마장천의 고개가 그제야 처음 움직여졌다. 불규칙하게 끄떡이는 고갯짓이 마치 지체장애를 앓는 환자처럼 부자연스럽게 보였다.

　　"빌어먹을……."

　　탁발한이 멱살을 잡은 손에 힘을 주어 사마장천을 최대한 멀리 내던졌다. 그리고는 거의 동시에 돌아서며 오른 발로 허공을 휘감았다.

　　빠각……!

　　그 발끝에 흑의 무복 하나가 목이 휘감기며 마른 장작 부서지는 소리를 내었다.

　　내던져진 사마장천은 그제야 신체에 기능이 되돌아온 것처럼 허둥지둥 내달리고 있었다. 그는 꽁지가 빠지게 내당으로 달아나고 있었다.

　　탁발한은 조금 안심이 되어 돌아섰다.

　　흑의 무복들이 탁발한을 중심으로 차츰 모여들고 있었다. 놈들도 상대해야 할 적이 누구인지 이제 확실히 감지한 모습이었다.

　　탁발한이 입술 끝을 비틀었다.

　　그는 세모꼴의 눈을 재빠르게 굴리고 있어서 마치 약삭빠른 생쥐 같은 인상을 풍기고 있었지만 눈동자만은 노인답지 않게 생기있게 반짝이고 있었다.

"우두머리 격인 놈이 없어……?"

탁발한이 미간을 찌푸리며 중얼거렸다. 짧은 순간에 그는 한눈에 중심인물이 장내에 없음을 알아본 것이다. 탁발한은 갑자기 조급해졌다. 사마추와 사마장천이 위험한 것이다.

흑의 무복들은 검을 꼬나쥐고 한 발 한 발 탁발한을 향해 죄어오기 시작했다.

"빌어먹을… 여기서 이러고 있을 때가 아니군……."

탁발한이 돌연 앞으로 내달리기 시작했다. 그는 흑의 무복들이 마치 앞에 전혀 없는 사람들인 양 그저 일직선으로 내당 쪽을 향해 달리기 시작한 것이다.

흑의 무복들이 신속하게 움직여 겹겹이 탁발한의 진로를 막아섰다.

"개자식들… 비켜라. 이 어른이 지금 마음이 바쁘시다."

탁발한이 내달리며 그 기세로 선두의 흑의 무복 하나의 면상을 주먹으로 내질렀다. 육합권이었다.

빠각…….

육합권의 평범한 권로가 교묘하게 호선을 그리며 흑의 무복의 면상을 후려쳤다. 그 순간 세 자루의 검이 탁발한을 향해 찌르고 베고 그어왔다.

탁발한의 주먹이 빠르게 회수되며 고개가 숙여졌다. 동시에 왼발 끝으로 지면을 살짝 찍으며 몸을 교묘하게 옆으로 틀었다.

찔러오던 검이 아슬아슬하게 겨드랑이를 비켜 지나갔다. 동시에 머리 위로 찬바람을 일으키며 검 한 자루가 스쳐 지나 갔다.

"이것들이 목숨은 도외시하고 덤벼든단 말인가?"

마지막으로 횡으로 그어오는 검날을 보며 탁발한이 혀를 찼다.

그의 발바닥이 고묘하게 호선을 그리며 검날의 옆등을 후려쳐 가고 있었다.

발바닥으로 상대의 뺨을 후려치는 동작은 육합권의 한 초식이다. 그것은 너무도 확연한 동작이고 단순해서 그것이 상대에게 타격을 입힐 수 있다고 생각하는 무사는 강호 천지에 단 한 사람도 없을 것이었다.

그러므로 그런 평범하고 허접한 육합권의 한 동작으로 빠르게 날아드는 검날을 후려친다는 것은 거의 불가능에 가까운 일이었다. 더군다나 자칫 각도가 조금만 어긋나도 발바닥은 검날의 옆등을 치는 대신 오히려 검날을 치게 될 것이고, 그 결과는 참혹할 것이었다.

텅…….

빠르게 날아들던 검날의 옆 등이 정확하게 탁발한의 발바닥에 맞아 튕겨져 나갔다.

그 순간 탁발한의 몸이 지면을 차며 도약했다.

가장 선두의 흑의 무복의 면상에 탁발한의 발끝이 쩔꺽 하고 걸렸다. 턱이 들리며 뒤로 넘어가는 흑의 무복의 어깨를 탁발한의 다른 발이 가볍게 짚는 순간 탁발한의 몸이 재차 허공을 날았다.

순식간에 한 무리의 흑의 무복의 머리 위를 날아 탁발한이 떨어져 내리는 곳에 끝자락의 흑의 무복 하나가 놀란 눈으로 서 있었다.

탁발한의 발이 흑의 무복의 정수리를 밟았다.

우지끈…….

흑의 무복의 목이 순간적으로 사라지며 마치 머리가 몸통에 바로 붙어 있는 토우를 보는 듯한 느낌을 주며 흑의 무복이 전신을 경련했다.

탁발한의 몸은 이미 다시 허공을 가로지르며 내당으로 향하는 월동문을 넘어가고 있었다.

"끄륵……."

목뼈가 가슴속으로 파고든 흑의 무복이 이 사이로 가래 끓는 소리를 내며 썩은 장승처럼 넘어갔다.

그야말로 숨 한 번 들이마셨다가 미처 다 뱉기도 전에 벌어진 일이었다.

탁발한이 내당 자운당의 앞마당으로 떨어져 내릴 때 뾰쪽한 여자의 비명 소리가 자운당 안에서 터져 나왔다.

"아악… 오라버니……!"

사마추의 음성이었다.

탁발한의 얼굴이 붉게 달아오르며 속도를 더욱 올려 그대로 사마추의 침소 벽을 향해 쏘아갔다.

"이런 개자식들……."

쾅……!

탁발한의 몸이 그대로 던져진 바위처럼 매죽헌의 벽을 뚫고 안으로 사라졌다.

그 순간에 사마장천은 사마추의 앞을 가로막아 섰다가 어깨로 내려쳐지는 칼을 엉겁결에 집어 든 탁자로 막으며 균형을 잃고 뒤로 쓰러지는 중이었다.

탁발한의 몸이 벽을 뚫은 기세를 조금도 줄이지 않은 채 쏜살같이 날아들어 그대로 사마장천의 앞에서 칼을 휘두르고 있는 하늘색 무복을 걸친 사내의 등판에 직격으로 부딪쳤다.

"우억……!"

하늘색 무복이 용수철이 튕겨지듯 옆으로 튕겨 나가며 그 와중에도 뒤쪽을 향해 칼을 휘둘렀다. 날이 넓은 대두도였다.

"이봐, 괜찮은가?"

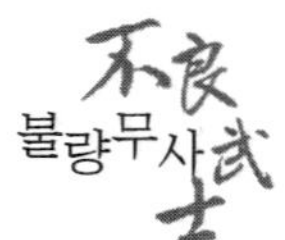

탁발한이 넘어지기 일보직전의 사마장천을 잡아 일으켜 세우며 다급하게 물었다.

사마장천이 얼굴이 해쓱하게 변해서 떨리는 음성으로 간신히 대답했다.

"부, 불초는 괘, 괜찮소."

"너 말고 이 맹추야. 네 동생 말이다."

사마장천이 그 와중에도 도끼눈을 하고 탁발한을 노려보았다.

순간 탁발한이 획 하고 몸을 돌리며 뒷덜미를 휩쓸어오던 대두도를 손바닥으로 탁 하고 쳐냈다. 육합권의 망미참이었다.

팽…….

강렬한 충격에 하늘색 무복의 사내가 대두도를 놓치며 손아귀를 부여잡았고, 대두도는 그대로 벽을 향해 날아가 반 넘게 박혀 들었다.

"이 쌍놈의 새끼들아, 여기가 어디라고 기어들어 와 행패야? 엉?"

탁발한이 침을 튀겨가며 버럭 욕설을 내뱉었다.

실내엔 하늘색 무복의 사내 이외에도 짙은 감색의 문사복을 걸친 사십대 중반의 사내가 서 있었고, 그 사내의 뒤로 각양각색의 복장을 한 무림인들이 네 명이나 늘어서 있었다.

　탁발한이 한눈에 그들을 쓸어보며 인상을 있는 대로 구겼다.

　"늬들, 오늘 다 죽었다고 복창해."

　탁발한이 말이 다 끝나기도 전에 불쑥 손을 내밀어 가장 가까운 곳에 서 있던 기다란 말상의 얼굴을 한 중년인의 손목을 잡아갔다. 중년인의 손엔 팔각모(八角矛)가 들려 있었는데, 여느 창과는 달리 길이가 두 자 정도로 짧고 대신 팔각의 쇠머리 부분에 삐쭉삐쭉하게 쇠가시가 돋아 있는 독특한 병기였다.

　말상의 중년인이 흠칫하며 재빠르게 손을 뒤집으며 팔각모를 휘둘러 탁발한의 손목을 쳐내려고 했다. 짧은 순간에도 꽤 정교한 대응이었는데 탁발한의 손은 궤적을 전혀 바꾸지 않고 교묘하게 틈바구니를 파고들어 중년인의 손목을 덥썩 잡아버리고 말았다.

　"억……?"

　말상의 중년인이 놀라 경악성을 터뜨렸다. 그는 그냥 불쑥 내민 탁발한의 손이 어떻게 자신의 손목을 잡았는지 도무지 이해할 수가 없었기 때문에 일시 어찌해야 할 바를 모르고 멍하니 서 있기만 했다.

　우두둑…….

　탁발한이 손목을 가볍게 비틀자 말상의 중년인의 손목에

서 마른 장작 비트는 소리가 울려 퍼졌다.

"으아악……!"

고통에 찬 참혹한 비명이 뒤이어 터지고 말상의 중년인이 손목을 덜렁거리며 뒤로 물러설 즈음 팔각모는 어느새 탁발한의 손에 쥐어져 있었다.

"이놈의 새끼들. 세상을 얌전하게 살려고 해도 바로 너희 같은 놈들 때문에 안 되는 거다, 이 염소 새끼들아."

탁발한이 벼락같이 외치며 팔각모를 휘두르며 무림인들을 향해 뛰어들었다.

짙은 감색 문사복의 사내가 아연 긴장한 얼굴이 되어 뒤로 성큼 물러서며 외쳤다.

"다들 물러나시오."

그의 외침이 끝나기도 전에 무림인들이 일제히 문과 벽을 박차고 방을 빠져나갔다. 벽에 꽂힌 대두도에 한순간 눈이 가며 움찔하고 망설였던 하늘색 무복의 사내만이 재수없게 가장 늦어 탁발한이 휘두른 팔각모에 등 한복판을 강타당하고 말았다.

"으헉……!"

하늘색 무복의 사내가 그대로 나뒹굴어 문밖으로 굴러나 갔다.

탁발한이 씩씩거리며 선불 맞은 멧돼지처럼 그 뒤를 쫓아나가려다 문득 동작을 멈추고 사마장천을 돌아보았다.

"네 동생은 괜찮으냐니까?"

사마장천이 탁발한의 무위에 대답조차 잊은 채 멍하니 서 있고 그 뒤에서 사마추가 조심스럽게 고개를 내밀었다.

"저, 저는 무사합니다, 탁 대협."

그녀는 안색이 창백하게 질려 있었는데 애초에 쳐들어온 자들에 의해 놀란 탓이기도 했겠지만 그 후에 벌어진 탁발한의 좌충우돌한 활극에 더욱 놀란 듯이 보였다.

탁발한이 그제야 안심이라는 듯 활짝 웃었다.

"다행이구만……."

그러다가 새삼 생각난 듯 오만상을 일그러뜨리며 획 몸을 돌려 문밖으로 튀어나갔다.

"내 이놈의 새끼들을……."

매죽헌 앞마당은 뒤이어 달려온 흑의 무복의 사내들과 방에서 뛰쳐나간 무림인들로 가득 차 있었다. 그들은 모두 병장기를 뽑아 들고 한결같이 흉흉한 기색을 감추지 않고 있었다.

탁발한이 팔각모를 건들건들하며 그들의 앞에 섰다.

"좋아. 몹쓸 종자 놈의 새끼들, 한꺼번에 덤벼라. 너희 같은 놈들은 일일이 상대해 줄 가치도 없다."

짙은 감색 문사복의 중년인이 탁발한을 쏘아보며 입을 열었다.

"귀하가 사마가에서 이번에 새로 고용했다는 무사인가?"

"그건 알아서 뭐 할래? 이 기생 오라비 같은 새끼야."

탁발한이 버럭 성을 내며 그대로 감색 문사복을 향해 돌진했다. 그는 정말로 화가 난 모습이었다.

일순 주위에 있던 흑의 무복의 사내들이 날렵하게 검을 휘두르며 감색 문사복의 앞을 가로막고 나섰다.

"피래미 같은 놈들."

탁발한이 팔각모를 휘두르기 시작했다.

그 수법은 어찌 보면 검법(劍法) 같기도 했고, 또 어찌 보자면 타구봉을 휘두르는 것도 같아 그 수법의 내력을 종잡을 수가 없었다.

그러나 그 위력만큼은 혀를 내두를 정도로 대단해서 흑의 무복의 사내들이 일제히 검을 휘둘러 맞대응했는데, 단 한 번도 검과 부딪치는 일 없이 틈새를 파고들었다.

빠각… 뻑…….

마치 장단에 맞춰 나무 북이라도 두드리듯 타작 소리가 연이어 울려 퍼지며 흑의 무복들이 사방으로 튕겨져 나갔다. 모두들 얼굴 가슴 할 것 없이 팔각모의 쇠가시에 살갗이 찢겨져 피를 흘리며 고통스러워하고 있었다.

탁발한이 고작 두어 걸음 앞으로 이동하는 그 짧은 순간에 앞을 가로막던 흑의 무복들이 모두 나동그라지고 순식간에 짙은 감색 문사복의 코앞에 팔각모가 들이밀어졌다.

"보아하니 네놈이 제일 재수없는 놈 같은데… 네놈이 우두머리냐?"

탁발한이 금방이라도 짙은 감색 문사복의 면상을 팔각모로 짓이겨 버리겠다는 듯 얼르며 으르렁거렸다.

짙은 감색 문사복은 얼굴이 창백하게 질려서 입조차 떼지 못했다. 늘어선 무림인 복장의 사내들도 순식간에 벌어진 일에 입을 쩍 벌리고 놀라 일시 어찌할 바를 몰라하고 있었다.

"대답해, 이 빌어덕을 놈아."

탁발한이 다그치자 감색 문사복이 더욱 하얗게 질려 굳어 버렸다.

"그는 문장생(文長生)이라는 자로 반가의 총관 직을 수행하고 있소이다."

사마장천이었다. 그는 사마추와 함께 나란히 서 있었다.

그 말을 들은 탁발한이 문장생을 겨누던 팔각모를 치워 버렸다.

"겨우 총관 나부랭이였단 말이냐? 제길헐… 난 또 반가 성이라도 가진 놈인 줄 알았지."

팔각모가 치워지자 문장생이 후다닥 뒤로 물러서며 손을 들어 자신의 목 언저리를 어루만졌다.

문장생이 탁발한으로부터 물러나자 호시탐탐 기회를 엿보

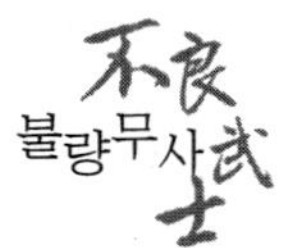

고 있던 무림인 차림의 사내들이 지체없이 앞으로 나섰다.

"선주 땅에 언제부터 이런 떨거지들이 발붙이기 시작한 거지?"

쥐색 장포를 걸친 오십대 후반으로 보이는 건장한 체격의 대머리가 비아냥거리듯 입을 열었다. 그는 오른쪽 어깨에 열 겹이 넘는 뱀가죽 채찍을 휘감고 있었다. 채찍의 끝은 세 갈래로 갈라져 마치 뱀의 혀처럼 뾰쪽하게 흘러나와 있었다. 끝이 푸르게 보이는 것은 맹독이 발라져 있다는 뜻이었다.

이 대머리는 철사설(鐵蛇舌) 장효(張梟)라는 인물로 효수방(梟首幫)이라는 방파를 이끌고 있은 인물이었다. 그의 독문병기인 철사설은 무려 오 장에 이르는 길이의 뱀가죽 채찍으로 영활하기가 이를 데 없다. 그는 선주에선 알아주는 고수였다.

나머지 무림인들이 낄낄거리며 웃었다.

"장 형, 요즘은 개나 소나 칼만 두르면 선주로 달려오지요. 선주가 그리 만만한 바닥이 아니라는 것을 확실히 가르쳐야 할 게요."

청색 무복을 입은 머리가 허연 깡마른 노인이 이죽거렸다.

그는 비룡검보(飛龍劍堡)의 세 명의 당주 중 하나인 천인검객(千刃劍客) 고주방(高周紡)이라는 자였다. 비룡검보는 남궁세가 출신의 남궁곽이 세운 방파로 선주에서는 가장 강력한 세력을 자랑하고 있고, 강남무림에서도 무섭게 성장하며 승승장구하고 있는 신흥방파였다.

고주방은 한 자루 협봉검을 사용하는데, 그의 협봉검은 허공을 나는 파리도 꿰뚫을 수 있다고 할 정도로 정교하고 빨랐다.

그 옆에서 퀭한 눈으로 탁발한을 노려보고 있는 사십대의 사내는 백호리(白狐狸)라는 별호로 강북무림에까지 널리 알려진 인물이었다.

백호리라는 별호는 그가 허리에 두르고 있는 아홉 자루의 유엽비도가 허공을 가르며 여우의 울음소리를 내기 때문에 붙여진 이름이었다. 그의 유엽비도는 종잇장처럼 얇았는데, 그래서 태양 빛을 반사하기 전엔 거의 눈에 띄지 않는다. 그러므로 그가 유엽비도를 날리면 유엽비도는 보이지 않고 허공 가득 여우 울음소리만 울려 퍼지는 것이다.

탁발한이 그들의 면면을 알고 있는지 알 수 없었지만 사마장천은 그들을 잘 알고 있었다. 비록 반가가 보유하고 있는 전력으로 비추어보면 최상급의 전력은 아니지만 하나하나가 모두 선주에서는 손꼽히는 고수들이다. 반가에서는 일격에 사마가를 휩쓸어 버릴 생각으로 최대한 강한 고수들을 추려 보낸 셈이었다.

사마장천이 가볍게 한숨을 내쉬자 옆에서 사마추가 사마

장천을 올려다보았다. 맑은 눈망울이 마치 깊은 호수처럼 보는 사람의 눈길을 사정없이 잡아끄는 아름다운 눈길이었다.

사마장천이 사마추의 손을 꼭 쥐었다. 저들의 손에 죽는 한이 있어도 이 아름다운 동생을 결단코 이름도 알 수 없는 늙은이의 노리개로 넘겨줄 수는 없다는 결의가 담겨 있었다.

사마장천의 그런 심사가 말없이 전해져 사마추의 호수 같은 눈망울이 슬프게 흔들렸다. 그녀는 탁발한의 뒷모습을 보며, 또한 늘어선 반가의 고수들을 보며 오빠의 그런 갈망이 결코 쉽게 이루어지지 않을 것이란 예감에 두려워하고 있었다.

"육합권 비슷하던데? 저 멍청한 놈들이 육합권에도 허수아비처럼 펑펑 나가떨어질 줄 누가 알았겠는가 말이야. 킬킬……."

대머리 장효가 어깨에서 철사설을 풀어내어 오른 손목에 한쪽 끝을 감고 있었다. 그는 상대가 펼친 무공이 육합권이라는 의심을 하고 있었지만 그래도 수하들이 뻥뻥 나가떨어진 사실을 잊지 않고 있었다. 처음부터 아예 자신의 독문병기를 사용해 살수를 펼치려는 심산이었다.

"보아하니 네놈이 철사설이라는 작자로구나. 효수방이라는 떨거지들을 모아놓고 대장 노릇을 하는."

탁발한이 걸걸한 목소리로 내뱉자 장효의 얼굴이 한순간

일그러졌다. 이제 막 자신의 별호가 철사설임을 그럴듯한 자세로 풀어놓아 상대로 하여금 완전히 전의를 상실하게 하려던 차였던 것이다.

"이런 쉰 늙은이가 아예 눈에 뵈는 게 없구만?"

장효의 오른손이 강하게 휘둘러졌다.

슈슈슈슈…….

긴 철혈사의 껍질로 만든 채찍이 허공에 날카로운 쇳소리를 만들며 탁발한을 휘감아왔다.

장효가 자랑하는 선풍구절편(旋風九折鞭) 중에서도 가장 독랄하다는 구사추운(九蛇追雲)이라는 초식이었다. 아홉 마리의 뱀이 한꺼번에 구름을 쫓는 형상이라는 뜻으로 붙여진 이름이었다.

장효가 구사추운을 펼친 이유는 탁발한이 비록 내력을 알 길이 없지만 결코 만만한 상대가 아니라는 것 하나하고, 탁발한이 오직 육합권만을 펼쳤으므로 육합권의 모든 초식을 훤히 알고 있었기 때문에 육합권의 어떤 초식을 펼쳐도 능히 제압할 수 있는 초식을 펼치려 마음먹었기 때문이다.

탁발한이 허공을 가득 메우며 꿈틀거리는 채찍의 그림자를 노려보며 입가에 엷은 미소를 지어냈다.

보통의 육합권으로는 아무리 정묘하고 정심하게 펼친다 해도 저 초식을 파해해 낼 수 없다는 것을 그 스스로도 잘 알

고 있었다.

"짜슥… 육합권이라고 다 같은 육합권인 줄 아나?"

탁발한이 입속으로 웅얼웅얼 중얼거리며 팔각모를 고쳐 쥐었다.

동시에 그의 왼발이 육합권의 권로를 밟았다.

지켜보고 있는 사람들 모두는 그 순간 기묘한 느낌에 사로 잡혀 있었다.

철사편 장효와 내력도 알 수 없는 늙은이의 육합권의 대결.

누구에게 물어볼 것도 없이 그 결과는 불을 보듯 뻔한 것이었다.

그런데 막 격돌하기 직전의 두 사람을 보고 있는 그들은 평소라면 혀를 내두르며 감탄할 현란한 구사추운의 일초가 탁발한의 육합권 앞에서 왠지 초라해 보인다는 생각을 지울 수가 없었다.

탓탓탓탓…….

세 가닥으로 나뉜 채찍의 끝이 허공에서 스물일곱 번의 변화를 일으키며 마치 아홉 가닥의 채찍이 덤벼들 듯 탁발한을 쓸어갔다. 그야말로 허공을 온통 채찍 그림자로 가득 메운 듯한 현란한 변초였는데, 탁발한이 그 한가운데로 불쑥 몸을 들이밀었다.

아니, 불쑥 들이민 것처럼 보였을 뿐이지 탁발한만을 따로 떼어보자면 그는 그냥 곧장 장효를 향해 다가선 것이었다.

그토록 엄밀하게 허공을 뒤덮었던 채찍의 그물이 탁발한의 움직임 한번에 엉성하고 여기저기 구멍이 뻥뻥 뚫린 낡은 그물로 변해 버린 느낌이었다.

장효의 얼굴이 순식간에 잿빛으로 변했다.

탁발한은 마치 장효의 구사추운 일초가 어디에 구멍이 있는지 몸으로 말해주는 듯 보였다.

뻑.

탁발한의 육합권 중 망미참 일초가 장효의 관자놀이를 후려쳤다.

"어걱……!"

장효가 놀라움 반 고통 반이 뒤섞인 비명 소리를 내질렀다.

그는 두 눈을 부릅뜨고 장승처럼 뒤로 넘어가면서도 내내 이해할 수 없다는 얼굴이었다.

쿵.

장효의 육중한 몸이 바닥을 울리며 쓰러지고 나서야 보고 있던 사람들이 꿈에서 깨어나기라도 한 듯 일제히 탄성을 터뜨렸다.

"아……."

"육합권이야……."

문 총관을 비롯한 반가의 무림인들은 그 순간 완벽하게 전

의를 상실하고 있었다.

탁발한이 반가의 무리들을 둘러보며 엄한 얼굴로 말했다.

"다음 나와. 또 없냐?"

천인검객 고주방이 탁발한과 시선이 마주치자 자기도 모르는 새에 시선을 아래로 깔았다. 그는 단 한 번도 장효가 자신보다 아래라고 생각해 본 적이 없었던 것이다.

백호리는 퀭한 시선으로 탁발한의 눈길을 받았지만 움직이지 않았다. 그 역시 장효와 맞서 싸운다면 동패구상할 거라고 믿어왔던 자였다.

탁발한이 단 일초에 장효를 거꾸러뜨린 것은 확실히 효과가 있었다. 그들은 모두 전의를 상실했으며, 마치 처분만 기다리는 형국이 되었던 것이다.

사마장천이 이를 갈아붙이며 나섰다.

"모두 병장기를 버리시오. 게 아무도 없느냐? 당장 이자들을 포박하라."

살아남은 하인들은 크게 다친 하인들을 돌보느라 여념이 없기도 했지만 누구도 선뜻 나서 그들에게 가까이 다가가려 하지 않았다. 모두 겁에 잔뜩 질린 얼굴로 난감한 표정들이었다.

"한심한 것들… 내 손수 저들을 포박하리라."

사마장천이 나서려는 것을 탁발한이 가로막았다.

“포박은 무슨… 여기가 포청이여?”

사마장천이 이를 갈아붙였다.

“죽은 하인들이 얼마나 되는지 알고서 그런 말씀을 하는 거요?”

“그럼 저놈들 잡아놓고 다 죽여 버리자는 말이여? 시방?”

“적어도 그에 상응하는 대가는 치루도록 해야 한다는 게 내 생각이오.”

“이런 떠그럴…….”

탁발한이 한심하다는 얼굴을 지어냈다.

그때 사마추가 다가왔다.

“오라버니, 탁 대협의 말씀이 맞는 거 같아요. 저 사람들을 잡아두는 건 오직 화근덩어리를 안고 있는 것과 같아요. 차라리 그냥 보내주는 것이 옳은 것 같아요.”

탁발한의 입이 구 밑까지 찢어졌다.

“역시 우리 낭자는 지혜와 미모를 겸비했구만. 헐헐… 내 보는 눈이 결코 헛되지 않았어.”

사마추가 얼굴을 붉혔다.

“그럼 이대로 저들을 그냥 보내주자는 말이냐?”

사마장천이 사마추를 보며 못내 못 마땅한 표정을 지어 보였다.

탁발한이 더 이상 거론할 것도 없다는 듯 힐끔 반가의 무리

들을 돌아보았다.

"어라? 뭐 해, 이 새끼들아. 귓구녕이 뚫렸으면 재깍 알아 처먹어야 할 거 아녀?"

문 총관을 비롯한 반가의 무리들이 움찔하며 서로의 눈치를 보았다.

"빨리 안 없어져?"

탁발한이 그들을 향해 눈을 부라리자 고주방이 문장생을 돌아보았다. 문장생의 결정을 기다리는 눈치였다.

문장생이 약간 붉어진 얼굴로 탁발한을 노려보았다.

"오늘은 이 정도에서 물러가겠소. 하지만 이걸로 모든 것이 끝났다고 생각지 마시오."

"쯧쯧쯧… 그 자식, 거 말 참 많네."

탁발한이 혀를 차자 문장생의 얼굴이 수치심에 더욱 붉어졌다. 그러나 그런 상태로 그냥 쫓겨나듯 나가자니 뭐 누고 뭐 안 닦은 기분인데다가 소위 그동안 선주에서 깔아놓은 안면 등을 생각하면 도저히 내키지 않는 일이었다.

"귀하의 성명 석 자라도 말할 용……."

원래는 그럴 용기가 있는가라고 제법 고개 쳐들고 눈에 힘 주어보려고 했는데, 그래서 그것이 그나마 상처받은 자존심을 일부라도 가려주기를 바랐는데 문장생은 채 말을 다 끝내지 못했다.

탁발한이 그야말로 뒷골목에서나 통할 것 같은 험악한 표정을 지어내며 버럭 고함을 내질렀기 때문이다.

"빨리 안 꺼져, 이 개자식아?"

대체로 무림인들 사이에서 이런 류의 욕설은 거의 찾아볼 수 없는 것이다. 설사 사생결단을 내듯 한바탕 격하게 싸우고 난 후라도 무림인들은 서로 어느 정도 물러날 공간을 상대에게 주는 것이 불문율처럼 지켜져 왔다.

그런데 이 늙은이는 도무지…….

문장생이 얼굴이 붉게 물들어 입을 굳게 다물었다.

감히 탁발한의 시선에 마주치지도 못하고 연신 헛기침만 토해내며 눈길을 어디다 둬야 할지 모르는 모습이었다.

"이 자식들이 근데……?"

탁발한이 주위에서 닥치는 대로 집어 들며 당장이라도 쫓아갈 듯한 모습을 보이자 연신 눈치만 보고 있던 무림인들이 먼저 후다닥 몸을 들려 마당을 빠져나갔다.

그러자 문장생도 뒤로 주춤주춤 큰 걸음으로 물러섰다. 그는 비록 물러나지만 결코 무서워서 도망가는 것은 아니라는 것을 애써 강조해 보이려다가 그만 마당의 약간 패인 부분을 헛디뎌 균형을 잃고 말았다.

"으헉……."

크게 양팔을 휘둘러 간신히 넘어지는 것을 모면한 문장생

이 홍시같이 붉어진 얼굴로 홱 몸을 돌려서는 그대로 줄행랑을 놓고 말았다.

탁발한이 그제야 만족한 듯 사마장천과 사마추를 향해 돌아서며 씨익 웃었다.

"별것도 아닌 것들이 까불고 있어……."

탁발한의 어이없는 모습에 사마추가 끝내 피식 웃었다.

사마장천은 웃지 않고 탁발한의 손을 보고 있었다.

"그걸… 던지려고 했습니까?"

"응? 뭘?"

탁발한은 그제야 자신이 들고 있는 물건을 내려다보았다. 손에는 필경 허둥대던 하녀쯤이 경황 중에 떨어뜨렸음에 틀림이 없을 찢어진 옷소매 조각이 들려 있었다.

탁발한이 허허롭게 웃었다.

"성질나는 대로 주워 들었는데 하필 이거였나? 헐헐헐……."

사마장천이 복잡한 시선으로 탁발한을 보았다. 그는 분명단 일초에 간단하게 장효를 제압해 버렸다. 그것은 정말 놀라운 일이었지만 언제나 이렇게 뒤끝은 찜찜한 것이다.

탁발한이 그런 사마장천의 심사를 꿰뚫기라도 한 듯 경박하게 웃었다.

"이거 말이야… 여차하면 던져도 되긴 해."

손에 쥔 천 조각을 들어 보이며 탁발한이 은근하게 말했다.

사마추가 호기심이 담긴 시선으로 탁발한을 보았다.

"이렇게 말이지. 헐……."

탁발한이 천 조각을 휙 하고 나무기둥을 향해 던졌다.

천조각이 일직선을 그리고 날아가 나무기둥에 쉿소리를 내며 박혔다. 마치 한 자루 비수처럼 꼿꼿하게 선 천 조각이 반 넘어 나무 기둥에 박힌 모습은 직접 눈으로 보고도 믿을 수 없는 놀라운 광경이었다.

사마장천과 사마추가 멍한 얼굴로 탁발한을 보았을 때 탁발한은 이미 몸을 돌려 뒷모습을 보이고 있었다.

"난 잠시 쉬어야겠구만… 헐헐……."

그가 향하는 곳은 사마추의 바로 옆방이었다.

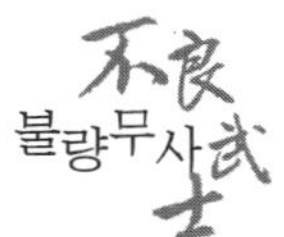

不良武士

第六章

不良
불량무사
武
生

적룡채의 외당(外堂) 격인 천자조(天字組)의 조장 날심독수(辣心毒手) 궁리편(宮俚鞭)은 영 불편한 심기를 감출 수가 없었다. 딱 꼬집어 말할 수 없지만 뭔가 잘못되어 가고 있는 것만은 확실했다.

"다시 한 번 말해보아라. 네놈이 지금 낮술을 처먹은 게 아닌 다음에야 그런 허무맹랑한 소리를 제정신으로 지껄이고 있단 말이냐?"

그래서 득달같이 달려와 보고하고 있는 수하의 얼굴을 노려보는 그의 눈빛이 곱지만은 않은 것이다.

"확실하옵니다, 조장님. 철사편 장효는 머리에 중한 상처를 입고 이미 병상에 누웠다 하옵니다."

"다른 놈들은?"

수하가 잠시 머뭇거렸다. 그는 천리행(千里行) 모거이(牟居二)라는 자로 걸어서 하루에 천 리를 가는 자다. 온갖 잡다한 정보는 그래서 그의 몫이었다.

"특별히 다친 자들은 없사오나 반가의 가주께서 크게 진노하셨다 하옵니다. 수하들을 모두 잃고 문 총관과⋯⋯."

"그만."

궁리편은 한 손으로 관자놀이를 짚으며 지그시 눈을 감았다.

애초에 사마가가 반가의 요구를 거절하리라고는 꿈에도 생각해 본 적이 없었다. 아니, 아예 어불성설이었다. 비록 의가로 높은 명성을 누리고 있었지만 사마가 따위는 반가가 기침 한번 하면 당장 고뿔에 걸려 빌빌거려야 정상인 것이다.

그런데 반가에서 보낸 고수들이 모두 낭패를 보고 왔다는 것이다. 그것도 이름조차 알 수 없는 두 명의 떠돌이 무사에게 말이다.

"죽간(竹簡)을 다시 가져와 봐."

"예?"

"그 두 놈에 대해 조사해 기록한 죽간 말이다, 이 멍청아."

궁리편이 버럭 화를 냈다. 짜증이 왈칵 밀려왔던 것이다.

기억하기에 죽간에는 로(路) 단위의 지역 내에서 결코 이름 석 자를 내밀 정도의 인물은 아니라고 분석되어 있었다. 그들이 흑도의 인물이라면 하오잡졸 이상이 아니라는 뜻이었다.

그런데 그 하오잡졸에게 반가의 총관과 한다 하는 선주의 고수들이 개망신을 당했다는 사실을 어떻게 받아들여야 하는가…….

모거이가 서두르는 기색으로 궁리편의 앞에 죽간을 내밀었다.

신경질적으로 죽간을 낚아챈 궁리편이 죽간을 펼쳐 들여다보았다.

그러나 새삼 다시 들여다본들 새로운 것이 있을 리가 만무했다.

궁리편이 미간을 깊숙이 찡그리며 죽간을 내던졌다.

"뭐 하고 있는 게냐? 당장 튀어나가 제대로 된 정보를 가져오지 않고?"

궁리편의 핏발 선 시선이 죄 없는 모거이만을 잡아먹을 듯 노려보았다.

모거이가 황급히 고개를 숙였다.

"분부 거행하겠사옵니다."

그때 궁리편의 바로 뒤쪽에서 음성이 흘러나왔다.

"나에 관한 정보는 발 아프게 쫓아다닐 필요 없다. 직접 물어봐."

궁리편이 홱 하고 몸을 돌렸다가 눈알이 튀어나올 지경으로 놀라고 말았다.

바로 자신의 뒤편엔 자신이 집무용으로 사용하는 책상이 놓여 있다. 지금 그 책상의 의자에 허름한 차림의 사내가 느긋한 자세로 거의 눕듯이 앉아 두 발을 책상 위에 걸쳐 놓고 있는 것이 아닌가?

"웬 놈이냐?"

궁리편이 자기도 모르게 목에서 탁하게 걸리는 음성으로 내뱉었다.

모거이가 아연 긴장한 얼굴로 허리춤에서 비수 두 자루를 뽑아 양손에 들고 방위를 이동해 삼각형을 이룬 자리를 점했다.

허름한 마의에 허름한 머리띠를 두른 서글서글한 인상의 사내, 그는 옥단풍이었다.

"네가 찾는 사람."

옥단풍이 흰 이를 드러내며 웃었다.

궁리편이 미간을 깊숙이 찌푸렸다.

그는 그런 표정을 지어냄으로써 지금 가슴속에서 격탕질 치고 있는 자신의 놀라움과 일말의 두려움을 감추는 것이었

지만 당혹감마저 다 감추지는 못했다.

도무지 믿어지지 않는 일이었다.

궁리편의 이 조장집무실은 과장해서 말하자면 요새와도 같은 곳이다.

전면으로 나 있는 출입구를 제외하면 손바닥만 한 창조차도 없다. 그런데다가 사방의 벽은 물론 지붕까지도 두꺼운 흑오석(黑烏石)으로 이루어져 있어 아무리 뛰어난 공력을 소유한 고수라 해도 쉽게 뚫고 들어올 수 없는 것이었다.

필경 전면의 출입구를 통해 들어왔을 것이 분명한데, 두 눈 멀쩡히 뜨고도 사내가 들어오는 것을 보지 못했다는 결론인 것이다.

"말도 안 돼……."

궁리편은 애써 격탕하는 가슴을 진정시키며 중얼거렸다.

천자조는 적룡채의 중추라고 할 수 있는 조직이다.

대외적인 일은 모두 천자조의 관할하에 놓여 있다. 그런 만큼 공식적으로는 천자조장의 적룡채 내 서열이 십위권 밖이지만 실질적으로는 다섯 손가락 안에 꼽힌다.

궁리편은 일단 놀란 가슴이 진정되자 순식간에 원래의 침착하고 냉혹한 표정을 되찾고 있었다.

집무실 밖엔 언제나 일정한 숫자 이상의 천자조 정예가 배치되어 있다.

더군다나 천자조의 부조장 삼예초(三藝初) 부영걸은 궁리 편의 주위를 벗어난 적이 없는 인물이다. 흔적조차 보이지 않다가도 궁리편이 그의 이름을 부르면 언제나 그림자처럼 현신하는 인물이다.

서른이 채 안 된 젊은 나이 탓에 궁리편을 보좌하는 부조장이 되었지만 일신에 지닌 무공 수위로만 보자면 궁리편은 비교도 되지 않는다. 적룡채 최고수로 꼽히는 채주 백발비룡(白髮飛龍) 응보정과 견주어도 손색이 없을 것이란 평가까지 있을 정도였다.

궁리편은 부영걸을 떠올리자 한결 마음이 놓이는 것을 느꼈다.

"네 발로 걸어서 호구를 찾아들어 왔단 말이냐? 큭큭… 간이 배 밖으로 튀어나오다 못해 아예 턱에 걸린 놈이로구나."

궁리편이 사악하게 웃으며 옥단풍을 여유있는 시선으로 훑어보았다.

아무리 보아도 특별할 것이 없어 보이는 사내였다.

태양혈은 밋밋했고 안광은 흐릿하다 못해 졸려 보이기까지 하다.

옥단풍이 입가에 희미한 미소를 지어내며 몸을 일으켰다.

"기회는 딱 한 번이다, 궁리편. 묻고 싶은 걸 묻도록. 대신 그 후엔 내가 묻는 말에 추호도 거짓없이 대답해야 할 것

이야.”

　옥단풍은 전혀 경계의 빛이 없는 느슨한 자세로 궁리편의 앞으로 다가오고 있었다.

　그러므로 측면에 서서 틈을 엿보고 있는 모거이의 앞을 거의 무방비 상태로 지나가는 셈이 되었는데, 궁리편이 보기에도 그 순간 모거이가 옥단풍을 공격한다면 결코 피하기 쉽지 않은 그런 형국이었다.

　설사 모거이가 공격에 실패한다 해도 그 기회를 틈타 궁리편이 옥단풍을 제압하는 것은 손바닥 뒤집기보다 쉬운 일일 것이었다.

　궁리편의 눈짓을 받은 모거이가 소리없이 움직였다.

　모거이의 몸이 옥단풍의 몸 뒤편 사각으로 이동했다. 동시에 모거이의 양손에 들린 비수가 소리없이 허공을 갈랐다.

　오른손의 비수는 뒷머리 부분 풍부혈(風府穴)을 노리고 있었고, 왼손의 비수는 요추 부근의 장강혈(長强穴)을 노리고 있었다.

　그 모습을 지켜본 궁리편의 입가에 회심의 미소가 어렸다.

　모거이가 비록 상승의 절기를 지닌 절정고수는 아니었지만 지금의 한 수는 매우 실전적이었던 것이다. 만약 옥단풍이 풍부혈을 노리는 비수를 피하자면 지금의 위치에선 반드시 상체를 숙이는 수밖에 없다. 그럴 경우 장강혈은 오히려 모거이의 앞으로 더욱 다가서 활짝 열리는 셈이나 마찬가지일 수 밖에 없는 것이다.

모거이의 비수가 옥단풍의 풍부혈과 장강혈을 사정없이 헤집어 버릴 듯 엄습하는데도 옥단풍은 아예 눈치조차 채지 못한 듯 태연한 신색으로 궁리편을 향해 느릿하게 다가오고 있었다.

'됐어… 설사 대라신선이라 해도 이젠 피할 수 없다.'

궁리편의 입가에 지어진 미소가 더욱 짙어졌다.

서격……!

모거이의 비수가 옥단풍의 뒷덜미를 꿰뚫었다.

아니, 적어도 궁리편의 눈에는 모거이의 비수가 정확히 옥단풍의 풍부혈을 무자비하게 헤집는 것처럼 보였다. 그 순간 옥단풍의 입가에 가느다란 미소 한줄기가 스치고 지나는 것은 눈에 들어오지도 않았다.

환영처럼 모거이의 비수가 옥단풍의 머리를 꿰뚫고 불쑥 전면으로 튀어나왔다. 아니, 그것이 옥단풍의 머리가 눈에 보이지 않을 정도로 빠르게 움직였기 때문에 그처럼 보인 착시 현상이라는 사실을 궁리편은 미처 헤아릴 틈도 없었다.

더더욱 놀라운 광경이 그 순간 궁리편의 눈앞에 펼쳐지고 있었기 때문이다.

앞으로 튀어나온 모거이의 비수를 잡은 손목이 우직 하는

소리와 함께 비정상적으로 꺾이는 모습이 눈에 들어왔다.

"으아악……!"

쥐어짜는 듯한 비명 소리가 모거이의 입에서 터져 나왔다.

동시에 옥단풍이 뭘 어떻게 했는지 모거이의 몸이 낙엽을 쓸어내는 빗자루처럼 허공을 횡으로 휩쓸며 나가떨어졌다.

모거이의 한쪽 팔은 완전히 부러져 덜렁거리고 있었고 의식을 잃은 채로 구석에 팽개쳐져 꼼짝도 하지 않고 있었다.

궁리편은 단지 모거이의 단검이 옥단풍의 뒷덜미를 정확히 꿰뚫는 것만 환영처럼 보았을 뿐 그사이에 정확히 어떤 일이 벌어졌는지 종잡을 수가 없었다.

"어어……."

궁리편의 입이 저절로 벌어지고 어정쩡한 신음소리가 절로 흘러나왔다.

"안 물을 텐가? 이것이 마지막 기회인데?"

옥단풍이 궁리편의 한 걸음 앞에까지 다가와 나직이 물었다.

궁리편이 뭐라고 대답하기도 전에 옥단풍이 불쑥 오른손을 내밀어왔다.

"시간 지났다."

궁리편의 두 눈이 더욱 커졌다.

비상하게 빠른 것도 아니었고, 그렇다고 복잡한 변화를 내

포한 경로를 타고 날아드는 것도 아닌데 도무지 옥단풍의 손
길을 피할 엄두가 나지 않는 것이다.

"어… 어……."

궁리편이 어정쩡한 얼굴로 어찌할 바를 모르고 있은 사이
옥단풍의 손아귀가 궁리편의 목젖을 덥썩 움켜쥐고 말았다.

궁리편의 안색이 창백하게 질렸다.

아무렇게나 잡은 듯이 보이는 옥단풍의 손가락은 지금 정
확하게 궁리편의 좌우 목에 위치한 요혈인 천용혈(天容穴)에
가 닿아 있었다. 손가락에 조금만 힘을 준다면 궁리편의 소양
맥(小陽脈)이 막혀 버리게 된다. 그렇게 되면 궁리편의 상반
신은 꼼짝도 할 수 없는 상태가 되는 것이다.

궁리편은 자신이 왜 이런 위험지경에 그리 쉽게 빠져 버리
게 되었는지 아무것도 이해할 수가 없었다.

옥단풍이 차갑게 미소 지었다.

"난 말이 끊어지는 걸 별로 좋아하지 않아. 내 질문이 끊김
없이 죽 이어지도록 하란 말이다. 알아들었느냐?"

궁리편이 미처 뭐라고 대답하기도 전에 천용혈에 닿아 있
는 옥단풍의 손가락에 가볍게 힘이 들어갔다.

"어거걱……."

궁리편의 안색이 순식간에 검게 변하며 안면 근육이 일그
러지기 시작했다.

궁리편의 상체는 이미 마비되어 전혀 움직일 수 없었기 때문에 미동도 없었지만 그의 하체는 이내 좌우로 심하게 경련하기 시작했다. 참을 수 없는 고통이 밀려왔던 것이다.

"다시 묻겠다. 알아들었느냐?"

옥단풍의 얼굴은 냉막하기 그지없었으며 비록 나지막히 억양없는 음성으로 말하고 있었지만 궁리편에게는 그의 음성이 마치 귓전에서 울리는 지옥사자의 그것처럼 끔찍하게 느껴졌다.

궁리편이 사력을 다해 고개를 주억거리자 옥단풍이 손아귀에서 힘을 풀어 놓아주었다.

궁리편은 막혔던 소양맥이 뚫리자 통증이 사라지고 상반신의 마비도 풀렸음을 알 수 있었다. 은밀하게 단전으로부터 공력을 일으키자 아무런 막힘 없이 전신으로 퍼져 나갔다.

옥단풍이 비록 참을 수 없는 고통을 주긴 했으나 궁리편의 몸에 아무런 상처도 남기지 않았음을 직감한 궁리편은 내심 안도했다.

궁리편은 암암리에 양손에 공력을 끌어 모으는 한편 눈앞에 전혀 무방비 상태로 서 있는 옥단풍을 살펴보았다.

아무리 보아도 옥단풍은 평범하기 짝이 없었다.

평범할 뿐만 아니라 산보라도 나온 듯 전신의 맥이 탁 풀려진 모습이 허술하기 짝이 없었다.

그런 모습만을 보자면 방금 모거이의 예리한 공격을 그처럼 손쉽게 해소해 버리고 휴지 조각처럼 구석에 내팽개쳤으며, 불쑥 손을 내밀어 자신의 천용혈을 손쉽게 제압해 버린 장본인이라고는 도저히 믿을 수가 없었다.

궁리편은 쇄비수(碎批手)로 명성을 쌓은 자다.

그의 쇄비수는 소위 흑도무림에서 가장 강하다고 손꼽히는 열두 개의 절기, 즉 흑도비전십이절기(黑道秘傳十二絶技)에는 못 미치지만 흑도무림에선 알아주는 무서운 절기였다.

비수처럼 손끝을 모아 찌르는 궁리편의 쇄비수 앞에 아무리 단단한 호신강기도 여지없이 파괴되고 말았다.

궁리편이 적룡채의 중추랄 수 있는 천자조의 조장 자리에 앉아서도 결코 그 지위가 흔들림이 없었던 것도 바로 그 쇄비수 덕분이라 해도 과언이 아니다.

궁리편은 암암리에 오른손 끝에 쇄비수의 공력을 모으며 기회를 엿보았다.

옥단풍은 궁리편 따위는 안중에도 없는 듯이 보였다. 제아무리 뛰어난 고수라 해도 이처럼 가까운 거리에 궁리편을 앞에 두고 저처럼 한가로워서는 안 된다. 목숨을 걸레짝처럼 여기는 자가 아니라면 말이다.

궁리편의 미간이 더욱 좁혀졌다. 그런 궁리편의 얼굴은 이미 두려움에 저항을 포기한 전형적인 패배자의 표정을 짓고

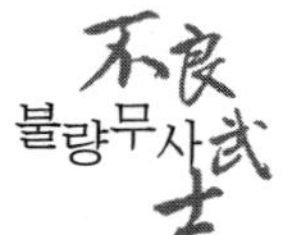

있었다.

그러나 궁리편의 내심은 그와 반대로 회심의 미소를 짓고 있었다.

암암리에 끌어 모은 궁리편의 쇄비수 공력이 칠성에 달했을 때 궁리편이 입을 열었다.

"귀하는 도대체 누, 누구요?"

공손하기 그지없는 말투는 필경 상대의 경계심을 느슨하게 할 것이었다.

말이 채 끝나기도 전에 궁리편의 오른손이 번개같이 옥단풍의 가슴을 찔러갔다.

최단거리의 투로를 타고 번개같이 날아드는 궁리편의 쇄비수가 옥단풍의 가슴을 꿰뚫기 바로 직전에서야 옷깃이 바람을 가르는 소리가 요란하게 울려 퍼졌다.

"어리석은 놈. 이래서 오래된 생강이 매운 법이지. 네놈이 제아무리 놀라운 재간을 감추고 있다 해도 결국 애송이에 불과한 것이다. 흐흐흐……."

궁리편은 자신의 쇄비수가 옥단풍의 가슴 한복판 중부혈(中府穴)을 무자비하게 꿰뚫는 광경을 머릿속에 떠올리며 회심의 미소를 지어냈다.

그러나 그의 미소는 불과 눈 한 번 깜빡할 사이에 경악의 표정으로 바뀌어야 했다.

궁리편의 쇄비수가 불과 머리카락 하나 차이로 옥단풍의 옷깃을 스치며 빈 허공을 내지르고 옥단풍의 신형이 건듯 옆으로 옮겨지는 광경을 두 눈으로 보면서 궁리편은 누군가 둔중한 쇠망치로 뒤통수를 후려치는 듯한 충격에 휩싸였다.

이번엔 두 눈으로 똑똑히 본 것이다. 옥단풍이 어떤 수법을 사용해 자신의 쇄비수를 그처럼 감쪽같이 피해내고 있는지를……

놀랍게도 그것은 용호권법이었다.

"용미과호(龍尾過虎)……!"

궁리편이 자신도 모르게 헛바람을 들이키는 음성으로 부르짖었다.

용의 꼬리가 호랑이를 지나간다는 의미의 그럴듯한 초식명이지만, 기실 용미과호는 저잣거리의 어린아이조차 한 수 흉내 낸다는 그 흔한 용호권의 한 초식이었던 것이다.

옥단풍의 냉엄한 얼굴이 불과 한 자 옆으로 이동한 채 궁리편을 응시하고 있었다.

궁리편이 다급한 심정이 되어 벼락같이 오른발을 들어 옥단풍의 낭심혈을 노리고 내질렀다.

그러나 이번엔 옥단풍이 피하고 자시고 할 것도 없었다.

옥단풍의 발바닥이 어느새 살짝 들리며 내질러 오는 궁리편의 발등을 내려찍고 있었기 때문이다. 그 역시 용호권의 간

단한 초식인 와호망월(臥虎望月)의 한 수였다.

궁리편은 내질렀던 오른발에 뼈가 으스러지는 듯한 통증을 느끼며 주춤 뒤로 물러섰다.

그 순간 옥단풍이 그림자처럼 궁리편의 면전으로 다가들며 냉담한 미소를 지어냈다.

"네놈은 자라면서 어지간히 부모 속을 썩였던 게로구나. 말로 하면 못 알아듣는 귀를 가진 걸 보니 말이다."

옥단풍의 주먹이 불쑥 궁리편의 면전으로 날아들었다.

결단코 빠르지도, 그렇다고 현란한 변화를 내포한 투로를 타고 날아든 주먹도 아니었는데 궁리편은 그저 멍하니 그 주먹을 보고만 있었다.

콰직.

뼈와 뼈가 부딪치는 묘한 음향과 함께 궁리편의 고개가 뒤로 홱 젖혀졌다.

용호권이다.

이건 오갈 데 없는 용호권의 일식인 용호지로(龍虎指路)라는 형편없이 보잘것없는 평범한 초식이다.

함몰된 코뼈에서 주르륵하고 선혈이 흘러내리는 것을 느끼면서 궁리편은 오직 그 생각에 몰두할 수밖에 없었다. 도대체 무슨 일인가? 나는 왜 용호권 따위를 피하지 못하고 멀쩡하게 두들겨 맞고 있단 말인가?

우지끈.

연이어 옥단풍의 주먹이 날아들었다.

어김없이 평범하기 짝이 없는 투로를 타고 날아드는 옥단풍의 주먹은 똑같은 용호지로였다.

게다가 옥단풍의 주먹엔 확실히 공력이 실려 있지 않았다. 단지 근력만을 사용하고 있는 것이다.

그럼에도 불구하고 궁리편은 정확히 콧잔등에 떨어지고 있는 옥단풍의 공력없는 주먹이 마치 송곳 같다고 느끼고 있었다. 어쩌면 이대로 가다가는 그의 얼굴은 잘 뭉개진 밀가루 반죽이 될 것만 같은 두려움에 사로잡혔다.

옥단풍의 주먹은 일정한 간격을 두고 날아들었다. 그저 묵묵히 복날의 개를 두들겨 패듯 그렇게…….

궁리편은 옥단풍의 주먹질에 속절없이 이리저리 휩쓸리며 아주 오랜 기억을 떠올렸다.

어린 시절 무공에 입문하기 전에 저잣거리의 뒷골목을 전전하며 수많은 싸움질로 세월을 보내던 기억이 뜬금없이 떠오른 것이다.

그때도 가장 끔찍하게 두려웠던 기억으로 남아 있던 건 지금 같은 장면이었다.

결코 화내거나 분노하지도 않고 조금도 서두르지 않으며 두들겨 패는 주먹.

언제까지고 계속될 것 같은 그런 감정이 담기지 않은 주먹질을 경험했을 때 궁리편은 투지가 사라진다는 것이 진정 무엇을 의미하는지 뼈저리게 느꼈었다.

그런데 지금 옥단풍의 주먹이 바로 그때의 기억을 일깨우고 있는 것이다.

거기에 생각이 미치자 궁리편은 마음속에 일었던 작은 투지마저 깡그리 사라져 버리는 것을 느꼈다. 이 자식은 지금 나와 싸우고 있는 것이 아니다.

단지 그냥 두들겨 패고 있는 중인 것이다.

이 주먹질은 결코 멈추지 않을 것이다. 내가 복날 두들겨 맞은 똥개처럼 비명을 내지르지 않는 한 끝없이 이어질 것이다.

궁리편이 더 이상 견디지 못하고 까마귀 울음 같은 비명을 내지르려는 순간 날아들던 옥단풍의 주먹이 궁리편의 코앞에서 딱 멈추었다.

"혈의사자(血衣使者)."

옥단풍의 건조한 음성이 잠시 사이를 두고 멈추었다.

궁리편은 그 순간 설사 사타구니가 어떻게 생겼는지를 묻는다 해도 지체없이 대답할 지경이었으므로 자기도 모르게 불쑥 소리가 튀어나왔다.

"예……."

“지금 어디 있지?”

옥단풍의 음성은 건조했지만 오히려 더욱 찐득한 살기가 느껴졌다.

그제야 궁리편의 두뇌 속에서 생각이라는 것이 부지런히 제 기능을 되찾기 시작했다. 혈의사자라… 혈의사자…….

맹세컨대 궁리편은 혈의사자가 아니라 혈의사자 할아버지라도 알고 있다면 즉각 대답하고 싶은 심정이었다. 그러나 어쩌랴…….

“혀, 혈의사자……?”

옥단풍의 흑백이 분명한 눈동자가 궁리편의 눈을 차갑게 응시하고 있었다.

궁리편은 그 눈빛을 대하자 더욱 조급증이 일었지만 아무리 기억을 되짚어봐도 혈의사자가 어떤 시러배 잡종인지 기억나지 않았다.

“그, 그러니까… 혈의사자라면… 음… 아… 녹림의 유명한 혈검맹(血劍盟)의 무사대에 혈검대(血劍隊)라는 조직이 있다는데… 그 대원을 혈의사자라고 부르던가……?”

궁리편이 자신없는 얼굴로 말끝을 흐렸다.

옥단풍의 얼굴에 흐릿하게 실망의 빛이 스치고 지나갔다.

궁리편이 거짓을 말하고 있는 것이 아니라는 사실을 깨달은 것이다.

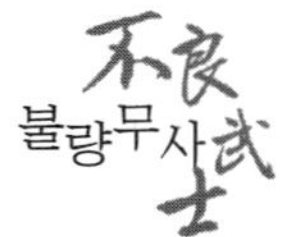

‘그렇지, 홍만중은 단지 그자가 피처럼 붉은 장삼을 걸쳤다고만 했는데… 내가 지나치게 과민했는지도 모르겠군.’

옥단풍은 초점 잃은 시선으로 허공을 응시했다.

‘하긴… 적룡채 정도의 흑도문파와 그자들이 어떤 식으로든 연관이 있을 리는 없었어.’

옥단풍이 잠깐 상념에 빠진 사이 한 사내가 안으로 들어섰다.

턱밑으로 까칠한 수염이 잡초처럼 함부로 자라 있는 사내는 대략 이십대 후반으로 보였다.

사내의 입술은 한 일 자로 굳게 닫혀 있었는데 회색으로 깊이 가라앉은 눈빛은 설사 옆에서 천둥 벼락이 친다 해도 좀체로 흔들릴 것 같지 않았다.

“부… 부조장…….”

궁리편이 반가움에 떨리는 음성을 토해냈다.

적룡채 천자조의 부조장 삼예초 부영걸이었다.

부영걸은 실내의 풍경이 의외라는 듯 회색빛 시선으로 궁리편과 옥단풍을 번갈아 응시했다. 그리고는 구석에 구겨지듯 처박힌 모거이를 한차례 눈여겨보았다.

무슨 일인지 호들갑을 떨 만도 한 풍경이었지만 부영걸은 의외로 침착했다.

부영걸의 시선이 다시 옥단풍에게 잠시 머물다가 궁리편

에게로 돌려졌다.

"채주께서 오시고 계십니다, 조장."

"채주께서?"

궁리편이 어색한 음성으로 되물었다. 그는 지금 어찌해야할지 엉거주춤한 상태였지만 부영걸의 등장만으로도 아까에 비해서는 훨씬 여유를 되찾고 있었다.

궁리편이 힐끔 옥단풍의 눈치를 살피고는 부영걸을 향해 눈짓으로 옥단풍을 가리켰다.

그러나 부영걸은 궁리편의 시선이 무엇을 의미하는지 모르는 눈치였다.

그의 표정으로 보아 옥단풍을 천자조의 말단 무사쯤으로 여기는 눈치였고, 구석에 쓰러진 모거이는 천자조의 일로 궁리편이 과도하게 손을 쓴 것쯤으로 여기는 것 같았다.

궁리편이 답답하다는 듯 미간을 찌푸리며 뭐라고 입을 열려다가 옥단풍의 눈치를 보며 이내 표정을 바꾸었다.

부영걸이 늑대의 회색 눈빛이 되어 새삼 옥단풍을 응시했다.

찌르는 듯한 눈빛이 부영걸의 일신조예가 결코 범상치 않음을 느낄 수 있게 해주었다.

그러나 옥단풍은 주변에서 일어나는 모든 일들은 결코 자신과 하등의 관계도 없다는 얼굴로 그 눈빛을 받고 있었다.

그때 문밖이 소란스러워지며 일단의 무리가 집무실 안으로 들어섰다.

한눈에 보아도 범상치 않은 인상의 인물들이었으므로 옥단풍은 모처럼 흥미를 보이는 시선으로 들어선 인물들을 둘러보았다.

중앙엔 단 한 올의 검은 머리도 찾아볼 수 없는 순백의 머리를 단정하게 뒤로 빗어 넘긴 나이를 짐작키 어려운 인물이 자리하고 있었다. 고급의 비단으로 잘 지어진 무복을 걸치고 있는 것으로 보아 필경 적룡채에서도 높은 지위의 인물임이 분명해 보였다.

백발의 인물 옆에는 사십대의 중년 미부가 서 있었다.

그녀 역시 최고급의 비단 궁장을 걸치고 있었는데 백옥 같은 피부에 잔주름 하나 없는 깨끗한 얼굴이 눈에 번쩍 띄는 미모의 소유자였다.

피부로만 보아서는 이십대라고 해도 추호도 의심의 여지가 없었지만 전체적으로 풍기는 관록과 노련함이 적어도 사십대는 넘었으리라 짐작케 했다.

두 남녀의 뒤쪽엔 형형한 안광에 얼굴엔 전혀 표정이 없어 보이는 두 명의 노인이 서 있었다. 두 노인은 눈에 띄게 대비되는 흑백의 복장을 나누어 입고 있었는데, 그 심상치 않은 복장만으로도 두 사람이 손발을 맞추어 연수합공하는 사이임을 쉬이 짐작할 수 있었다.

그들이 들어서자 궁리편과 부영걸이 순식간에 극경의 자세를 취하며 인사를 올렸다.

"속하 채주를 뵈옵니다."

백발인이 무표정한 얼굴로 미미하게 고개를 끄덕였다.

그가 바로 적룡채의 채주인 백발비룡 응보정이었다.

응보정은 원래 흑도무림의 총본산이라고 할 수 있는 군산 십팔채의 총표파자이자 흑도삼십육숙에서도 서열 네 번째로 꼽히는 거물인 군산신마(群山神魔) 제갈표의 수행무사였던 인물이다.

수행무사라고는 하나 제갈총표파자가 한 번 행차할 때마다 그를 수행하는 인물들의 수는 아무리 간단한 행차라 해도 수십 명에 이르는 것이 관례였다. 암암리에 따르는 경호무사들의 숫자는 제외하고이니 이 흑도 거물이 한 번 행차하는 일이 얼마나 거창한 행사인지 짐작하고도 남는다.

응보정은 원래 행열의 선두에서 군산총표파자의 행차를 알리는 깃발을 들고 가는 역할을 수행하던 가장 하급의 무사였다.

그러던 응보정이 수행무사 생활 불과 일 년 만에 제갈표의 경호무사 대열에 합류하게 되었고, 삼 년 후에는 어디서나 제

갈표의 주위 세 발짝을 벗어나지 않아야 하는 최측근의 수행인사가 된 사실은 군산십팔채에서는 코흘리개 어린아이들도 알고 있는 유명한 신화로 통했다.

어떤 이는 제갈총표파자의 목숨을 노리는 자객들의 습격에서 웅보정이 온몸을 던져 제갈표의 목숨을 구했기 때문이라고 말하기도 하고, 또 어떤 이는 웅보정이 제갈표의 질녀를 현혹해서 아내로 삼았기 때문에 그처럼 빨리 출세할 수 있었다고도 말하지만, 그 누구도 확실한 내막을 알 수는 없었다.

어쨌든 웅보정은 제갈총표파자의 전폭적인 지원을 받으며 군산십팔채의 일원인 적룡채의 채주가 되었고, 적룡채가 군산을 떠나 선주에 근거지를 두게 되었을 때도 감히 누구 하나 나서서 반대하지 못했다.

웅보정의 무공 수위에 대해서도 흑도무림의 평가는 각양각색이었다.

제갈표가 웅보정에게 일신의 재간을 모조리 전수했을 것이라는 추측에서부터 웅보정은 원래 흑도무림의 은퇴한 기인이사의 진전을 이어받은 숨은 고수라는 추측까지 다양했다.

심지어는 웅보정이 흑도삼십육숙에 충분히 끼고도 남을 실력의 소유자라는 설까지 있었으니, 한마디로 웅보정은 흑도에서조차 암흑의 장막에 가려진 신비의 인물이라고 해도 과언이 아니었다.

응보정의 시선이 옥단풍에게로 가 멎었다.

한 문파의 수장 이상의 위엄과 기운이 느껴지는 눈빛이었다.

부영걸이 미간을 찌푸리며 옥단풍을 노려보았다.

"네놈은 감히 어느 안전이라고 이처럼 무례하단 말이냐? 당장 부복하여 채주를 알현하지 못할까?"

원래는 이와 같은 상황에서 당연히 부영걸의 상급자인 궁리편이 먼저 알아서 처리했어야 할 일임에도 궁리편이 뭐 마려운 강아지 같은 표정으로 이러지도 저러지도 못하는 기색이자 보다 못한 부영걸이 나선 것이다.

옥단풍이 부영걸의 말에는 아예 시선조차 주지 않고 여유 있는 얼굴로 응보정의 눈길을 받았다. 겉으로 보기에 전혀 뛰어난 점이 없어 보이는 옥단풍이지만 그의 신색에선 아무리 봐도 적룡채의 채주와 그 수행인사들을 두려워하는 빛을 찾아보기 어려웠으므로 부영걸의 미간이 더욱 좁혀졌다.

"이런 발칙한 놈이 있나."

부영걸의 손이 허리춤의 검으로 옮겨졌다.

옥단풍이 조금이라도 지체한다면 즉시 발검하여 당장 목을 베어버릴 기세였다.

"됐다. 소란 피울 거 없다."

웅보정이 대수롭지 않은 얼굴로 부영걸을 제지했다. 웅보정 역시 옥단풍에 대해 특별하게 의구심을 가지고 있지 않은 눈치였다. 어쩌면 궁리편의 수하 중 하나라고 생각했을 것이었다.

"궁 조장, 사마가에서 고용했다는 떠돌이 무사들 말일세……."

궁리편을 응시하는 웅보정의 미간이 깊숙이 찌푸려졌다. 단지 미간만 가볍게 찌푸렸을 뿐이지만 궁리편은 가슴 한구석에서부터 서늘한 기운이 올라오고 있음을 느껴야 했다.

웅보정은 좀체로 얼굴에 표정을 드러내는 인물이 아니다.

미간을 찌푸렸다면 웅보정이 지금 극도로 화가 치밀어 있다는 의미였고, 그와 같은 일은 웅보정에겐 결코 흔치 않은 일이라는 사실을 누구보다도 궁리편 자신이 잘 알고 있기 때문이었다.

누군가는 반드시 그 대가를 치르게 될 일이라는 것도…….

"궁 조장의 보고로는 특별히 신경 쓸 필요조차 없다고 했던 것 같은데… 본 채주의 기억이 잘못되었던가?"

웅보정이 궁리편을 똑바로 쏘아보았다.

그의 시선엔 어지간한 담력이 아니면 감히 마주 보기조차 어려울 만큼 위엄이 서려 있었으므로 궁리편은 황급히 자세를 가다듬었다.

궁리편의 안색이 파리하게 질렸다.

"채, 채주……."

궁리편이 말을 잇다 말고 힐끔 옥단풍의 눈치를 살폈다.

지금 궁리편과 옥단풍은 손을 뻗으면 맞닿을 위치에 서 있었다.

비록 옥단풍이 태연작약한 신색으로 서 있었지만 궁리편은 조금 전 옥단풍에게 당한 일을 떠올리면 섣부른 짓을 저지를 엄두가 나지 않는 것이었다.

"그러니까 육합권과 용호권 따위를 쓰는 거리의 떠돌이 무사 둘에게 반가의 문 총관과 장효 같은 자들이 그런 망신을 당하고 쫓겨왔단 말이지?"

응보정이 궁리편을 날카롭게 쏘아보며 말을 이었다.

그는 궁리편이 궁색한 표정으로 말을 끊은 것이 단지 사마가가 고용한 두 명의 떠돌이 무사에 대한 사전 정보를 잘못 파악한 실수 때문이리라고만 여기는 듯했다.

"채, 채주… 그, 그게… 아니고요……."

궁리편이 다시 한 번 힐끔 옥단풍의 눈치를 살폈다.

궁리편의 그런 태도에 응보정이 더 이상 참지 못하고 버럭 고함을 내질렀다.

"궁 조장!"

그때 응보정의 옆에 서 있던 궁장여인이 불쑥 앞으로 나

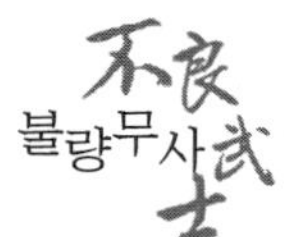

섰다.

그녀의 시선은 지금 옥단풍에게 똑바로 고정되어 있었다.

"처음 보는 얼굴인데… 누구지?"

그제서야 실내의 모든 인물들 시선이 옥단풍에게로 모아졌다.

궁장여인은 웅보정의 부인으로, 흑도거물인 군산신마 제갈표 총표파자의 질녀인 제갈용용이라는 여인이었다.

그녀는 사갈장미(蛇蝎薔薇)라는 별호로 흑도에선 꽤 명성이 알려진 여인이었는데, 비록 사십대 후반의 나이임에도 이십대를 방불케 하는 팽팽한 피부와 뛰어난 미모로 손꼽히는 흑도의 미인 중 하나였다.

뛰어난 미인인데다 흑도 거물인 군산신마의 질녀라는 신분이 가져다주는 상승효과로 그녀는 거칠 것이 없이 살아온 편이었으므로 오만하기가 하늘을 찌르는 여자였다.

옥단풍이 제갈추의 시선을 받고는 희미하게 웃었다.

옥단풍이 적룡채를 찾아온 목적은 원래 그 핏빛 장삼을 입은 붉은 기운이 도는 칼을 쓴 자를 찾기 위해서였다. 그런데 궁리편의 몇 마디는 옥단풍에게는 매우 실망스러운 결과였다.

혈의사자(血衣使者)를 전혀 모른다면…….

애초에 옥단풍이 생각했던 것과는 거리가 멀다.

옥단풍이 말없이 웃기만 하자 실내의 분위기가 일시에 변했다.

부영걸이 대뜸 나섰다.

"이놈이 죽고 싶어서 환장한 놈이로구나."

말이 채 끝나기도 전에 부영걸의 허리춤에서 한줄기 빛이 일직선을 그리며 쏘아져 나왔다. 놀랍도록 빠르고 정교한 발검의 자세였다.

부영걸의 솜씨를 익히 아는 응보정이 그 순간 짧게 외쳤다.

"부 부조장, 놈의 목숨은 붙여두어라. 아무래도 수상쩍은 놈이니 본좌가 직접 심문해 볼 것이니라."

응보정은 부영걸이 혹시 이 허름한 차림의 사내를 단칼에 죽여 버릴까 우려한 듯 외쳤던 것이다. 외치는 와중에도 응보정의 시선은 잔뜩 추궁의 빛을 담고 궁리편을 쏘아보고 있었다.

도저히 평소 궁리편의 모습이 아니었다.

그렇다면 이 허름한 사내와 궁리편 사이에 모종의 은밀한 내막이 있으리라 짐작한 것이다.

"알겠사옵니다, 채주."

부영걸의 자신있는 대답이 울려 퍼지며 부영걸이 쏘아낸 검빛이 미세하게 방향을 틀며 옥단풍의 어깨를 노리고 찔러왔다.

부영걸은 비록 천자조의 부조장 직을 수행하고 있지만 조장인 궁리편에 비해서도 그 무공 수위가 한참 높은 자였다.

부영걸은 원래 화전민의 아들로 태어났다.

화전민들이 늘 그렇듯 먹을 것은 부족하고 자식들은 많은 법이다.

아홉 명의 형제 중 막내로 태어난 부영걸은 어려서부터 늘 굶주림과 싸워야 했다.

어쩌다 먹을 것이 생기면 아홉 명의 형제는 더 이상 형제가 아니었다.

그 속에서 가장 어린 부영걸은 늘 불이익을 겪어야만 했다.

오랜 가뭄의 여파로 녹건적의 난이 일어나지 않았다면 부영걸은 그보다 먼저 굶어 죽었을지도 몰랐다.

변란이 일어나자 천하는 아수라장이 되었다.

어차피 굶주림에 허덕이던 부영걸에겐 오히려 세상은 더 편해진 것처럼 보였다.

변란의 와중에 부영걸은 부모를 모두 잃고 형제들과도 뿔뿔이 흩어졌지만 빈집을 털고 시체의 주머니를 뒤지며 생존해 나갔다. 어린 부영걸은 일찍부터 살아남는 법을 본능적으로 체득하게 된 것이다.

그러나 변란은 결코 가족을 잃은 어린 소년이 살아남는 데 그리 녹록한 상대는 아니었다.

시체를 뒤져도 더 이상 먹을 것이 나오지 않았고 빈집들은 불에 타거나 이미 노략질로 깨끗이 비워진 후일 경우가 다반사였다.

허기진 배를 움켜쥐고 메마른 들판에 지쳐 쓰러진 부영걸을 마침 지나가던 웅보정이 발견하지 않았다면 부영걸은 끝내 모진 생명을 이어가지 못했을 것이었다.

적룡채의 식구가 된 어린 부영걸은 더 이상 굶주림을 두려워할 필요가 없었다.

어린 나이답지 않게 큰 변란과 죽음 등을 겪은 부영걸은 장차 흑도의 거물이 될 만한 뛰어난 소질을 일찍부터 보이기 시작해 주변의 주목을 끌게 되었다.

부영걸의 자질을 일찍부터 알아본 웅보정이 부영걸을 군산신마 제갈표에게 보냈다.

부영걸은 비록 군산신마의 기명제자가 될 수는 없었지만 군산신마의 휘하에서 기명제자나 다름없는 대우를 받으며 무공을 익혔다.

그리고 적룡채로 돌아온 지 이제 불과 삼 개월인 것이다.

웅보정이 적응 기간을 두기 위해 천자조의 부조장에 임명했기에 궁리편의 휘하에 있을 뿐, 장차 웅보정의 뒤를 이어 적룡채의 채주가 되리라는 사실은 이제 적룡채에선 결코 허황된 소문이 아닌 것이다.

부영걸의 검이 적룡출해(赤龍出海)라는 초식의 투로를 타고 옥단풍의 어깨를 노리고 날아들 때 실내에 있는 그 누구도 곧바로 옥단풍의 어깨가 꼬챙이에 꽂힌 고기산적처럼 될 것이란 사실을 의심하지 않았다.

적룡출해는 바로 군산신마 제갈표가 무림에 명성을 떨친 비전절기인 적룡검법(赤龍劍法)의 일초였으니 더더욱 그러했다.

오직 옥단풍만이 그런 부영걸의 일초가 지닌 무서움을 전혀 모른다는 얼굴로 태연작약하기 그지없었을 뿐이다.

부영걸의 검끝이 막 옥단풍의 어깨를 꿰뚫으려는 급박한 순간 옥단풍의 어깨가 환영처럼 아래로 한 뼘 정도 꺼졌다.

꺼졌다곤 하지만 그저 보통 사람의 눈에는 그렇게 보였을 뿐이지, 그 순간 옥단풍의 오른발이 한 자 정도 들리며 우측으로 이동했기 때문에 어깨가 자연 낮아진 것임은 웅보정이나 제갈추 같은 고수의 눈에는 한눈에 보인다.

그러자 놀랍게도 부영걸의 검이 옥단풍의 어깨를 스치며 빈 허공을 찔렀다.

웅보정의 얼굴이 어이없다는 표정으로 일그러졌다.

옆에서 보고 있던 제갈용용 역시 뭔가 말도 안 되는 장면을 본 사람처럼 의아한 얼굴이 되어 웅보정을 돌아보고 있었다.

웅보정이 제갈용용의 시선을 받으며 고개를 갸웃했다.

"영걸이가 실수할 때도 있구먼… 허어……."

"그런데 저거……."

제갈용용이 뭔가 말을 하려다가 말고 입을 굳게 다물었다.

"그래, 확실히 비슷하긴 하군……."

웅보정은 마치 제갈용용이 무슨 말을 하려고 하는지 알고 있다는 듯 나직이 중얼거렸다.

검이 허공을 찌르자 부영걸의 안색이 가볍게 변했다.

부영걸은 옥단풍이 자신의 검을 피했다고는 꿈에도 생각지 못했다. 그러므로 발검한 후 치명적인 요혈이 아닌 어깨를 노리는 것으로 방향을 바꾸는 과정에서 미처 생각지 못한 실수가 발생했다고 생각했다.

검을 거두어들인 부영걸이 옥단풍을 노려보았다.

허름한 차림에 아무리 살펴보아도 특출한 점을 찾아볼 수 없는 모습의 사내가 희미하게 웃으며 서 있었다.

희미하게 웃는 얼굴이 묘하게도 신경을 자극했으므로 부영걸은 애써 가슴에 치밀어 오르는 살기를 억눌러야 했다. 단검에 목을 베어버리고 싶은 그런 기분이었지만 어쨌든 채주가 생포하기를 원하고 있었다.

"오래 버틸수록 고통스러운 법이다. 순순히 무릎을 꿇는다면 고통은 없을 게야."

부영걸이 나이답지 않은 노회한 음성으로 뇌까리며 재차

검을 휘둘렀다.

부영걸의 마음 상태를 보여주기라도 하듯 일순간 눈부신 검빛이 온 실내를 가득 채우며 번득였다.

투로와 변화를 분간하기 어려울 정도로 현란한 변화를 내포한 일초였다.

그 모습을 지켜보던 웅보정이 가볍게 고개를 끄떡였다.

부영걸이 펼친 지금의 적룡검법은 그 창시자인 군산신마가 펼친다 해도 이보다 나을 수는 없어 보일 정도였던 것이다.

현란한 검빛이 눈을 어지럽히며 흉흉하게 옥단풍을 휩쓸어갔다.

그런데 옥단풍은 그 엄중함을 알기나 하는지 도무지 심각한 빛이라고는 전혀 찾아볼 수 없는 얼굴로 여전히 태연작약하고만 있는 게 아닌가.

웅보정은 그와 같은 순간엔 설사 자신이 옥단풍의 처지에 있다 해도 결코 무사하지 못할 것이라 느껴졌다.

바로 그 순간 옥단풍의 한 손이 불쑥 앞으로 내밀어졌다.

마치 현란하게 움직이는 검의 폭풍 앞에 잘게 잘라지기를 바라기라도 하듯 그렇게 무심하게 내미는 손짓은 기묘하게도 멈춤이 없이 부영걸의 검빛 사이사이를 헤집고 나아가서는 덥석 하고 부영걸의 손목을 움켜쥐고 말았다.

“억…….”

부영걸의 입에서 헛바람을 들이키는 듯한 경악성이 터져 나오며 그토록 현란한 검빛을 내뿜던 부영걸의 검이 옥단풍의 가슴 앞 한 치에서 멈출 수밖에 없었다.

응보정이 얼굴을 하얗게 굳힌 채 옥단풍을 노려보고 있었다.

제갈용용이 어이없다는 표정으로 입을 열었다.

“용호권… 확실히 용호권이에요.”

응보정이 고개를 끄떡였다.

“용호권의 제삼식인 용두호미(龍頭虎尾)가 확실하군.”

“믿을 수가 없어요… 어떻게 용호권 따위가…….”

믿을 수가 없기는 손목을 잡힌 부영걸이 훨씬 더했다.

“이… 이런…….”

부영걸은 얼굴이 붉으락푸르락 평정을 잃고 어찌해야 할지 모르는 채 거친 숨만 내쉬고 있었다.

옥단풍이 다시 희미하게 웃었다.

“억울한 얼굴이구먼. 다시 해볼까?”

옥단풍이 선선히 부영걸의 손목을 놓아주자 이를 지켜보고 있는 중인들이 모두 기겁을 하고 놀랐다. 고수들 간의 싸움은 작은 차이로 승부가 갈리지만 이렇게 이미 기선을 제압한 좋은 기회를 스스로 놓아버린다는 건 듣도 보도 못한 일이

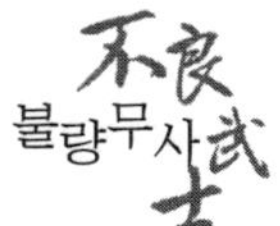

었기 때문이다.

더군다나 상대는 부영걸이다.

설사 채주인 웅보정 스스로조차도 부영걸과의 일전에서 반드시 승리한다고 보장할 수만은 없다고 생각한 지 오래지 않았던가…….

웅보정의 잡아먹을 듯한 시선이 궁리편에게로 옮겨졌다.

"궁 조장, 도대체 저자는 누구인가?"

궁리편이 사색이 된 얼굴로 궁색하게 입을 열었다.

"채, 채주… 저자가 바로… 사마가에서 고용한 두 무사 중 하나인 옥단풍이라는 자이옵니다."

웅보정이 미간을 깊숙이 찌푸렸다.

"옥단풍?"

웅보정과 제갈용용의 놀란 시선이 새삼 옥단풍에게로 옮겨졌을 때 부영걸의 분노에 찬 일갈이 실내를 쩌렁하게 울렸다.

"찢어죽일 놈. 본 공자가 오늘 네놈의 목에 구멍을 내놓지 않는다면 성씨를 갈겠다."

표독한 이리와 같은 눈빛이 되어 부영걸의 신형이 벼락같이 옥단풍을 향해 덮쳐들었다.

부영걸의 손에 들린 검은 그 순간 고막을 찢을 듯한 폭음을 울리며 적룡검법의 가장 강력한 절초들을 연이어 펼쳐 내고 있었다.

부영걸의 검에서 뿜어져 나온 기운이 순식간에 실내를 회오리처럼 휘감아 서 있는 사람들의 옷자락을 펄럭이게 했다.

궁리편은 부영걸의 검이 뿜어내는 기운의 압박감에 못 이겨 뒤로 두어 걸음 물러서기까지 해야 했다.

그러나 정작 그 폭풍 같은 적룡검법의 앞에 놓인 옥단풍만은 여전히 어디 산보라도 나온 양 태연작약하기 그지없는 신색으로 태평하게 서 있을 뿐이었다.

츠아아아앙…….

부영걸의 검이 옥단풍의 견정혈을 노리고 찔러 들어갔다. 종횡으로 궤적을 그리며 변화하던 검끝이 기묘한 각도를 이루며 찔러 들어가고 있는 것이다. 적룡검법의 뛰어난 점이 그것이었다. 모든 변초들이 복잡하고 화려하면서도 정작 적을 공격하는 수법은 단순하리만치 직선적이고 빠르다.

복잡하고 화려한 변화는 상대로 하여금 공격해 오는 투로를 가늠하기 어렵게 만드는 역할을 하는 것이다.

일순 옥단풍의 오른발이 한 자가량 옆으로 옮겨졌다. 그에 따라 옥단풍의 신형이 사선을 그리며 기울어졌다.

스팡…….

날카로운 부영걸의 검끝이 아슬아슬하게 옥단풍의 어깨를 스치듯 지나쳐 힘차게 허공을 찔렀다.

부영걸이 입술을 깨물며 재차 변화를 일으켜 횡으로 쓸어 왔다.

자연스러운 변초였고, 그와 같은 상황에선 이미 상대의 움직임을 읽고 있었음을 알 수 있는 공격이었다.

그 순간 옥단풍의 왼발이 다시 한 자가량 움직였다.

동시에 푹 꺼지듯 옥단풍의 몸이 아래로 두 자가량 가라앉았다.

이번에도 부영걸의 검은 아슬아슬하게 옥단풍의 머리끝을 스치며 빈 허공을 갈랐다.

부영걸의 안색이 돌처럼 굳어지며 더욱 거세게 검초를 펼치기 시작했다.

스팡… 스팡…….

검날이 공기를 가르는 소리가 마치 강풍에 비단폭이 찢어지듯 요란하게 울려 퍼지며 방 안은 순식간 검빛으로 가득 찼다.

그 기세의 흉흉함은 가히 필설로 형용하기 어려웠고, 변화의 현란함은 가히 천변만화하다 해도 과언이 아니었다.

옥단풍은 그 흉흉한 검초의 그물망 속에서 전후좌우로 분주하게 움직이고 있었다.

옥단풍의 움직임은 일견 굼떠 보이고 어색해 보이기까지 했지만 놀랍게도 부영걸의 흉흉한 검세를 모두 아슬아슬하게 피해내고 있었다. 더더욱 놀라운 것은 옥단풍의 움직임이라는 것이 그를 둘러싸고 불과 좌우 한 걸음 정도의 좁은 사각형 안에서 모두 이루어지고 있다는 사실이었다.

지켜보고 있던 웅보정의 입에서 절로 한숨이 새어 나왔다.

"용두호미… 용추호망… 용미과호… 용호지로… 한결같이 용호권이야…….”

그랬다.

옥단풍이 방원 한 걸음 정도의 정사각형 안에서 이리저리 움직이고 있는 초식들은 바로 용호권의 초식들이었다.

이 어찌 기절초풍할 일이 아니겠는가…….

천하의 적룡검법의 흉흉한 기세를 고작 용호권 따위를 시전해 한결같이 무용지물로 만들어 버리고 있으니 그야말로 직접 눈으로 목도하고도 도저히 믿을 수가 없는 사실이었다.

"적어도 궁 조장의 정보가 틀리지 않은 점도 있었군요. 정말 용호권을 시전하는 무사예요.”

제갈용용 역시 자신의 눈을 의심하는 표정을 지우지 못하고 있었다.

"용호권은 용호권이되…….”

눈을 가늘게 뜨고 옥단풍과 부영걸의 접전을 지켜보며 웅보정이 말끝을 흐렸다.

"뭔가 달라 보이죠? 확실히?”

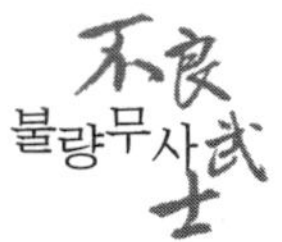

"그렇군… 저자의 용추호망은 우삼전(右三轉)하는 자세가 원래의 용추호망에 비해 조금 느리고, 용미과호는 좌일도(左一度)하는 자세가 원래에 비해 각도가 조금 더 커……."

"용호권이로되 진정한 용호권이 아니란 말씀인가요?"

제갈용용의 물음에 응보정이 고개를 미미하게 가로저었다.

"확실히 진정한 용호권이 맞소. 하지만 저자는 아주 미세하게 용호권의 초식들을 변형하여 응용하고 있는 셈이오."

응보정이 기가 막히다는 표정을 지어냈다.

"마치 적룡검법의 내용을 훤히 꿰뚫고 있어서 그에 대응하기 알맞도록 용호권법의 초식들을 조금씩 바꾼 것처럼 말이오."

"그게 가능하기나 한 얘기예요?"

제갈용용이 힐난하듯 응보정을 흘겨보았다.

제갈용용이나 응보정은 무공 수위에 있어서도 서로 엇비슷하거니와 제갈용용이 군산신마의 질녀라는 신분으로 얻을 수 있는 후광을 시집온 후에도 결코 포기하지 않는 태도를 취했기 때문에 응보정은 비록 자신의 부인이라 해도 언제나 조심해서 대하곤 했다.

지금도 제갈용용이 힐난하는 시선을 보내자 응보정은 이내 입을 굳게 다물었다.

한편으론 스스로 생각해도 그건 불가능한 얘기였다.

옥단풍의 내력이 무엇인지, 또 일신에 지닌 재간의 깊이가 어느 정도인지 가늠할 수는 없었지만 설사 경천동지할 내력을 지녔다 해도 그건 불가능한 일이었다.

그러는 사이 부영걸은 이미 서른여섯 초수에 이르는 적룡검법을 일순하고 있었다.

그럼에도 불구하고 부영걸은 옥단풍의 털끝 하나 건드리지 못했다. 비록 옥단풍의 운신 하나하나가 어색하고 둔중해 보여서 부영걸의 검초를 아슬아슬하게 흘려낼 때마다 그것이 진실로 재간으로 비롯된 결과인지, 아니면 천운이 따른 것인지 분간하기 어려웠지만 아무튼 결과는 그랬다.

부영걸은 적룡검법을 모두 다 쏟아내고도 옥단풍의 옷깃조차 베지 못한 것이다.

부영걸이 검을 거두었다.

비록 어려서부터 온갖 험한 싸움을 겪으며 자란 그야말로 바탕 자체가 진정한 흑도에 적합한 성격을 가졌지만 흑도의 신진기예로 이미 자신에 대한 자긍심이 커질 대로 커진 자다.

비록 수치스러운 결과를 빚었지만 억지를 부린다고 해서 결과가 달라지지 않는다는 사실을 잘 알고 있는 자였다. 한마디로 패배를 자인할 줄 안다는 뜻이다.

옥단풍이 부영걸의 그런 심사를 헤아리기라도 하듯 희미하게 웃었다.

"거, 쓸 만한 검법이야. 하마터면 황천길로 들어설 뻔했어."

빙글거리듯이 웃으며 툭 내던진 말이지만 부영걸은 옥단풍이 자신을 비웃는다는 느낌은 전혀 느끼지 못했다.

대신 딱 꼬집어 설명할 수는 없지만 가슴이 답답해져 오는 막막함을 느껴야 했다.

그런 막막함은 도저히 넘어설 수 없는 높고 단단한 벽 앞에 서서 느껴야 하는 일종의 좌절감이고 절망감이었다.

그때 웅보정이 입을 열었다.

"훌륭한 솜씨로군."

옥단풍의 신위에 조금도 주눅 들지 않는 흑도 거물다운 자세였다.

옥단풍이 부영걸을 대할 때와는 달리 차갑게 굳은 얼굴이 되어 웅보정을 돌아보았다.

"과찬이시오."

"사문을 말해줄 수 있겠는가?"

"선사께선 일찍이 강호를 떠나 성명석자를 거두신 분이시니 제자의 입으로 존함을 여쭙지 못하겠소만… 설사 알려 드린다 해도 채주는 전혀 알지 못하는 분이실 게요."

웅보정의 안색이 가볍게 굳었다.

잠시 어색한 침묵이 흘렀다.

"사마의가 같은 곳에 의탁해서 개죽음을 당할 필요가 있겠는가? 본좌는 재주가 아까운 인재들을 무척 아낀다네."

웅보정이 형형한 안광을 발하며 옥단풍을 주시했다. 비록 흑도의 인물이지만 일문의 종사다운 풍모였다.

"사마의가에 몸을 의탁하면 개죽음을 당하는 것이오?"

옥단풍이 웅보정의 시선을 빤히 맞받으며 되물었다.

웅보정의 미간이 가볍게 찌푸려졌다.

"사마의가는 곧 없어질 가문이지. 딸 아이 하나 지키려다 가문을 멸문지화로 몰고 가는 어리석음을 범하고 있는 셈이야. 사마장천 그놈은 아직 어려서 세상 무서운 걸 모르지."

"채주의 충고의 말씀은 소생이 반드시 잊지 않고 전해 드리리다."

옥단풍이 빙글빙글 웃는 듯한 표정으로 말을 받자 웅보정의 안색이 급기야 흉악하게 변했다.

제갈용용이 더 이상 참지 못하고 날카롭게 소리쳤다.

"건방지기 짝이 없는 자로군. 여기가 감히 어디라고 주둥이를 함부로 놀린단 말이냐?"

그에 따라 웅보정의 뒤편에 서 있던 두 명의 노인이 천천히 좌우로 움직여 자리를 잡았다.

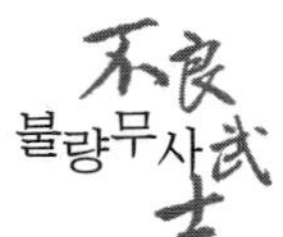

육십이 훨씬 넘어 보이는 두 명의 노인은 적룡채의 좌우호법이다.

비록 웅보정의 지시를 받고 있지만 원래 제갈용용이 군산을 떠나올 때 군산신마가 붙여준 개인 호위들이나 다름없었다.

흑백무상(黑白無常)이라는 별호로 더 널리 알려진 두 노인은 적룡채의 여타 일들에는 조금도 관여하지 않고 오직 제갈용용의 분부만을 따라 움직였다.

채주인 웅보정조차도 흑백무상에게는 함부로 지시하거나 분부하지 못했다. 그만큼 특별한 존재들이었다.

제갈용용이 나서자 웅보정이 약간 못마땅한 얼굴로 뭔가 입을 열어 말하려다 이내 그만두었다.

"여기가 적룡채 아니었던가? 혹시 불초가 잘못 찾아왔소?"

옥단풍이 빙글빙글 웃는 얼굴로 힐긋 궁리편을 돌아보며 너스레를 떨었다.

"네놈이 스스로 무덤을 찾아든 거라면 제대로 찾아왔다, 하룻강아지 같은 놈. 저놈을 당장 포박해!"

제갈용용이 냉엄한 얼굴로 외치자 흑백무상이 천천히 옥단풍을 향해 다가들었다.

흑백무상이 군산신마의 휘하로 들어가기 전엔 살인을 밥 먹듯이 하는 살인귀로 명성이 자자했었다. 같은 향리 출신으로 어려서부터 함께 동고동락하며 자란 두 사람은 그 흉포한 성정과 잔혹한 손속으로 이내 무림의 공적이 되었다.

정도무림에선 두 살인귀를 잡기 위해 혈안이 되다시피 했고, 흑도무림에서조차 두 사람의 살인 행각에 선뜻 나서서 도움의 손길을 내밀 명분이 없었다.

결국 궁지에 몰린 흑백무상이 선택한 것이 바로 군산십팔채의 총표파자 군산신마의 그늘에 몸을 의탁하는 것이었다.

군산신마는 과연 흑도의 거물답게 두 사람을 휘하에 거두어들였으며, 두 사람을 내놓으라는 무수한 정도무림의 요구에도 눈 하나 깜빡하지 않았다.

흑도무림 삼십육숙이라는 거물들 중에서도 서열 네 번째의 거물 중 거물인 군산신마가 그렇게 단호한 자세를 취하니 정도무림도 더 이상 어쩔 수가 없었다.

결국 흑백무상은 군산신마의 그늘 아래서 목숨을 부지할 수 있었고, 그 즉시 군산신마의 수족이 되었다. 군산신마의 휘하에 들고 난 후 흑백무상의 살기도 많이 누그러져 더 이상 불필요한 살인도 하지 않게 되었으므로 흑백무상의 존재는 강호무림에서 차츰 잊혀져 가는 존재가 되었다.

그런 흑백무상이 지금 적룡채에서 채주부인의 호위역을 하고 있는 것이다.

옥단풍이 여전히 태연작약한 얼굴로 다가드는 흑백무상을

쓸어보았다.

"적당히 봐주면서 싸우는 건 한 번으로 족하다는 사실을 알고서 덤볐으면 좋겠는데……."

그런 옥단풍의 자세는 흑백무상이 누구인지 궁금하지도 않을뿐더러 그들의 신분이 누구이든 아예 안중에도 두고 있지 않는 듯이 보였다.

제갈용용이 냉소를 머금었다.

"하룻강아지 범 무서운지 모른다더니… 호호… 흑백무상, 저자를 반드시 온전하게 생포할 필요는 없다. 필요하다면 죽여도 좋다."

흑백무상에게는 그 어떤 말보다도 반가운 말이었다.

누군가를 사로잡는다는 것보다 죽여 버리는 것은 통상적으로 수월하고 간단한 일이지만 흑백무상에게는 그저 간단한 정도에 그치지 않는다. 보통 사람에게는 그 차이가 젓가락을 주며 국물만 남은 술국을 먹으라 하던 걸 숟가락으로 바꿔주는 정도라면 흑백무상에겐 그릇을 들고 마시는 걸 허용하는 것이나 다름없었기 때문이다.

오랫동안 억눌러 왔던 살인에 대한 본능이 제갈용용의 한마디에 서서히 고개를 쳐들기 시작하자 흑백무상의 얼굴에 냉혹한 살기가 떠올랐다.

살의가 떠오른 흑백무상의 모습은 그냥 마주하기에도 가

슴이 서늘해지는, 말로 표현하기 어려운 섬뜩함을 먹물처럼 흘리고 있었다.

옥단풍의 안색이 가볍게 굳었다. 진한 피비린내를 감지한 탓이었다.

"사람을 여럿 죽여본 자들이로군."

옥단풍의 음성에도 냉기가 서렸다.

이제까지의 설렁설렁하고 천연덕스러운 옥단풍의 모습은 오간 데 없고 한없이 냉혹하며, 인정이라고는 티끌만큼도 찾아볼 수 없는 전혀 다른 옥단풍이 서 있었다.

부영걸을 상대할 대와는 또 달랐다.

지켜보던 부영걸이 자기도 모르게 한 걸음 뒤로 물러섰다.

그는 지금 승승장구하기만 하던 길지 않은 일생에서 맞이한 첫 번째 참담한 패배를 곰곰이 되새기고 있었다. 자신이 펼쳤던 적룡검법에 도대체 무슨 문제가 있었길래 용호권 따위에 맥을 못 추었던 것인지 도무지 이해할 수가 없었다.

그리고 가능한 모든 경우를 상정해 검토해 보았을 때 내린 결론은 오직 하나였다.

옥단풍이 적어도 자신을 충분히 죽일 수 있는 상황에서도 그렇게 하지 않았다는 사실이었다.

정상적인 사람이라면 감사까지는 아니라 해도 앙심이나 복수심 따위는 그 순간 사라지게 마련이지만 부영걸은 달

랐다.

그는 태생부터 흑도의 인물이었다.

그의 마음속은 오로지 수단 방법을 가리지 않고 옥단풍을 죽여 버리고자 하는 일념으로 가득 차 있었다. 그러던 차에 옥단풍으로부터 마치 날카로운 칼이 가슴을 후비는 듯한 느낌이 전해지자 자신도 모르게 한 걸음 뒤로 물러선 것이다.

"어디 한 군데 부서질 각오는 하고 덤비는 게 좋을 게요."

옥단풍의 건조하고 살벌한 음성이 나직하게 들려왔다. 부영걸은 그 소리가 마치 자신을 향해 던져진 말인 것만 같아서 가슴이 세차게 뛰놀았다.

도둑이 제 발 저리는 격이었다.

不良武士

第七章

不良
불량무사武
生

흑무상은 흑연장(黑軟掌)이라는 음유한 장력으로 명성을 떨친 자였다.

흑무상의 흑연장은 시전할 때 아무런 소리도 흔적도 없는 것이 가장 큰 특징이었다. 그저 손바닥을 한 번 뒤집을 뿐이고 아무런 소리도 형태도 보이지 않는데 공격을 받은 상대는 몸의 내부에 극렬한 진동과 함께 내장이 파열되어 죽는다.

특히 흑무상이 흑연장을 사용해 암습할 경우 당하는 자는 누구에게서 공격받았는지, 또 어떤 공격을 받았는지 아무것도 모른 채 죽어갔다.

그와는 반대로 백무상은 열화권(熱火拳)이라는 양강한 공력을 독문무공으로 사용했다.

백무상의 열화권은 흑연장과는 정반대로 한번 펼쳐지면 귀청을 찢을 듯한 폭음과 함께 강력한 권풍을 동반한 강기가 발출된다. 십이성의 열화권이 펼쳐지면 가히 천 근 바위라 해도 순식간에 산산조각 날 무서운 위력의 양강공력이었다.

흑백무상의 두려운 점은 각각의 독문무공이 뛰어난 점도 있었지만 두 사람의 호흡이 마치 쌍둥이 형제처럼 척척 들어맞는다는 데 있었다.

눈짓 한 번 혹은 손짓 한 번에도 두 사람은 마치 한 몸이기라도 한 듯 서로의 의중을 정확히, 그리고 신속하게 파악할 수 있었다.

고수의 연수합벽이 조화를 이룰 때 그 위력이 얼마나 배가 되는지는 직접 경험해 보지 않고는 진실로 안다고 말할 수 없는 것이었다.

흑백무상의 그런 장점 때문에 제갈용용은 비록 부영걸이 옥단풍에게 힘도 제대로 쓰지 못하고 패했음에도 망설임없이 흑백무상을 내세워 옥단풍을 제압하려 할 수 있는 것이다.

좌측에서 흑무상이 먼저 움직였다.

왼발로는 중궁을 밟고 왼 손바닥이 정면 옥단풍을 향하도록 들려지는 순간 오른쪽에서 비단폭을 찢는 듯한 엄청난 폭

음이 일었다.

백무상이 열화권을 발출한 것이었다.

후끈한 열기와 함께 강력한 권풍이 옥단풍의 견정혈을 노리고 날아들었다.

또한 그와 함께 눈 한 번 깜빡할 정도의 짧은 간격을 두고 옥단풍의 왼쪽 천유혈에 찌르는 듯한 압박을 느껴야 했다.

흑무상의 흑연장이 발출된 것이었다.

옥단풍의 안색이 무섭게 굳어들었다.

흑백무상의 손속은 단 한 치의 빈틈도 없었고, 절묘하게도 두 사람의 공격이 이룬 아주 짧은 간격은 상대로 하여금 좀체 두 공격을 동시에 피해낼 빈틈을 찾기 어렵게 만들고 있었다.

지켜보던 제갈용용의 입가에 흐릿하게 흡족한 미소가 피어오르고 있었다.

흑백무상의 엄밀한 공격이 막 옥단풍의 육신을 갈가리 찢어버릴 듯 엄습한 순간 옥단풍이 오른 손바닥을 곧게 펴 흑무상 쪽을 향해 내밀었다.

동시에 왼발을 비스듬히 움직여 몸을 약간 기울였다.

얼핏 보기엔 용호권의 일초인 용추호망의 자세였으나 단지 흑무상을 향해 내민 오른 손바닥의 방향만이 원래의 용추호망에 비해 조금 더 기울어진 각도를 이루고 있다는 것이 달랐다.

뻐벅…….

마치 실밥이 터져 나가는 듯한 소리가 나는 것과 동시에 흑무상의 몸이 무형의 거센 충격에 휩싸이듯 뒤로 튕겨져 날아갔다.

그와 거의 같은 순간에 백무상의 열화권이 내뿜는 뜨겁고 강렬한 기운이 옥단풍의 오른쪽 뺨을 스치듯 지나치며 맞은편 벽을 두들겼다.

콰쾅…….

엄청난 폭음이 일며 건물 전체가 한차례 거세게 흔들렸다.

"끄르륵……."

흑무상의 입에서 뒤늦은 가래 끓는 소리가 터져 나왔고, 뒤이어 흑무상의 몸이 그대로 벽에 부딪치며 주르륵 밑으로 흘러내렸다.

철버덕.

바닥으로 흘러내린 흑무상의 몸이 힘없이 앞으로 고꾸라지듯 엎어졌다.

일권이 빗나갔음을 깨달은 백무상이 지체없이 제이권을 내지르려는 자세를 취하다가 그제야 흑무상이 엎어진 채 더 이상 움직이지 않는다는 사실을 깨달았다.

"이… 이……."

얼굴이 창백하게 질린 백무상이 안면 근육을 부르르 떨며

말을 잇지 못했다.

삼십 년이 넘도록 흑무상과 함께 강호를 주유하며 숱한 싸움을 겪어왔지만 이와 같은 경우는 처음이었다.

"찢어죽일 놈."

백무상이 격노하여 격렬하게 일권을 찔러왔다.

꾸르릉…….

뇌성벽력이 일며 강력한 화기를 동반한 권풍이 날아들었다.

옥단풍이 전혀 피할 생각이 없는 사람처럼 권풍을 향해 정면으로 마주 섰다. 동시에 옥단풍의 오른손이 교묘하게 구부러지며 백무상의 내밀어진 팔을 뱀처럼 감싸쥐었다.

파창…….

백무상의 권풍이 옥단풍의 겨드랑이 밑을 스치며 지나갔다.

우두둑…….

뼈마디가 부러지는 끔찍한 소리와 함께 백무상의 몸이 낚시에 걸린 물고기처럼 힘없이 옥단풍의 앞으로 끌려왔다.

옥단풍의 왼손 손가락이 꼿꼿하게 세워져 비수처럼 백무상의 왼 어깨를 찔렀다.

"끄르륵……."

백무상의 목젖에서도 가래 끓는 소리가 터져 나왔다.

옥단풍이 손을 놓자 마치 힘없이 늘어진 문어발처럼 백무상의 양팔이 축 처져 건들건들 흔들렸다.

창백하게 변한 백무상의 얼굴은 고통에 참혹하게 일그러져 있었는데 그의 두 팔은 이제 더 이상 제 기능을 발휘할 수 없게 된 듯이 보였다.

말로 설명하자면 참으로 길고 복잡한 변화였으나 흑백무상과 옥단풍의 교전은 그야말로 눈 깜빡할 사이에 이루어졌다.

지켜보고 있던 그 누구도 옥단풍이 도대체 어떤 수법을 사용해서 흑백무상을 그처럼 간단하게 제압했는지 알아보지 못했다. 단지 그 수법들이 용호권과 거의 구별할 수 없을 정도로 흡사하다는 생각만 머릿속을 맴돌고 있었다.

제갈용용은 애초에 자신만만했던 자세에서 지금은 안색이 창백하게 질려 입을 굳게 다문 채 아무 말도 하지 못하고 있었다. 흑백무상마저 이처럼 허무하게 당하리라고는 상상도 하지 못했다. 그녀가 받은 충격은 상상보다 훨씬 더 컸다.

응보정 역시 그 순간 완전히 전의를 상실하고 있었다.

이 젊은 사내의 무공의 깊이조차 도저히 가늠할 수가 없는 것이다.

옥단풍의 냉냉한 음성이 건너왔다.

"채주, 사마약포를 공격했던 자들을 모두 불러오시오."

응보정이 대답할 말을 잊고 멍청하게 옥단풍의 얼굴을 쳐다보았다.

"단 한 사람도 빠짐없이……."

　부영걸은 옥단풍의 한 걸음 뒤에서 따르며 고개를 들 수가 없었다.

　일렬로 도열해 서 있는 수하들이 모두 자신을 경멸과 비웃음의 시선으로 쳐다보고 있는 것만 같아 당장이라도 접시 물에 코를 박고 죽고만 싶은 심정이었던 것이다.

　웅보정은 결국 옥단풍의 요구를 모두 들어주었다. 순한 양처럼.

　적룡채의 앞마당은 정확히 적룡채의 중앙에 위치한다. 그 앞마당 한가운데 사마약포를 공격했던 천자조원들이 영문도 모른 채 끌려 나와 일렬로 정렬해 서게 한 것이다.

　지금 부영걸은 그들을 하나하나 살펴보는 옥단풍의 뒤를 졸졸 따르고 있는 중이었다.

　영문도 모른 채 끌려 나와 처음 보는 사내 앞에 도열해 선 천자조원들은 모두 의아한 얼굴이 되어 평소 존경해 마지않던 부조장 부영걸이 그 사내의 뒤를 시종처럼 따르는 모습을 묵묵히 지켜보고 있었다.

　천자조의 복장은 붉은 무사복이다. 피처럼 붉은 무사복이 전투에 나섰을 때 상대에게 주는 위압감을 고려한 선택이었었다.

옥단풍은 도열한 천자조원들을 하나하나 살피며 천천히 걸었다.

각양각색의 인상에 모두 이십대에서 삼십대의 사내들인 천자조원들은 어디서나 흔히 볼 수 있는 평범한 무사들일 뿐이었다.

옥단풍은 천자조원들과 하나하나 눈을 마주치며 처음 가졌던 일말의 기대조차 부질없는 것이었다는 생각을 지우지 못하고 있었다.

문득 옥단풍의 걸음이 한 조원의 앞에서 멈추어졌다.

옥단풍의 시선을 받은 천자조원이 곱지 않은 시선으로 옥단풍을 마주 보았다.

천자조원들은 영문도 모른 채 끌려 나왔으므로 썩 좋은 기분일 리가 없었다. 더군다나 허름한 차림에 별반 뛰어나 보이지도 않는 애송이 같은 젊은 사내에게 마치 선이라도 보이는 듯 도열해 서 있다는 사실이 불쾌하기까지 한 것도 사실이었다.

옥단풍의 시선을 받은 조원은 눈 밑에 보기 흉한 칼자국이 새겨져 있었다.

일반인이 보기에는 흉측하기 짝이 없는 상처였으나 적룡채의 천자조원으로 행세하는 데 그 상처는 항상 그의 자랑거리였다.

험악한 전투의 끝에서 얻은 훈장과도 같은 것이었다.

"너."

옥단풍이 똑바로 조원을 가리키며 불렀다.

"너?"

조원의 안색이 대번에 변했다.

아무리 봐도 눈앞의 허름한 애송이는 특별한 신분으로 보이지 않았다. 비록 부조장인 부영걸이 사내의 뒤를 따르고 있지만 부조장의 안색에서도 사내에 대한 존경심은 찾아볼 수 없지 않은가…….

"나와."

옥단풍이 짧게 말했다.

조원이 어이없는 시선으로 옥단풍을 노려보다가 피식 실소를 머금었다.

그는 평소 적룡채의 천자조원이라는 사실에 무한한 자부심을 느끼고 있었다. 저잣거리를 걸어도 모두들 그를 경원의 시선으로 보곤 했다.

적어도 눈앞의 이런 새파란 애송이는 감히 시선도 마주치지 못했는데…….

평소라면 금방 허리춤의 검을 뽑았을 터이지만 조원은 혹시 몰라 옥단풍의 뒤에 한 걸음 떨어져 서 있는 부영걸을 쳐다보았다.

만약 부영걸이 눈짓으로라도 지침을 준다면 그에 따라 태도를 결정할 심산이었다.

아무리 허름해 보이는 애송이라 해도 강호무림은 겉모습만 가지고 살아가는 곳이 아님을 모르지 않았다. 혹시 군산에서 파견된 고위 급 인사일지도 모르는 일인 것이다.

그러나 부영걸은 조원의 바람과는 달리 아무런 지침도 내리지 않았다.

여전히 떫은 감이라도 씹은 표정으로 그저 묵묵히 옥단풍의 뒤통수를 응시하고 있을 뿐 조원의 시선과는 스쳐 지나면서도 마주치지 않는 것이다.

'이런 우라질… 뭘 어쩌라는 거야……?'

조원이 이러지도 저러지도 못하고 망설이는 동안 옥단풍의 음성이 다시 건너왔다.

"내가 고까운가?"

옥단풍은 빙글빙글 웃고 있었다.

조원의 눈꼬리가 파르르 떨렸다. 생각 같아선 단칼에 요절을 내고 싶었지만 그는 여전히 어떤 상황인지 좀 더 파악해야 된다고 생각했기에 꼼짝도 하지 않고 옥단풍을 노려보고만 있었다.

"고까우면 검을 뽑아라. 그게 무사가 할 일이다."

조원의 얼굴이 붉어졌다. 인내의 한계에 가까이 다가가고

있었지만 그는 여전히 잘 참고 있었다.

옥단풍이 한심하다는 듯 혀를 찼다.

"겁이 나는 모양이로군. 그것도 좋은 처세술이다. 참으면 오래 살 수 있지. 한고조 유방은 항우의 다리 가랑이 사이를 기어서 지나갔지. 네놈은 현명한 놈이로구나."

옥단풍이 말을 마치고는 그냥 지나치려는 자세를 보이자 조원이 더 이상 참지 못하고 입을 열었다.

"말씀이 좀 지나치시오."

"지나쳐? 네놈은 칭찬도 구분하지 못하느냐? 후후… 네놈은 오래 살 거란 말이다."

"도대체 누구신데 말을 그리 함부로 하시오?"

조원이 붉어진 얼굴로 이를 악물며 옥단풍을 노려보았다.

"나?"

옥단풍이 천연덕스럽게 되물었다.

"하하… 내가 네 아버지라고 말해도 너는 참을 놈이로구나."

옥단풍의 말이 채 끝나기도 전에 칼자국이 더 이상 못 참고 허리춤의 검을 뽑아 들었다.

"이 개자식. 죽어랏."

번쩍하고 칼자국의 검날이 옥단풍을 양단할 듯 날아들었다.

옥단풍이 선뜻 걸음을 옮겨 간단하게 검날을 피해 버렸다.

"하하하… 그런 솜씨로는 역시 그저 참는 것이 제일일 것 같구나."

옥단풍이 빙글빙글 웃으며 비아냥거렸다.

칼자국의 눈이 급기야 흰자위를 드러내며 뒤집혔다. 분노가 극에 달한 모습이었다.

"쥐방울 같은 놈. 네놈의 목을 따지 않으면 오늘 이 어르신께서 아예 성을 갈겠다."

칼자국의 검이 재차 횡으로 그어지며 검빛을 뿌렸다.

제법 숙련된 솜씨였고 보기에도 위력이 상당할 것 같은 훌륭한 검초였지만, 그건 적룡채의 천자조원들이 일률적으로 수련하는 파운검법(破雲劍法)의 일초였다.

옥단풍이 역시 가볍게 걸음을 옮겨 검날을 피해 버렸다.

그 순간 비록 입으로는 계속 칼자국의 부화를 돋우는 말을 하고 있었지만 옥단풍의 얼굴엔 가벼운 실망의 표정마저 떠오르고 있었다.

"이런… 그래 가지고서야 어디 파리 한 마리라도 벨 수 있겠느냐?"

옥단풍이 여유있는 자세로 한쪽 발을 들어 칼자국의 엉덩이를 걷어차 버렸다.

퍽……．

발길에 차인 칼자국이 볼썽 사나운 모양새로 앞으로 고꾸라질 듯 허우적이다가 간신히 자세를 잡고 섰다. 옥단풍의 발

길질엔 공력이 담겨져 있지 않은 듯 그저 볼썽사납게 나가떨어지지는 않았지만 그야말로 수치의 극을 달리는 결과가 아닐 수 없었다.

분노로 인해 완전히 이성을 잃어버린 칼자국이 마구잡이로 검을 휘두르며 옥단풍을 향해 덤벼들었다.

"으아아아… 죽여 버릴 테다!"

거친 기세로 달려드는 칼자국의 검로는 이미 침착성을 잃고 마구잡이로 휘둘러지고 있었다.

옥단풍은 애초부터 칼자국과 무공의 고하를 겨루거나 싸우고자 하는 의도는 없었다. 단지 칼자국을 자극해서 검초를 시전하게 하고 싶었던 것이다.

검이 거칠고 무서운 기세로 휘둘러지고 있었지만 그건 이미 마구잡이로 휘두르는 손짓에 불과했다.

'비록 검법의 초식을 감출 수는 있지만 검날을 한번 휘두르는 동작 속에 배어 있는 오랜 고련의 흔적은 원래 지울 수 없는 법… 이자는 혈의사자가 아니다.'

옥단풍의 얼굴에서 빙글거리던 표정이 사라졌다.

어느 정도 예상했지만 그래도 혹시 하는 심정이었는데 결과는 마찬가지였다.

'쓸데없는 시간만 낭비했어……'

잠시 생각에 잠긴 옥단풍을 향해 마구잡이로 휘두른 칼자국의 검이 금방 양단하려는 기세로 달려들었다.

지켜보고 있던 천자조원들이 자기도 모르게 소리쳤다.

"베었다!"

도열한 채 지켜보고 있었지만 천자조원들 역시 화가 치밀기는 칼자국과 마찬가지였다.

어디서 굴러먹던 애송이인지 모르지만 칼자국에게 행한 모욕적인 언사는 천자조원 모두에게 던져진 모욕이나 마찬가지였던 것이다.

칼자국의 검이 막 옥단풍의 목을 날려 버릴 것만 같은 순간 돌연 칼자국의 동작이 딱 멈췄다.

칼자국의 검날은 옥단풍의 목 바로 한치 앞에서 옥단풍의 엄지와 검지에 의해 잡혀 있었다.

옥단풍이 무표정한 얼굴로 칼자국을 향해 조용히 입을 열었다.

"오늘 일은 잊어라. 미친개한테 물렸다고 생각하도록."

말이 채 끝나기도 전에 옥단풍의 두 손가락 사이에 끼어 잡힌 칼자국의 검날이 챙강 하는 소리와 함께 부러져 나갔다.

칼자국이 하얗게 질린 얼굴이 되어 뒤로 비칠거리며 물러섰다.

옥단풍이 더 이상 아무런 미련도 없는 모습으로 몸을 돌려 적룡채를 떠났다.

부영걸이 그런 옥단풍의 뒷모습을 잡아먹을 듯 노려보고
있었다.

*   *   *

반가의 문 총관 등이 탁발한에 의해 망신을 당하고 쫓겨 나
온 사건과 옥단풍이 적룡채의 본채를 휘젓고 발칵 뒤집어놓
은 사건은 이내 선주의 가문들 사이로 소문이 되어 빠른 속도
로 퍼져 나갔다.

소문이란 항상 그렇듯 몇 다리 건너면서 반드시 과장되게
마련이다.

심지어는 사마의가가 본격적으로 반가에 대항하기 위해
정도무림맹(正道武林盟)인 정검맹(正劍盟)으로부터 두 명의
초절정고수를 초빙했다고 말하는 사람도 있었다.

또 그들이 정검맹에서 초빙된 고수가 아니라 예전에 사마
가주의 신묘한 의술로 목숨을 건지는 도움을 받은 무림의 은
거기인이 사마의가가 난처한 지경에 빠진 것을 알고 제자들
을 보내 도와주는 것이라고 말하는 이도 있었다.

어쨌든 반가의 요구에 불응한 사마의가가 단숨에 멸문지
화를 입으리라던 예상은 보기 좋게 빗나간 셈이었다.

이제 사람들의 관심은 반가가 어떻게 대응할 것인가에 쏠

려 있었다.

강력한 무가들을 거느리고 선주 최고 가문의 위치에 올라선 반가였지 않은가……

기실 반가의 위세는 드높았지만 실제로 그 위력이 어느 정도인지는 설사 선주에 살고 있는 오랜 가문이라 해도 잘 알지 못했다. 반가가 지닌 본연의 힘을 실제로 보여줄 일이 거의 없었기 때문이다.

그래서 비록 사마의가가 의외로 잘 버티고 있지만 곧 반가의 무서운 반격이 이어질 것이고, 그땐 참혹한 혈사가 될 것이라고 예측은 하면서도 실감으로 느끼지는 못했다.

북백서화.

선주의 부자들이 몰려 살고 있는 백양천 북쪽, 화양로 서쪽 일대엔 언제 터질지 모르는 팽팽한 긴장감이 무거운 먹장 구름처럼 대기를 짓누르고 있었다.

*   *   *

대나무(竹)는 중원의 남쪽에서는 흔하게 볼 수 있는 것이지만 금양옥죽(金楊玉竹)은 제남 일대에서만 볼 수 있다.

금양옥죽은 그 향기도 독특하지만 금색과 녹색이 교차하는 특별한 외양과 빛깔로도 유명하다.

예로부터 금양옥죽의 품격과 독특한 향기에 반해 많은 문인들이 제남에서 금양옥죽을 분양해서 다른 지방으로 옮기려고 애를 썼지만 제남을 떠난 금양옥죽은 향기는 물론 특유의 금색과 녹색이 교차하는 아름다운 외양을 잃고 평범한 대나무가 되곤 했다.

일반적인 금양옥죽은 사군자를 아끼는 문인들의 애호품이었지만 기실 금양옥죽이 무림인들 사이에서도 진귀한 보물로 취급받는다는 사실을 알고 있는 사람이 많지 않다.

금양옥죽은 대략 삼십 년이면 그 수명을 다하지만 수명이 백 년이 넘어가면 녹색 줄은 사라지고 온통 금색으로 변한다. 또한 백 년이 넘은 금양옥죽의 단단함은 가히 백련정강에 버금갈 정도라고 한다.

금양옥죽의 수명이 이백 년이 되면 천산의 정상에서나 만나볼 수 있는 만년설과도 같은 순백색을 띤다.

그 단단함은 만년한철에 비견될 정도다.

오백 년이 되도록 수명을 다하지 않고 살아남은 금양옥죽은 마치 유리처럼 투명해진다. 투명해진 대나무는 인간으로 치자면 금강불괴와도 같다고 한다.

물론 오백 년이 된 금양옥죽을 직접 보았다는 사람은 거의 없다.

다만 뜬소문처럼 그 빛깔과 단단함이 입에서 입으로 전해

질 뿐 실제로 그러한지 확인할 길은 없다고 해도 과언이 아니
었다.

다만 오래전 춘추전국시대의 장인인 소요자라는 사람이
오백 년 된 금양옥죽을 사용해 검을 만들었다는 얘기가 전설
처럼 전해진다.

그 검이 실재하는지, 혹은 그저 호사가들이 꾸며낸 얘깃거
리인지는 확인할 수 없지만 사람들은 그 검을 명죽검(明竹劍)
이라 부른다.

도대체 대나무로 검을 만들 수 있다는 것 자체가 도저히 믿
을 수 없는 얘기였고, 금강불괴와도 비견되는 단단함을 가진
대나무를 무슨 수로 검의 형태로 가공할 수 있겠느냐는 지극
히 상식적인 의문조차도 명죽검의 전설이 가져다주는 신비로
움을 퇴색시키지는 못했다.

명죽검.

한 번 뽑혀지면 투명한 광채를 뿌리며 천하에 베지 못할 물
건이 없다는 전설의 명검.

무림인들에겐 꿈에서라도 한번 보기를 원하는 그런 전설
속의 보물이었다.

"하악… 하악……."
"……."

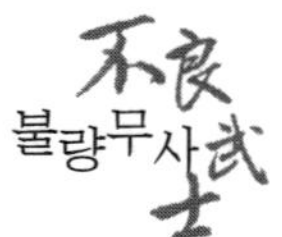

“아흥… 헉……”

음성에서 냄새가 난다면 지금 방 안에 가득 울려 퍼지고 있
는 여인의 가쁜 숨소리에선 아마도 향긋한 여인의 땀냄새가
풍겨 나왔을 것이다.

실내는 어두웠다.

빛이 철저하게 차단된 실내엔 실제로 진한 여인의 체향이
가득했다.

“하악… 아흥… 나 죽어요……”

여인이 자지러지듯 신음을 뱉어내며 고양이 울음소리를
내었다.

문득 벌떡 상체를 곧추세우는 희뿌연 여인의 나신이 그림
자처럼 어둠 속에 떠올랐다.

방 안에 가득하던 거친 숨소리는 그 순간 딱 멎었다.

“그만.”

음성은 나직한 사내의 것이었다.

차츰 어둠에 익숙해진 동공이라면 실내엔 가구라곤 오직
정중앙에 놓여 있는 간단한 나무의자 하나가 전부라는 사실
을 깨닫게 될 것이다.

그리고 그 의자엔 벌거벗은 한 사내가 앉아 있었다는 사실
도…….

보다 뛰어난 안력을 가진 자라면, 앉아 있는 사내의 위에서

막 힘없이 내려서는 젊은 여인의 나신 또한 발견할 수 있을 것이었다.

그때 실내의 어둠 속 어딘가에서 다른 사람의 음성이 들려왔다.

"그럴 필요 없어요."

음성은 젊은 여인의 것이었다.

실내에 짙은 난화향기(蘭花香氣)가 느껴졌다.

사내의 몸에서 내려온 여인이 머뭇거리며 사내의 눈치를 살폈다. 필시 여염집 규수는 아닌 모양새였다.

"하던 일 계속하거라."

어둠 속 여인이 건조한 음성으로 말했다.

어둠이 사내의 용모를 완전히 알아보기 어렵게 만들었지만 간혹 한 번씩 보이는 벌거벗은 사내의 상체는 마치 흙으로 빚어놓은 것처럼 질기고 강인해 보였다.

나신의 여인이 머뭇거리다 다시 사내의 몸 위로 말을 타듯 올라앉았다.

사내는 꼼짝도 하지 않았다. 비록 어둠 속이어서 사내의 표정을 볼 수는 없었지만, 보인다면 그 얼굴은 지금 아무런 표정도 짓고 있지 않을 것만 같았다.

나신의 여인이 손을 내리뻗어 하체 어림의 무언가를 만지는 자세가 되었다. 사내의 무릎 위에 말을 타듯 마주 보고 올

라앉은 형국이니 필시 아까 하던 행위를 다시 이어하려는 것
임에 분명했지만 사내는 여전히 꼼짝도 하지 않았다.

나신의 여인이 두어 차례 꼼지락거리며 원하는 자세를 취
한 후 다시 움직이기 시작했다.

"하아… 흐응……."

나신의 여인 입에서 다시 고양이 울음소리가 흘러나오기
시작했다.

그러나 사내는 여전히 목상처럼 꼼짝도 하지 않았다.

어둠 속에서 가벼운 여인의 한숨 소리가 흘러나왔다.

"좌립(左笠)이 천산(天山)을 떠났어요."

여인이 입을 열어 말할 때마다 짙은 난향이 코를 찔렀다.
난향은 매우 강렬하면서도 결코 불쾌하지 않았다. 그 냄새를
맡고 있자면 왠지 안온한 기운이 척추에서부터 일어나 전신
으로 퍼져 나가는 기분이었다.

"홍기왕(紅旗王)은 날개를 잃은 셈이죠. 교주(教主)의 신임
은 여전하겠지만 좌립이 없는 천산은 문을 활짝 열어놓은 빈
집이나 같은 신세가 될 거예요."

사내는 여전히 말이 없었다.

말이 없을 뿐만 아니라 손가락 하나 까딱하지 않았다.

어둠이 깔린 실내에선 오직 나신의 여인만이 거친 숨소리
를 몰아쉬며 움직이고 있을 뿐이었다.

난향의 여인이 다시 가볍게 한숨을 내쉬었다.

"청기왕(靑旗王)의 병세가 알려진 것보다 더 심각하다 하더군요. 그는 어쩌면 끝내 죽게 될 거예요. 교 내에서 가장 강력한 세력이 몰락한다면 한동안 거센 충격의 여파가 몰아칠 거예요."

사내는 여전히 움직이지 않았다.

사내에게선 아무것도 느낄 수가 없었다. 마치 아무것도 존재하지 않는 공간을 마주하고 있는 듯…….

혹은 그저 생명이 없는 사물과도 같았다.

"하아… 흐응……."

나신의 여인이 조금씩 자지러지는 신음을 흘렸지만 움직임은 여전했다. 살갗과 살갗이 미끈거리며 마찰을 일으킬 때 흔히 들을 수 있는 민망한 소리가 계속해서 울려 퍼졌다.

"진랑(秦郎), 팔고황(八苦荒)을 없애줘요."

난향의 여인이 속삭이듯 말했다.

문득 사내에게서 아주 찰나의 경직이 느껴졌다가 이내 사라졌다.

그 순간은 무척 짧았고 경직의 기운은 그야말로 코끝을 스치는 먼 곳에서의 미미한 악취 정도에 불과했으나 난향의 여인이 길게 한숨을 내쉬었다.

"당신이 옥산(玉山)의 혈사(血事) 이후, 죽음보다도 더한 고

통을 겪고 있다는 거 잘 알고 있어요. 그러나 당신은 교의 미래를 위해 옳은 일을 한 거예요."

사내에게서 다시 무저갱과도 같은 무존재가 전해져 왔다.

"팔고황은 교주의 시야를 흐리는 간악한 자예요. 그를 따르는 무리들은 장차 본교의 커다란 우환거리가 될 거예요."

난향의 여인이 다시 길게 한숨을 내쉬자 난향이 더욱 짙어졌다.

나신의 여인은 이제 차츰 동작이 작아지며 금방 숨이라도 넘어갈 듯 자지러지고 있었다.

"이만 가겠어요. 당신은 언제 봐도……."

난향여인이 말을 끊으며 사내의 기색을 살폈지만 사내는 그 잠깐의 경직 이후 그저 끝없이 깊은 무저갱과 같을 뿐이었다.

"팔고황은 죽은 사람이라고 생각하겠어요."

난향의 여인의 음성이 조금 가라앉았다.

"아참, 선주의 일은 좀 더 지켜볼 거예요. 후후… 만약 필요하다면 선주의 일은 청랑(靑郞)이 처리할 거예요."

난향이 흐려졌다.

문득 한줄기 강렬한 빛이 실내로 파고들었다.

팔각창을 가렸던 검고 두터운 휘장이 반쯤 젖혀진 것이다.

빛은 곧바로 정중앙의 의자 위 사내와 나신의 여인을 적나라하게 비추었다.

"호호호… 어둠은 당신의 색이 아니에요. 당신은 보다 밝은 빛과 가까워질 필요가 있어요……."

난향이 아스라하게 사라지며 여인의 음성이 멀리서 들려왔다.

팔각창을 통해 비추어진 빛으로 밝아진 실내엔 어디에도 여인의 그림자조차 남아 있지 않았다.

마치 환각인 양 혹은 꿈인 양…….

그녀의 흔적은 아무것도 없었다.

코끝에서 아직도 맴돌고 있는 아스라한 난향을 제외하고는…….

나신의 여인이 빛이 쏟아져 들어오는 것에도 아랑곳하지 않고 사내의 어깨를 양손으로 잡고 말을 타듯 걸터앉아 좌우로 하반신을 움직이고 있었다.

밀가루를 칠한 듯 희뿌연 여인의 살집이 탐스럽게 꿈틀거리고 있었다.

그녀는 땀에 범벅이 된 얼굴을 살짝 치켜들고 지그시 눈을 감고 있었는데 여전히 몸 안에 감돌고 있는 열락의 여진을 만끽하고 있는 얼굴이었다.

빛이 여인의 어깨를 타고 넘어 사내의 얼굴 반쪽을 비추고 있었다.

천하의 명장이라 한들 이처럼 단단하고 아름다운 육체를

빚을 수 있을까 싶을 만큼 사내의 몸은 실로 완벽했다.

사내는 얼굴 가득 덥수룩한 수염을 기르고 있었지만 잘 균형 잡힌 윤곽은 감추지 못했다.

수염이 길어 나이를 종잡기 어려웠지만 대략 서른 후반으로 보였다.

지금 사내는 무저갱보다도 더 깊은 시선으로 빈 허공을 응시하고 있었다.

그 빈 허공은 필시 난향의 여인이 머물렀던 곳일 것이었다.

문득 잦아들어 가던 나신의 여인이 화들짝 놀라며 상체를 곧추세웠다.

"어머나……!"

그녀의 땀과 열락에 번들거리는 얼굴은 놀라면서도 수줍은 듯 붉게 상기되어 있었다.

"또…? 어머, 어머……."

하복부로부터 견디기 어려운 어떤 강렬함을 느낀 그런 표정이 여인의 홍조 띤 얼굴에 가득 차 올랐다.

"아이, 몰라… 어머머머……."

돌연 사내의 두 손이 여인의 가슴을 거칠게 움켜쥐었다.

이어 격렬하게 하반신을 움직이기 시작했다.

"아… 아악… 나 죽어……."

사내의 어깨에 올려진 여인의 손톱이 살갗을 파고들었다.

　사내는 마치 활화산처럼 용솟음치기 시작했다. 조금 전의 흙으로 빚어놓은 사물 같던 무반응과는 전혀 딴판의 사람이 되어 있었다.

　"아, 아악……."

　여인의 교성이 날카롭게 방 안을 울렸다.

　사내의 격렬한 움직임이 더욱 빨라지더니 끝내 활화산처럼 폭발했다.

　"아아아아아아……."

　여인이 난생처음 겪어보는 듯한 열락과 희열에 자기도 모르게 길게 신음을 토해내며 무너지듯 사내의 어깨에 얼굴을 묻었다.

　사내는 활화산처럼 폭발하고는 다시 무저갱이 되었다.

　그의 퀭한 시선은 언제까지고 그곳을 떠나지 않겠다는 듯 난향의 여인이 머물던 빈 공간을 응시하고 있었다.

　"아아… 당신 정말… 이런 경험은 처음이에요… 하아……."

　여인이 나른한 얼굴로 사내의 어깨에 얼굴을 묻은 채 콧소리를 흥흥거렸다.

　그 순간 사내의 눈 밑으로 뭔가 반짝이는 것이 스쳤다.

　사내의 퀭한 무저갱의 눈이…….

　소리없이 눈물을 흘려내고 있었다.

不良武士

第八章

不良武士
불량무사

"도대체 어디로 사라진 거지?"

옥단풍은 힐긋 내실이 있는 안채 쪽을 쳐다보며 중얼거렸
다.

탁발한의 방이 텅 비어 있는 것이다.

한 식경 전만 해도 나무 침상에 누워 홍어채(洪魚菜)와 소
홍주 타령을 하던 탁발한이었는데 잠깐 사이에 어디론가 자
취를 감춘 것이다.

기실 그 일들이 있은 후 사마의가에서 두 사람을 바라보는
시각은 완전히 바뀌었다.

　탁발한의 주책바가지 같은 행동거지에 늘 못마땅한 시선을 보내던 가내의 하인들이나 시비들도 이제 더 이상 탁발한을 향해 도끼눈을 뜨지 않았다.

　뜨지 않았을 뿐 아니라 감히 시선도 마주치지 못하고 먼발치에서 보더라도 지극히 공손한 자세로 인사를 올리곤 했다.

　옥단풍은 탁발한과 더불어 도매금으로 쓰레기 취급을 받는 일이 사라졌으니 만족스러웠긴 했지만 이제는 지나치게 공경하게 대하는 것이 거북했다.

　옥단풍은 가능하면 시비나 하인들과 마주치지 않기 위해 피해 다닐 지경이었지만 탁발한은 달랐다.

　하인들이나 시비를 만나면 눈을 부릅뜨고 노려본다. 왜 인사 안 하냐는 식이었다.

　또 자신이 서 있는 자리와 전혀 상관없는 먼 길로 지나가는 하인이 눈에 띄면 득달같이 하인의 앞으로 달려가 가로막아 서기도 했다.

　아랫배를 내밀고 심술이 덕지덕지한 얼굴로 인사를 기다리는 탁발한의 모습은 그야말로 딱 더도 말고 한 대만 쥐어박게 해줬으면 할 정도였다.

　특히 자신을 부를 때 탁 대협이라고 부르지 않으면 불같이 화를 냈으므로 하인과 시비를 총괄하는 집사인 호 노인(胡老人)이 잡인들을 모두 집합시키고 단단히 단속하기까지 해야

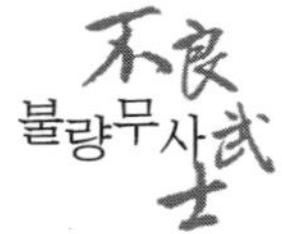

했다.

이젠 더 이상 탁발한이 아침에 사마추의 옆방에서 눈을 비비고 나와도 감히 뭐라 하지 못했다. 사마장천이 몹시 못마땅해 하긴 했지만 그 역시 대놓고 뭐라고 하지는 못했다.

다만 그 방으로 거처를 옮기겠다는 끈질긴 탁발한의 요구를 사마장천은 완강하게 거부함으로써 자신의 불쾌함을 어느 정도 표현했다고 생각하는 듯했다.

옥단풍은 탁발한의 빈 거처를 나오며 안채 쪽을 쳐다보았다.

반가 쪽에선 사흘 동안 아무런 움직임이 없었다.

북백서화는 반가와 사마가의 분쟁으로 오가는 행인들의 발길이 뜸해져 적막하기까지 했다.

적막한 북백서화의 평화는 오히려 음산하게 느껴졌다.

언제 터질지 모르는 화산을 지켜보는 느낌이 바로 그러했을 것이다.

탁발한은 그 사흘 동안 마치 반가가 아무런 대응을 하지 않을 것이라는 걸 미리 알고나 있었다는 듯 먹고 마시고 노는 데 정신이 없었다.

홍어채는 남만지방 특산의 홍어를 사용해 독특하게 발효시켜 만드는 요리다.

선주에서 홍어채를 구한다는 건 남만에서 천산에 내리는

눈을 보고 싶다는 것이나 다름없는 어거지였지만 사흘 내내 탁발한은 어린아이처럼 홍어채 타령을 했다.

옥단풍은 안채 쪽을 잠시 쳐다보다가 이내 발걸음을 그쪽으로 향했다.

탁발한은 필경 사마추의 옆방에 들어가 낮잠을 자고 있거나, 아니면 안채의 구석구석을 기웃거리며 시비들을 괴롭히고 있을 게 분명했기 때문이었다.

안채로 이어지는 월동문 앞에 이른 옥단풍은 일시 걸음을 멈추었다.

안쪽에서 누군가가 나오는 기척을 느꼈기 때문이었다.

월동문을 열고 나선 건 의외로 사마추였다.

"옥 소협……."

사마추가 옥단풍과 마주치고는 매무새를 가다듬으며 목례를 보내왔다.

눈부시게 단아한 이마에 머리카락 몇 올이 흘러내려 더욱 기품있는 모습을 연출하고 있었다.

"험험… 혹시… 없습디까?"

옥단풍이 시선을 먼 산으로 돌리며 헛기침을 했다. 천하태평에 매사에 여유작작한 자세를 잃지 않던 옥단풍도 사마추 앞에만 서면 여유를 잃고 허둥대기 일쑤였다.

참으로 묘한 일이었다.

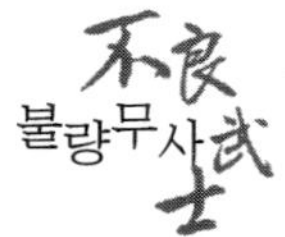

처음 사마추를 대할 땐 그저 눈부시게 아름다운 의술이 뛰어난 소저였을 뿐이었다.

옥단풍으로 말하자면 눈앞에 천하절색이 옷을 홀라당 벗고 있다 해도 외눈 하나 깜짝하지 않을 절제력은 갖추고 있다고 스스로 자부했었다.

그런데 불과 며칠 동안 사마의가에서 기거하면서 아침저녁으로 이리저리 마주치는 사마추는 그냥 용모 빼어난 절색의 젊은 여인만은 아니었다.

사람이란 용모 이외에도 많은 것들이 그 사람에 대한 인상을 결정하는 데 중요한 역할을 한다. 예를 들어 아무리 뛰어난 용모를 지니고 있다 해도 입을 열어 말할 때 술에 절은 사십대 장한의 그것 같은 걸걸한 음성이 튀어나온다면 어떻겠는가?

또 가만히 서 있을 땐 바라만 봐도 저절로 마음이 동하는 천하절색이지만 어느 순간 그 여인이 홀러덩 치마를 들추고 제자리에 앉아서 아무렇지 않게 볼일을 보고 있다면 그 누가 그 여인으로 인해 가슴앓이를 할 것인가.

거기에 더해서 손톱 밑에 불결하게 때가 낀 손가락으로 콧구멍이라도 후비고 있다면 아마 대부분의 남자들은 두 번 다시 돌아보지 않고 줄행랑을 놓을 것이다.

그런데 사마추는 달랐다.

　기품있는 행동거지와 말, 그리고 한없이 넓은 배려심과 누
구에게도 결코 언성을 높이지 않는 품성은 결코 가장해서 만
들어지는 게 아니었다.

　하찮은 시비라 해도 그녀는 최대한 상대를 존중하고 배려
하며 대했기 때문에 사마의가의 식솔들은 물론이고 허드렛일
을 하는 잡인들조차 한결같이 그녀를 존경하고 아꼈다.

　옥단풍의 마음속에도 어느새 그녀가 조금씩 자리를 잡기
시작하면서부터 옥단풍은 반가가 더욱 쾌씸하게 여겨졌다.

　저런 여인을…….

　저 아까운 여인을 칠십이 넘어 오늘내일 하는 노인네에게
강제로 넘기려 한다는 걸 생각하면 저절로 울화가 치밀어 오
르는 것이다.

　"무슨 말씀이신지요?"

　사마추가 호수같이 새카만 눈동자로 옥단풍을 똑바로 응
시하며 의아한 얼굴을 했다.

　얼핏 시선을 돌리다가 그 눈동자와 마주친 옥단풍이 화살
맞은 새처럼 화들짝하며 황급히 먼 산을 바라보았다.

　덩치가 커다란 옥단풍이 어린아이처럼 허둥대는 모습이
우스웠는지 사마추가 입을 가리고 웃었다.

　"킥……."

　옥단풍이 마른침을 삼키며 매무새를 가다듬었다. 내심으

로 사내대장부가 이 무슨 칠칠맞은 꼴인가 했지만 사마추를 마주 대하고 있다 보면 가슴 한쪽이 아릿해져 오는 것은 어쩔 수가 없었다.

"험험… 그러니까… 그… 안에 없습니까?"

"안에 뭐가 없냐는 말씀이신지……."

"그러니까……."

옥단풍은 왜 갑자기 탁발한의 이름이 쉽게 떠오르지 않는지 스스로 답답할 지경이었다.

계속 버벅거리며 말을 제대로 잇지 못하는 자신의 모습이 한심해 당장 어디론가 숨어버리고 싶은 심정이었다.

"탁 대협 말씀이신가요?"

"아, 그렇소, 탁 노인. 혹시 그 안에 있지 않소?"

옥단풍은 뭔가 내심이 사마추에게 들켜 버린 것만 같아서 얼굴을 딱딱하게 굳히고 퉁명스럽게 말했다.

사마추가 말없이 빙그레 웃었다.

"안에 있는 모양이구려. 쩝… 헌데 사마 낭자께선 어딜 가시는 길인지……."

옥단풍이 서둘러 안채로 들어가려다 사마추가 외출 채비를 한 복장이자 걸음을 멈추고 물었다.

사마추는 외출 복장인데다가 손에는 작은 나무 상자를 하나 들고 있었다.

　　옥단풍의 시선이 나무 상자에 가 머물자 사마추가 그것을 등 뒤로 감추며 멋쩍게 웃었다.

　　"가긴 어딜 가겠어요… 그냥……."

　　사마추가 애매하게 얼버무렸다.

　　기실 사마의가의 식솔들은 특별한 일이 아니면 외출이 허락되지 않았다.

　　반가가 호시탐탐 노리고 있는 상황에서 식솔의 외출은 매우 위험했기 때문에 탁발한이 적극적으로 우겨서 그리 결정된 것이었지만 외출이 금지된 상황에서 사마의가의 식솔들은 답답하기 그지없었다.

　　그때 안채에서 벼락같이 탁발한의 고함 소리가 들려왔다.

　　"엉? 고 사이에 없어졌네? 안 돼. 붙잡아야 해."

　　고함 소리는 빠른 속도로 가까워져서는 훌쩍 월동문의 지붕을 넘고 떨어져 내렸다.

　　다급한 기색의 탁발한이었다.

　　탁발한은 마침 옥단풍과 마주하고 있는 사마추를 발견하고는 냅다 달려와 덥썩 사마추의 허리를 안아버렸다.

　　"에그머니나."

　　사마추가 대경실색하며 가지고 있던 나무 상자를 떨어뜨리고는 기겁을 했다.

　　"안 돼야. 암, 절대 안 되고 말고."

탁발한은 눈 딱 감고 거머리처럼 사마추의 허리를 안은 채 고개를 절레절레 흔들었기 때문에 사마추의 복부 어림에 얼굴을 묻고 마구 부비는 것과 크게 다르지 않았다.

"어… 어……."

사마추가 어찌할 바를 모르고 얼굴이 홍시가 되어 안절부절못했다.

옥단풍이 바닥에 떨어져 흩어진 사마추의 나무 상자를 내려다보았다.

나무 상자는 뚜껑이 열린 채로 내용물이 사방에 흩어져 있었는데 햇빛을 받아 눈부시게 반짝이는 금침들이었다.

옥단풍이 상자와 금침들을 집어 올려 잘 갈무리해 담으며 사마추를 응시했다.

"왕진을 가시려는 길이었습니까?"

옥단풍은 이제 더 이상 버벅거리지 않았다.

사마추가 몰래 집을 빠져나가 환자를 찾아가려 했다는 사실이 그냥 심상하게 넘길 수 없는 심각한 일이었기 때문이다.

사마추가 붉어진 얼굴로 옥단풍을 한차례 쳐다보고는 고개를 떨구었다.

옥단풍이 그런 사마추를 잠시 주시하다가 가볍게 한숨을 내쉬었다.

탁발한은 여전히 사마추의 허리를 껴안은 채 얼굴 가득 흡족한 미소를 감추지 못하고 있었다.

"탁 노인장."

옥단풍이 곱지 않은 시선으로 탁발한을 보며 불렀다.

사마추가 화들짝하며 탁발한의 팔을 밀쳐 냈다.

탁발한이 마지못해 팔을 풀며 입맛을 다셨다.

"뭐… 노부가 워낙 다급해서 말이여… 히히… 백가(白家)의 가주가 아무리 갑자기 쓰러졌다고 해도 사마 낭자는 절대로 왕진을 가면 안 된단 말이여…….."

사마추가 옷매무새를 가다듬으며 힐끔 탁발한을 흘겨보았다.

"그걸 어떻게 아셨지요, 탁 대협?"

탁발한이 상황에 어울리지 않게 거드름을 피우며 웃었다.

"핫핫핫… 노부가 사마의가에서 일어나는 일에 뭐 하나 모르는 것이 있을 것 같은가? 핫핫핫…….."

"백 숙부님은 아버님과는 둘도 없는 친구 분이시라… 형제와도 같아요… 그러니 어찌 외면할 수 있겠어요."

"사마 낭자는 안 되오. 험… 사마 공자가 가거나… 가주가 직접 가신다면야… 뭐, 그것도 위험하긴 마찬가지지만… 사마 낭자는 무조건 안 된단 말이오. 험…….."

탁발한이 자신의 행동을 정당화하기 위해서라도 기를 쓰고 우기는 것이었지만 기실 틀린 말은 아니었다.

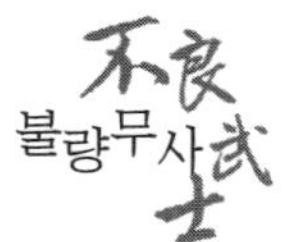

반가와의 분쟁이 모두 사마추로 인해 비롯된 것이었고, 또 반가가 유일하게 사마의가에서 산 채로 잡고 싶은 사람이 있다면 다름 아닌 사마추일 것이기 때문이었다.

옥단풍이 묵묵히 고개를 끄떡였다.

맞는 말이었다. 만약 사마추가 단신으로 거리에 나선다면 어쩌면 열 발자국도 떼지 못하고 반가에 의해 납치당할 것이 분명했다.

지금은 사마추가 모든 상황의 중추에선 주요 인물인 것이다.

옥단풍은 탁발한이 부득부득 거처를 사마추의 옆방으로 옮기려고 한 이면에는 어쩌면 그런 심모원려가 작용하고 있기 때문인지도 모른다는 생각을 했다.

"탁 대협, 그리고 옥 소협."

사마추가 매무새를 가다듬고는 정색을 했다.

"두 분께서 본가를 위해 목숨을 걸고 애쓰시고 계신 점, 소녀는 무척 감사하게 생각하고 있습니다."

옥단풍이 그런 사마추를 물끄러미 바라보았다.

탁발한은 뭐라고 말을 하려다 말고를 반복하며 안절부절 못하는 모습이었다. 사마추가 정색을 하고 차분하게 입을 여니 탁발한조차도 설레발을 치거나 하는 평소의 모습을 쉽게 보이지 못했다.

"또한 보잘것없는 소녀 한 몸 때문에 가문에 우환을 가져오고 멸문지화를 우려하는 상황이 된 점도 견디기 어렵습니다."

"이런… 그게 어디 사마 낭자 잘못인가? 그 빌어먹을 잡놈들 때문이지……."

탁발한이 답답하다는 듯 입을 열었지만 사마추의 꼿꼿하고 단정한 자세가 풍기는 분위기에 이내 입을 다물고 말았다.

"생각 같아선 이 한 몸을 희생해서라도 가문을 구하고 싶은 심정이옵니다."

사마추의 말에 옥단풍은 그저 묵묵히 듣고만 있었다.

"소녀가 마음을 고쳐먹기만 하면 모든 것이 다 원상복구될 것이고, 가문에 드리운 먹구름도 걷히게 될 터인데……."

사마추가 말끝을 흐렸다.

"하루에도 몇 번씩 차라리 혀를 물고 자진하는 것이 옳지 않은가 생각합니다."

"그건 안 되오!"

탁발한과 옥단풍이 동시에 버럭 고함을 내질렀다.

두 사람의 다급한 심정이 담겨진 합창 소리에 사마추가 씁쓸하게 미소 지었다.

"소녀 또한 이 문제가 소녀 한 몸의 문제만은 아님을 잘 알고 있사옵니다. 차라리 멸문지화를 당할지언정 무력을 앞세

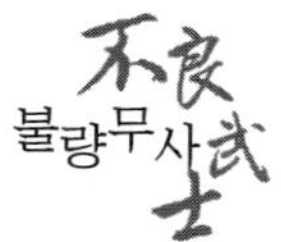

워 수치스러운 요구를 하는 반가에게 굴복할 수는 없다고 하
시는 아버님과 오라버니의 마음을 이해합니다."

옥단풍과 탁발한이 동시에 고개를 끄떡였다.

"당연하오."

이번에도 동시에 말했으므로 탁발한과 옥단풍이 서로를
한차례 쳐다보았다.

사마추가 잔잔한 미소를 머금으며 입을 열었다.

"그렇지만 지금 왕진은 반드시 가야 합니다."

탁발한이 답답하다는 표정을 지어냈다.

"원, 잘 나가다가 왜 또 옆으로 새는 거여?"

사마추가 옥단풍을 그윽한 시선으로 응시했다.

"지금 질환으로 목숨이 경각에 달려 있는 환자가 소녀의
손길을 기다리고 있는데 소녀 한 몸의 안위를 위해서 외면하
고 앉아 있을 수는 없습니다."

옥단풍의 미간이 깊숙이 찌푸려졌다.

일리 있는 말이긴 하지만 어딘가 납득할 수 없는 부분이 있
었다.

아무리 의술은 인술이고 환자가 있다면 설사 목숨을 잃는
한이 있어도 가서 돌봐야 하는 게 의술을 익힌 자의 본령이라
해도 지금의 경우는 뭔가 어색했다.

탁발한이 역시 참지 못하고 투덜거렸다.

“의원의 손길을 기다리는 환자가 어디 그 백가뿐인가……?
젠장…….”

옥단풍이 탁발한을 향해 시선을 돌렸다.

“백가가 누구요?”

“몰라, 나도. 아… 거 왜 백양천에서 만난 아가씨 있잖은
가? 그 예뻐서 자네가 정신 못 차렸던 낭자 말일세.”

탁발한은 그 순간에도 힐긋 사마추를 보며 말의 뒷부분은
좀 더 명확히 들리도록 큰 소리로 말하고 있었다.

“그 백소청이라는 낭자 말씀이오?”

옥단풍의 말에 사마추가 가볍게 놀라는 얼굴이 되어 옥단
풍을 쳐다보았다.

“그렇지, 자넨 역시… 헐헐 이름까지 기억하고 있었구
먼…….”

탁발한이 낄낄거리며 사마추의 눈치를 계속 살피는 모양
이, 가능하면 사마추에게 옥단풍에 대한 호감도를 낮출 수 있
는 일이라면 뭐든지 할 기세였다.

옥단풍이 입맛을 다셨다.

“정신 못 차리긴 누가… 쩝…….”

사마추가 씁쓸하게 웃었다.

“맞아요, 선주의 백가는 바로 그 소청의 가문을 말하는 것
입니다.”

사마추가 간절한 눈빛으로 옥단풍을 보며 조용히 입을 열었다.

"소녀는 무슨 일이 있어도 왕진을 가야 합니다."

탁발한이 버럭 고함을 질렀다.

"이런 젠장할, 내가 말을 안 하려고 했는데… 사마 낭자, 이런 상황에서 도대체 사랑 타령이 말이나 되는 거여?"

옥단풍이 흠칫하며 탁발한을 쳐다보았다. 사랑 타령이라니 무슨 소리냐는 눈빛이었다.

사마추의 얼굴이 가볍게 붉어져 뭔가 반박하고 싶은 눈빛이었으나 입을 굳게 다물고 아무 말도 하지 않는 모습이었다.

탁발한이 침을 튀겨가며 말을 이었다.

"진짜 아픈 놈은 그 늙은 백가가 아니여. 쩝… 젊은 백가란 말이여."

"젊은 백가?"

옥단풍이 되묻자 탁발한이 침을 튀겨가며 열을 올렸다.

"백동기(白東紀)라는 자로 백소정의 오라비여. 헐… 구음절맥(九陰絶脈)을 앓고 있는 놈이여. 원래 구음절맥을 앓지만 않았어도… 헐……."

탁발한이 말끝을 흐렸다.

탁발한의 말하는 모양새로 보아 백동기라는 자에 대해 매우 잘 알고 있는 눈치였다.

"천하에서 그놈보다 똑똑한 놈은 존재할 수도 없는 특별한 존재인디… 헐……."

탁발한이 시선을 먼 산으로 돌리며 혼잣말처럼 중얼거렸다.

옥단풍은 입을 굳게 다물고 탁발한과 사마추를 말없이 응시하고 있었다.

모든 것이 옥단풍에게는 새로운 사실이었을 뿐 아니라 그로서는 탁발한이 왜 그와 같은 내막을 저처럼 자세히 알고 있는지 역시 궁금하기 짝이 없는 일이었다.

사마추가 한층 가라앉은 얼굴로 입을 열었다.

"두 분께 여러 가지로 심려를 끼쳐 드려 송구한 마음 금할 길이 없습니다만……."

잠시 말을 끊었다가 사마추가 결연하게 턱을 치켜들었다.

"소녀는 설사 죽음이 기다린다고 해도 가야 합니다."

사마추와 옥단풍의 시선이 허공에서 부딪쳤다.

옥단풍이 그런 사마추의 눈을 한동안 들여다보았다.

사마추에게 정인이 있다는 사실은 별반 놀랄 것도 특별할 것도 없는 일이었는데 옥단풍은 왠지 가슴 한구석이 뻥 뚫린 듯 허전했다.

그런 옥단풍의 심사를 아는지 모르는지 사마추가 덧붙인 한마디가 옥단풍의 가슴을 비수로 후비듯 날카롭게 날아와

꽂혔다.

"그분은 소녀의 목숨보다도 소중한 분입니다……."

탁발한이 또 참지 못하고 침을 튀겨가며 떠들었다.

"젠장할… 소중은 무슨 얼어죽을… 살날이 이제 채 일 년 도 안 남은 놈인데 앞길이 구만 리 같은 낭자가 뭐 뻗쳤다고 정성이냔 말이여… 참내……."

그 말에 사마추가 휙 탁발한을 노려보았다.

탁발한이 그 시선을 정면으로 받지 못하고 먼 산으로 돌리 며 계속 투덜거렸다.

"여자 팔자는 뒤웅박 팔자인겨… 사내를 잘 만나야 팔자가 피는 법인디… 헐……."

사마추가 더 이상 대응할 필요도 못 느낀다는 듯 탁발한을 원망스럽게 흘겨보고는 시선을 옥단풍에게로 돌렸다.

"금침상자를 돌려주시기 바랍니다."

옥단풍이 손에 쥔 작은 나무 상자를 내려다보았다. 사마추 의 손길이 닿은 흔적이 역력한 작은 상자였다.

옥단풍이 시선을 들어 사마추를 보았다.

"이건 소생이 들고 있기로 하겠소."

"무슨 말씀이신지……?"

"갑시다. 낭자를 혼자 보낼 수는 없소. 환자가 누구이든 소 생은 상관할 바가 아니지만, 만약 낭자에게 무슨 일이라도 생긴다면……."

탁발한이 어이없는 시선으로 옥단풍을 노려보았다.

사마추가 복잡한 시선으로 옥단풍의 입을 쳐다보았다.

사마추의 옥단풍에 대한 인상은 그저 강호를 떠돌며 험악한 꼴을 많이 본 떠돌이 무사였다.

유들유들한 것도 같고, 어떤 땐 밑바닥 생활을 하는 저잣거리의 왈패처럼도 보였다.

비록 며칠 동안 한 집안에서 얼굴을 마주 대하며 그런 첫인상은 많이 희석되었다 해도 아직 완전히 지워진 것은 아니었다.

가끔은 혼자 우두커니 앉아 빈 허공을 응시하고 있을 땐 전혀 딴사람처럼 보이기도 했다. 뭔가 보통 사람은 상상도 하기 어려운 일을 겪은 사람처럼 깊은 사연이 있어 보이기도 했다.

무엇보다 유들유들하고 사악하기조차 한 왈패 같은 분위기를 풍기던 사람이었는데 간혹 한 번씩 스치듯 보이는 모습은 그와는 백팔십도 다른 백면서생 같은 면이 있어 깜짝깜짝 놀라곤 했었다.

낭자에게 무슨 일이라도 생긴다면…….

그다음 말은 무엇이 될까……?

사마추는 자기도 모르게 부드럽고 위안이 되는 한마디를 기다리고 있다는 사실을 깨닫고는 내심 쓸쓸하게 웃었다.

그때 옥단풍이 입을 열었다.

"돈 받기는 다 틀린 거 아니겠소?"

옥단풍이 사마추를 빤히 쳐다보며 느물거리듯 말했다.

사마추의 얼굴에 쓸쓸한 미소가 스치고 지나갔다.

"그렇군요……."

옥단풍이 냉정한 얼굴로 말을 이었다.

"소생이 호위해 가는 조건으로 허락은 하겠소만… 한 가지 조건이 더 있소."

탁발한이 어이없는 얼굴로 중얼거렸다.

"저 미친놈 또 시작이구먼… 이 자식, 뭐든 다 지 멋대로야. 가긴 어딜 가?"

그러나 옥단풍은 탁발한의 말은 들은 척도 하지 않고 사마추를 똑바로 응시했다.

"무슨 일이 있어도 낭자는 내 지시에 따라 행동해야 합니다. 만약 목적을 달성하지 못하고 철수해야 한다면 이의를 제기해서는 안 된다는 말이외다."

"알겠어요."

사마추가 한층 밝아진 얼굴로 고개를 끄떡였다.

"이런 젠장할… 가긴 어딜 가. 내가 오늘 네놈하고 사생결단을 벌지언정 사마 낭자는 절대로 이 집안을 벗어나지 못한다."

탁발한이 잽싸게 두 사람의 앞을 가로막으며 으르렁거렸다.

옥단풍이 씁쓸하게 웃었다.

"탁 노인장께선 집이나 잘 지키고 계쇼. 최대한 빨리 돌아올 테니까."

탁발한이 양팔을 쫙 벌리며 어림없다는 표정을 지어냈다.

"안 돼. 무슨 일이 있어도 사마 낭자는 이 집안을 못 벗어나."

"하하… 사람도 두 발 달린 짐승이거늘… 어딘들 마음대로 못 갈 곳이 있겠소?"

옥단풍이 눙치듯 말했지만 탁발한은 완강했다.

"절대 안 돼."

옥단풍이 피식 웃었다.

"그럼 어디 막아보슈."

그리고는 사마추에게 눈짓을 주며 탁발한의 옆을 지나치려 했다.

탁발한이 그 순간 오른발을 내밀어 중궁을 밟았다. 그저 단순히 발을 한 자가량 옮긴 것이었는데 옥단풍은 진로가 막히며 막강한 경력이 숨막힐 듯 밀려오는 기분을 느껴야 했다.

옥단풍이 잔잔한 미소를 띠우며 몸을 반 바퀴 정도 회전하며 탁발한의 오른발을 피해 왼발을 내딛었다.

그러자 탁발한의 발걸음 한번에 무섭게 압박해 들어오던 기운이 거짓말처럼 사라지며 옥단풍의 몸은 여전히 앞으로 나가는 기세를 멈추지 않았다.

"이런… 네놈이 끝내 자중지란을 일으킬 셈이냐?"

탁발한이 재차 복잡하게 걸음을 옮겨 옥단풍의 걸음 중간을 끊고 들어왔다.

그와 같은 동작은 얼핏 보면 그냥 아무 규칙이 없는 몸싸움에 불과해 보일지 모르지만 기실 그 내용을 안다면 누구라도 기절초풍하지 않을 수 없을 것이었다.

지금 탁발한이 펼치고 있는 보법은 바로 오래전에 실전된 것으로 알려진 구궁미종보(九宮迷從步)라는 수법으로 경신술이나 보법의 세계에선 거의 고전에 해당된다고 할 수 있었다.

물론 구궁미종보가 실전된 이후 수많은 보법들이 탄생하고 강호에 명성을 떨쳤으므로 그 위력에 있어서 고금사상 최강이라고 말할 수는 없었다.

그러나 무림에서 혁혁하게 위명을 떨치는 많은 보법들이 바로 구궁미종보의 원리를 원용했다는 사실을 아는 사람은 그리 많지 않다.

탁발한의 신형이 교묘하게 움직여 재차 옥단풍의 앞을 가로막자 옥단풍이 성큼 오른발을 들어 반 자가량 움직였다.

거추장스러워 보이고 우스워 보이기도 한 몸짓, 바로 용호권의 용추호망이었다.

탁발한의 얼굴이 가볍게 굳었다.

허접하기로 치면 도무지 맞상대를 찾기조차 쉽지 않을 용호권의 용추호망이 놀랍게도 지금 자신의 구궁미종보를 절묘하게 파해하며 헤쳐 나가는 데 결정적인 역할을 하고 있기 때문이었다.

탁발한도 물론 육합권을 쓴다.

그러나 육합권으로 실질적인 효용을 내기보다는 기실 육합권의 초식 사이사이에 자신의 본신절학을 교묘하게 배합하여 실제로 효용을 내는 것은 바로 그 본신절학일 뿐이다.

그런 짓은 기실 자신의 신분을 감추기 위해서 위장하는 자들이 많이 사용하지만 문제는 상대가 자신과 현격한 무공 수위의 차이를 드러내는 자일 때만 가능하다는 사실이었다.

만약 대등하거나 강한 고수를 만난다면 그런 행위는 오히려 자신을 더욱 위험한 지경에 빠지게 하는 독이나 마찬가지인 것이다.

그런데 지금 옥단풍은 그야말로 용호권 그 자체만으로 자신의 구궁미종보를 파해하고 있는 것이다. 아무리 눈을 씻고 찾아봐도 용호권의 허접한 초식 사이에 숨겨진 그 어떤 절묘한 수법도 찾아볼 수가 없으니 환장할 노릇인 것이다.

옥단풍이 성큼성큼 용호권의 초식을 밟고 걸어서 탁발한

의 옆을 스치고 지나가 버리자 탁발한이 안색을 일그러뜨리며 눈에 한망을 떠올렸다.

그와 동시에 탁발한의 오른손이 교묘한 삼각형 형태의 주먹을 그려내며 가슴 높이로 올라왔다.

살수를 쓰려는 자세임이 분명했는데 탁발한은 눈 한 번 깜빡할 시간보다도 짧은 순간 이내 주먹을 풀며 늘어뜨리고 말았다. 눈에 떠오른 강렬한 한망도 이내 사라지고 원래의 탁발한 모습으로 되돌아온 것이다.

옥단풍은 이미 탁발한을 지나쳤으므로 그 모습을 볼 수가 없었다.

완전히 탁발한의 방해로부터 벗어나자 옥단풍은 의기양양한 얼굴이 되어 탁발한을 돌아보았다.

"별일없을 테니 너무 뒷방지기 노인네처럼 그렇게 안달복달하지 마쇼. 하하……."

탁발한이 못 말리겠다는 얼굴로 물끄러미 옥단풍을 쳐다보았다.

옥단풍의 얼굴 어디를 보아도 방금 용호권의 초식으로 구궁미종보를 파해했다는 사실을 자각하고 있는 듯한 기색은 찾아볼 수가 없었다.

"네놈 마음대로 하거라. 이제 나도 모르겠다. 가다가 반가 놈들 만나서 뒈지든지 반병신이 되든지……."

옥단풍이 악동처럼 웃었다.

"원, 무슨 악담을 그리 심하게 하시오. 하하하……."

"이놈아, 네놈이 뒈지든 반병신이 되든 노부는 아무 상관없다만, 만약 사마 낭자의 일신에 변고라도 생긴다면 이 늙은이가 죽어서도 네놈 자손 대대로 괴롭힐 테니 그리 알어."

"하하하… 다녀오겠수."

옥단풍이 유쾌하게 웃으며 걸음을 옮기자 사마추가 잠시 머뭇거리다가 이내 뒤를 따랐다.

두 사람의 뒷모습을 물끄러미 바라보던 탁발한이 가볍게 한숨을 내쉬었다.

웃음기와 장난기 등이 사라진 탁발한의 전신에선 뭐라고 형용할 수 없는 현기가 느껴졌다.

"분명히 용호권의 용추호망이었는데……."

탁발한의 시선 깊숙한 곳에서 날카로운 예기가 번득이며 스쳤다.

"설마… 아니겠지……."

사마추는 사마의가를 나선 이후 조금도 망설임없이 방향을 잡고 빠르게 걷기 시작했는데, 선주북문(宣州北門) 쪽을 향하고 있었다.

옥단풍은 사마추의 반걸음 뒤에서 좌우를 세심하게 살피며 걷고 있었다.

거리는 비록 평화로웠지만 언제 어디서 반가의 일당이 기습해 올지 알 수 없는 노릇이었으므로 한시도 긴장을 늦출 수가 없었다.

오히려 거침없이 걷고 있는 사마추에게서는 조금치의 긴장도 찾아볼 수가 없었다.

두 사람은 빠른 걸음으로 화양로를 따라 북쪽으로 걸었다.

화양로는 평소 매우 번잡한 편이었으나 오늘은 행인들의 발길이 뜸했다.

옥단풍은 온 신경을 곤두세워 주위를 살피고 있었지만 특별히 수상한 점은 발견할 수 없었다.

화양로가 거의 끝나는 지점에 도달할 무렵, 옥단풍은 조심스럽게 두 사람의 뒤를 따르는 듯한 기척을 감지했다.

상대는 매우 조심스럽게 움직이고 있었고 또 좀체 흔적을 드러내지 않는 것으로 보아 적어도 경신술에 있어서는 매우 뛰어난 자임이 분명했다.

옥단풍이 입술만 달싹여서 사마추에게 말했다.

"사마 낭자, 지금부터는 소생으로부터 한 걸음 이상 벗어나지 마시기 바랍니다."

사마추가 움찔하며 돌아보려 하자 옥단풍이 눈짓으로 계속 걸어가라는 신호를 했다.

사마추는 이내 태연하게 걷는 자세를 취했지만 매우 놀란 듯했다.

어깨가 눈에 띄게 경직되었고 걸음이 부자연스럽게 느껴졌다.

옥단풍이 나직이 말했다.

"별일은 아니니 신경 쓰지 마시오. 소생이 알아서 처리할 것이니 사마 낭자께선 제 갈 길을 가시기만 하면 되오."

사마추는 한결 불안감이 사라지는 것을 느꼈다.

옥단풍의 말 몇 마디는 특별할 것도 없었지만 이상하게 듣는 이에게 안도감을 주고 있었다.

사마추는 그것이 옥단풍의 독특한 말투와 거친 듯하면서도 부드러운 음성 때문이리라 생각했다.

옥단풍을 생각하자면 사마추는 먼저 흑도인물 같은 말투와 건들거리는 표정이 떠오르지만 지금처럼 듣고 있자면 왠지 의지가 되고 무슨 어려움이든 다 해결해 줄 것 같은 든든함이 느껴지는 것은 무슨 이유일까…….

옥단풍이 참으로 종잡을 수 없는 인물이라는 생각에 골몰하며 걷던 사마추는 돌연 억센 팔이 자신의 허리를 휘감는 것을 느꼈다.

미처 무슨 일인지 깨닫기도 전에 자신의 몸이 갑자기 허공으로 떠올랐다.

억센 사내의 체취가 물씬 풍겨왔다. 옥단풍이었다.

"잠자코 그저 가만히만 있으시오, 사마 낭자. 불편하다면 눈을 감아도 좋소."

바로 뒤통수 위쪽에서 옥단풍의 음성이 들려왔다. 조금도 다급해하거나 서두르는 음색이 아니었다.

옥단풍이 사마추의 허리를 낚아채며 화양로변의 한 석조 건물의 지붕 위로 뛰어오름과 동시에 콩 볶는 듯한 요란한 소리가 화양로의 청석 바닥을 울렸다.

암기의 일종인 철정(鐵釘)이었다. 수십 개의 철정이 원래 옥단풍과 사마추가 서 있던 곳의 청석 바닥을 요란하게 두들기며 사방으로 튕기고 있는 것이다.

옥단풍의 몸놀림은 그야말로 날렵하고 빨랐다.

그런 빠르고 즉각적인 대응이 분명 벼르고 별러서 시행했을 상대의 은밀한 공격을 마치 터무니없이 어림없는 수법으로 만들어 버린 셈이었다.

그러나 옥단풍이 지붕 위에 내려섰을 때, 그곳엔 이미 상당한 숫자의 매복이 기다리고 있었다. 마치 옥단풍이 그곳으로 뛰어들 것을 미리 예견이라도 한 듯했다.

날카로운 검날이 빛을 받으며 번득이고 있는 모습만을 사마추는 보았을 뿐이었다.

그 순간 옥단풍의 몸이 좌우로 어지럽게 움직이기 시작했다.

검날이 연이어 옥단풍과 사마추의 몸을 아슬아슬하게 스치고 지나가며 날카로운 파공을 일으켰다.

옥단풍은 기습적으로 날아드는 검날을 어렵지 않게 피해내긴 했지만 일단 사마추가 신경 쓰이는 것을 어쩔 수가 없었다.

지붕 위는 생각보다 좁았다. 좁은 공간에서 어지럽게 덤벼드는 적의 검날이 사마추를 피해가게 하는 것은 자신이 검날을 피하는 것과는 비교할 수 없이 신경이 많이 쓰이는 일이었다.

옥단풍이 우선 급하게 공격을 피하며 몸을 놀려 자리를 잡고 둘러보자 흑의 무복을 걸친 무사들이 십여 명이 넘게 지붕 위를 메우고 있었다. 그야말로 옥단풍의 주위로 팔을 뻗으면 검끝이 닿을 정도의 거리로 반경을 이룬 원을 제외하고는 온통 흑의 무복들로 지붕이 북적북적했던 것이다.

게다가 건너편 건물 위에는 또 많은 수의 흑의 무복들이 언제고 자리가 비면 뛰어들 채비를 하고 대기하고 있는 모습이 눈에 띄었다.

짧은 순간 그런 생각을 하는 동안에도 좌우에서 동시에 검

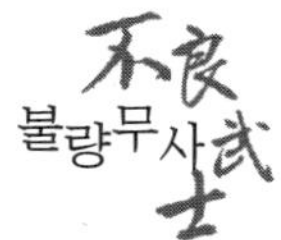

날이 날아들었다.

짧고 간결한 동작의 숙련도가 매우 높은 초식이었다.

그와 같은 검법은 중원에서는 흔히 볼 수 없는 것이었다. 실로 매우 실전적이면서도 지금처럼 좁은 공간에서 근접한 위치에서 사용하기에는 더없이 적당한 수법이었다.

게다가 공격해 오는 흑의 무복들의 자세로 보아 수비는 아예 도외시하고 오로지 공격에만 모든 역량을 집중하는 그런 모습이었다.

옥단풍이 안색을 굳히며 막 왼쪽에서 찔러오는 검을 허리 옆으로 흘리며 일권을 찔러 넣었다.

용호권의 어색한 몸짓이었지만 옥단풍의 주먹은 마치 어른이 어린아이를 후려치듯 수월하게 무사의 면상을 강타했다.

흑의 무복이 허공에 피를 흩뿌리며 뒤로 날려가 나뒹굴었다.

얼굴이 거의 뭉개지는 듯한 충격을 받았음에도 흑의 무복은 신음소리조차 흘리지 않았다.

동료 하나가 무참하게 나가떨어졌음에도 흑의 무복들은 조금치의 동요도 없었다.

연이어 빛이 번득이며 검날들이 뱀의 혀처럼 옥단풍과 사마추를 향해 날아들었다.

옥단풍이 작심한 듯 검날들을 향해 뛰어들며 주먹을 연이어 휘둘렀다.

역시 한결같이 용호권이었고, 어설픈 듯한 용호권의 동작들은 기묘하게도 자석에 끌리는 쇠붙이처럼 흑의 무복들의 면상에 작렬하고 있었다.

또다시 두 명의 흑의 무복의 얼굴이 엉망진창이 되며 나가떨어졌다.

그러나 상대하는 흑의 무복들의 숫자는 좀체로 줄어들지 않았다. 나가떨어지면 곧바로 건물의 그늘로부터 새로운 인원이 보충되고 있었다.

'도대체 이자들의 정체가 무엇이지? 중원의 무공은 아닌 듯한데……'

옥단풍은 좁은 지붕이 이런 식으로 차륜전을 벌이는 자들을 상대하기엔 적절하지 않은 곳임을 잘 알고 있었다. 보다 짧은 순간에 상대의 인원을 줄여 버리고 여유있는 공간을 확보해야 유리한 법인데 이 건물의 지붕은 운신하기조차 매우 좁은 곳이었다.

그러는 중에도 옥단풍의 발길이 뒤에서 검을 휘둘러 오던 흑의 무복 하나의 낭심을 걷어차 올렸다.

이런 식이라면 어쩌면 한나절을 싸워도 끝이 없을 것이었다.

공교롭게도 몸을 피한 곳이 그런 장소였을 수도 있었지만 적들은 사전에 면밀하게 지형의 조사를 마친 뒤 옥단풍이 이 지붕 위로 올라오게 될 것을 미리 계산했을지도 모를 일이었다.

만약 그렇다면 상대는 생각보다 강한 자들일 것이었다.

옥단풍이 재차 두 명의 면상을 피범벅으로 만들어 버린 순간 촘촘하게 둘러쌌던 흑의 무복들의 한켠이 무너졌다.

무너졌다기보다 흑의 무복들이 스스로 길을 열어줬다 해도 틀린 말은 아니었다. 우연인지 일부러인지 두 무사의 다리가 서로 엇갈리며 좌우로 몸이 쏠려 나갔기 때문이었다.

옥단풍이 이것저것 생각할 겨를 없이 그곳을 향해 치고 나갔다.

앞을 가로막는 두 명의 흑의 무복이 옥단풍의 주먹과 발길질에 나가떨어지자 길이 완전히 뚫렸다.

옥단풍이 지체없이 훌쩍 지붕을 벗어나 아래로 뛰어내리자 먹이를 쫓아오는 벌 떼처럼 흑의 무복들이 뒤를 따랐다. 옥단풍이 재차 지면을 박차고 솟아올랐다.

순식간에 두 채의 건물을 훌쩍 건너 뛰어 좁은 골목길이 연이어 이어진 주택가의 안으로 떨어져 내리자 흑의 무복들과는 어느 정도 거리가 벌어졌다.

그제야 사마추가 눈을 뜨며 긴장된 음성으로 물었다.

“바, 반가인가요?”

옥단풍의 품 안에 단단하게 안긴 사마추는 긴장으로 안색이 창백하게 질려 있었다.

“아직은 모르겠소. 어떤 자들인지…….”

옥단풍이 골목길의 전후를 한차례 살피고는 빠르게 북쪽을 향해 뛰기 시작했다. 남쪽에서는 벌써 옷자락 펄럭이는 소리가 들려왔기 때문이었다.

달리는 속도가 매우 빨랐으므로 사마추는 귓전으로 바람이 스치는 매서운 소리만 들을 수 있을 뿐 주위의 풍경이 빠르게 뒤로 물러나 이곳이 어디인지 분간할 수가 없었다.

뒤쪽에서 쫓아오는 옷자락 펄럭이는 소리가 차츰 작아지고 있는 것으로 보아 추격자들은 옥단풍의 빠른 속도를 따라잡지 못하는 듯이 보였다.

“쥐몰이로군…….”

옥단풍이 중얼거렸다.

흑의 무복들은 비록 거리가 멀어지고 있었지만 추격을 단념하지 않고 있었다.

옥단풍은 달리면서도 왠지 자신이 아직도 상대방의 손바닥 안에서 움직이고 있다는 느낌을 지울 수가 없었다.

어쩌면 상대는 옥단풍이 재차, 삼차 취할 행동들을 모두 다 머릿속에 그리고 있었는지도 몰랐다. 지금 달려가는 이 골목

길도 그들의 계산에 들어 있는 것이라면 상황은 생각보다 심각한 지경에 놓인 것이다.

그러나 지금으로서는 별다른 선택의 여지가 없었다.

옥단풍은 꺼림칙한 느낌을 지우지 못하면서도 한편으론 상대에 대한 호기심이 이는 것을 어찌할 수 없었다.

만약 상대가 유인하는 것이라면 끌려들어 가주는 것만이 그들의 실체를 가장 빨리 파악할 수 있는 길이기도 했다.

한참을 달리자 막다른 골목에 이르렀다. 골목의 끝엔 한 채의 허름하지만 꽤 웅장한 규모의 폐장원이 자리하고 있었다.

옥단풍이 잠시 걸음을 멈추고 주위를 살펴보았다.

선주의 번화한 거리에서 한참 멀어진 듯 집들도 작고 허름했다. 앞을 가로막은 폐장원만이 매우 웅장한 규모를 자랑하고 있어서 주위의 경물과는 어울리지 않는 풍경을 연출하고 있었다.

"여기가……."

사마추가 긴장으로 가볍게 떨리는 음성으로 주위를 둘러보았다.

옥단풍은 대답 대신 굳은 얼굴로 눈앞의 폐장원을 응시했다.

아까부터 뒤쫓던 옷자락 소리는 이제 들려오지 않았다. 추격을 중단했겠지만 그렇다고 옥단풍의 종적을 놓쳤을 거라는 생각은 들지 않았다.

필경 어딘가에 잠복해 이쪽을 감시하고 있을 확률이 높았다.

"어딘지 알 수는 없지만 누군가가 우리를 초대한 모양이오."

사마추가 주위를 둘러보다가 허름한 장원에 시선이 멈추고는 가볍게 놀란 얼굴이 되었다.

"아……."

"어딘지 알겠소?"

"소녀도 이곳은 처음이에요. 그러나 얘기는 들어서 알고 있어요. 이상하군요. 이 채가장(蔡家莊)은 빈집이라고 들었는데……."

"채가장?"

"네에. 전대에 승상까지 역임했던 채대공(蔡大公)의 생가(生家)로 유명했지요."

옥단풍이 묵묵히 다음 말을 기다렸다.

채대공은 전대에 승상까지 역임하며 승승장구했지만 말년에 역적으로 몰리며 일거에 몰락한 세도가였다. 무림인들은 크게 관심을 가지지 않았지만 일반 사람들은 채대공을 모르는 사람이 드물 정도였다.

"지금은 폐가가 되어 빈집이라고 들었습니다만… 역적의

생가였기 때문에 함부로 접근하는 사람조차 없다고 들었어
요.”

“그렇소……?”

옥단풍이 건성으로 대답하며 폐허가 되다시피 한 장원을
살펴보았다.

인적조차 느껴지지 않는 폐장원은 을씨년스럽기까지 했
다. 그러나 한때의 영화를 말하듯 고급 목재를 사용해 솟을대
문에 아름드리 기둥을 세웠고, 세월의 흔적이 역력했음에도
모두가 상급임을 한눈에 알아볼 수 있었다.

그때 언제까지고 닫혀 있을 것만 같은 폐장원의 대문이 소
리를 내며 열렸다.

그그그긍…….

사마추가 화들짝 놀라 옥단풍의 품 안으로 더욱 파고드는
형국이 되었다.

옥단풍은 그걸 의식하는지 못하는지 알 수는 없었지만 형
형한 눈길로 장원의 문을 노려보면서도 사마추의 허리를 감
은 손에 힘을 주었다. 본능적인 보호 의식이었고, 사마추는
남녀의 구분이나 고리타분한 예절을 생각할 겨를이 없을 만
큼 놀라고 있었다.

장원의 문이 열리자 전신을 재색의 긴 장포로 걸친 사십대
의 사내 하나가 무표정한 얼굴로 모습을 드러냈다.

전체적으로 좀 마른 듯한 인상의 사내는 얼굴색이 병자처럼 누렇게 떠 보였는데, 그것이 본래의 얼굴인지 혹은 역용을 해서 그리 되었는지 쉽게 구분할 수가 없었다.

역용을 했다면 그 수법은 아마도 강호에서도 쉽게 찾아보기 힘든 뛰어난 역용술일 것이었다.

사내는 굳게 입을 다물고 옥단풍과 사마추를 한차례 쓸어보았다.

전혀 놀라지 않는 것으로 보아 필경 옥단풍 등을 기다리고 있었던 사람 같았다.

"나를 따라오시오."

병색의 사내가 별안간 입을 열었으므로 옥단풍은 일시 그것이 자신을 향해 던져진 말이라 생각하지 못하고 말없이 바라보고만 있었다.

그러나 병색의 사내는 옥단풍이 대답을 하든 말든 상관없다는 듯 이내 몸을 틀려서는 안으로 다시 모습을 감추고 말았다.

사마추가 잔뜩 긴장한 얼굴로 옥단풍을 올려다보았다.

옥단풍의 얼굴이 딱딱하게 굳어 있었다.

"어떡하죠?"

사마추가 조심스럽게 물었다.

그녀는 집을 나설 때만 해도 침착한 모습이었으나 한차례

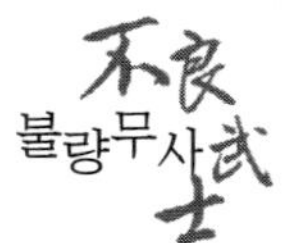

공격을 받고, 또 정신없이 옥단풍의 품에 안겨 쫓기고 난 후 눈에 띄게 긴장하는 모습이 되어 있었다.

"들어가 봅시다."

옥단풍의 말에 사마추가 주저하는 빛을 보였다.

"겁내실 거 없소이다. 뭐, 죽기밖에 더하겠소?"

옥단풍이 씨익 웃으며 건들거리듯 말했다. 경박해 보이기는 했지만 듣는 이에게 묘한 안도감을 주는 말투였다.

그러나 사마추는 여전히 질린 듯한 모습으로 주저하고 있었다.

옥단풍이 정색을 했다.

"낭자를 무사히 집으로 돌려보내기 전엔 절대 안 죽을 거요. 안심하시오."

사마추가 주저하다 조심스럽게 입을 열었다.

"그게 아니라… 소녀가 어찌 되는지는 상관하지 않아요. 다만 지금 백랑이… 어떠신지… 그것이……."

"백랑?"

옥단풍이 선뜻 누굴 말하는지 못 알아들었다가 이내 가슴이 찬바람이 훑고 지나는 듯한 기분에 사로잡혔다.

사마추가 말하는 백랑이란 정랑인 백동기를 말하는 것임을 이내 깨달은 것이다.

'이런… 내가 왜 이러지……?

옥단풍이 쏩쏠하게 웃었다.

기실 사마추가 정랑인 백동기를 염려하는 것은 당연한 일이었다. 옥단풍이 섭섭해 할 일도 아닌 것이다. 그런데 섭섭했다.

가슴 한구석에서 묘하게 써늘한 느낌이 일며 뭔가 뻥 뚫린 듯 허전한 것이다.

"들어가 봅시다."

옥단풍이 사마추 모르게 한숨을 머금으며 방향을 돌렸다.

낡은 폐장원의 문 안에 예의 밀납 같은 인상의 사내가 서서 써늘한 눈으로 이쪽을 노려보고 있었다.

장원 안으로 들어서자 예상했던 대로 마당의 곳곳에 잡초가 무성하게 자라고 있었다.

뜯겨 나간 문짝들이 부서진 채 여기저기 널려 있었고 곳곳에 거미줄이 쳐 있어서 한눈에 보아도 오랫동안 사람의 손길이 닿지 않았던 흔적이 역력했다.

옥단풍은 사내의 뒤를 따르며 장원의 구조를 눈여겨보고 있었다.

곳곳에서 예기가 느껴지는 것은 잠복하고 있는 자들이 있음을 뜻했다. 그들이 뿜는 예기는 예사로운 것이 아니어서 상당한 수준의 고수들임을 알 수 있었다.

'이자들의 정체가 도대체 뭐지? 거리에서부터 쫓았던 자들

도 그렇고, 모두 상당한 수준의 고수들이다. 자칫하다가는 낭패를 볼지도 모르겠는걸…….'

장원은 무척 넓었다.

안으로 들어갈수록 점차 급하게나마 사람의 손길이 닿은 흔적들이 보이기 시작했다.

예전엔 안채쯤으로 쓰였을 건물에 당도하자 그곳은 마치 다른 세계로 들어선 듯 말끔하게 치워지고 단장되어 있었다.

안채에 이르자 여기저기 경비를 서고 있는 자들을 볼 수 있었다.

그들은 한결같이 검은색 일색의 몸에 착 달라붙는 무사 복장을 하고 있었는데 떡 벌어진 어깨와 잘록한 허리, 그리고 번득이는 안광을 소유하고 있었다.

옥단풍 등이 모습을 드러냈음에도 그들은 마치 소가 닭 보듯 단 한 차례도 시선을 주는 일이 없었다. 오로지 각자에게 부여된 임무 이외에는 천지가 개벽한다 해도 눈 하나 깜빡하지 않을 그런 기세였다.

누군들 이런 분위기 속에 들어선다면 우선 주눅부터 들지 않고는 배길 수 없을 것이다.

안채의 가장 깊숙한 곳에 이르자 앞서 가던 밀납 같은 안색의 사내가 걸음을 멈추었다.

굳게 닫혀진 입구에는 이제 갓 스물이 넘었을까 말까 한 젊은 여자가 서 있다가 그들을 맞이했다.

"그자를 데려왔소이다."

밀납 같은 안색의 사내가 격식을 갖추어 보고했다.

그로 미루어 젊은 여자는 상당한 지위의 인물임에 틀림이 없어 보였다.

옥단풍은 호기심이 이는 시선으로 젊은 여자를 살펴보았다.

일신에 간단한 시비 복장을 걸쳐 입은 젊은 여자는 상당한 미모의 소유자였다. 비록 시비 복장을 하고 있었지만 한 번씩 번득이는 안광은 그녀가 상당한 내공을 소유한 고수자임을 짐작케 했다.

"수고하셨어요. 황 집장께선 그만 물러가세요."

젊은 여자가 잘라 말하자 황 집장이라 불리운 밀납 같은 안색의 사내가 두말없이 몸을 돌려 물러갔다.

그는 돌아가면서도 옥단풍이나 사마추에게는 단 한 번의 눈길도 주지 않았으므로 마치 물건 두 개를 배달해 주고 돌아가는 사람처럼 보였다.

"두 분은 소녀를 따라오시기 바랍니다. 아실지 모르지만 이곳은 지금 매우 엄밀한 경계하에 놓여 있기 때문에 만약 두 분이 실수로라도 쓸데없는 행동을 하시게 되면 매우 위험한 상황을 맞이하시게 될 겁니다."

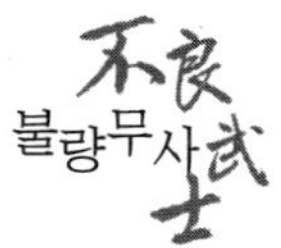

젊은 여자는 사무적인 딱딱한 말투로 말했으나 시선은 부드러운 편이었다.

옥단풍은 그녀에게서 적개심을 느낄 수 없었으므로 이들의 정체가 더욱 궁금하기 짝이 없었다. 적이 아니라면 도대체 누구인가?

그러나 강호무림에는 영원한 적도 영원한 동지도 없다.

오늘 적이 아니었던 자들이라 해도 내일 철천지원수로 돌변할 수 있는 것이다.

옥단풍의 대답을 기다렸던 것은 아닌 듯 젊은 여자가 앞장서 걸음을 옮기기 시작했다.

안채의 건물은 상당히 복잡한 통로로 연결되어 있었다.

통로의 좌우엔 수많은 방이 놓여져 있었고 굳게 닫혀 있었다.

복도를 따라 안으로 더욱 깊숙이 들어가자 화려한 방이 나타났다.

젊은 여자가 그 앞에 멈춰 서서 공손한 자세를 취했다.

"사마 낭자를 모셔왔사옵니다."

그러자 안에서 한 여인의 음성이 흘러나왔다.

"모시거라."

젊은 여자가 마치 상대가 눈앞에 있기라도 하듯 다시 공손하게 허리를 숙여 보이며 극히 조심스러운 자세를 취했다. 그리고는 옥단풍 등을 돌아보며 눈짓으로 안으로 들어가라는 시늉을 했다.

그런 모습을 보며 옥단풍은 아주 터무니없게도 방 안의 여인이 무슨 황족이나 되지 않을까 하는 엉뚱한 생각을 하기까지 했다.

옥단풍 등이 잠시 머뭇거리자 젊은 여인이 눈꼬리를 치키며 어서 안으로 들어가라는 시늉을 했다. 그녀는 오로지 방 안의 여인을 위해 그것이 무엇이 됐든 매끄럽게 처리해서 오직 그녀가 불편을 느끼지 않게만 되면 나머지는 전혀 신경 쓸 게 없는 것처럼 보였다.

옥단풍이 내심 실소를 머금으며 방 안으로 들어섰다.

사마추가 조심스럽게 옥단풍의 뒤를 따라 안으로 들어갔다.

두 사람은 방 안으로 들어서자마자 제자리에 얼어붙은 듯 멈춰 서야 했다.

여인의 규방처럼 아늑하게 꾸며진 방 안엔 뿌연 김이 가득 서려 있었다.

뿌연 김은 방의 중앙에 놓여 있는 커다란 나무 욕조에서 뿜어져 나오는 것이었다. 욕조의 옆엔 두 명의 시비가 서서 시중을 들고 있었고, 뿌연 김을 통해 욕조 안에 앉아 있는 한 여인의 상반신이 눈에 들어왔던 것이다.

설마 목욕을 하고 있는 여인을 보게 될 줄은 꿈에도 생각지 못했던 옥단풍과 사마추가 놀라 입을 쩍 벌리는 것도 무리가 아니었던 것이다.

욕조의 여인이 두 사람이 들어섰음에도 전혀 눈길조차 주지 않고 매끄러운 어깨 위에 마지막 씻김물을 흘려내고는 조용히 일어섰다.

뿌연 김을 통해 보이는 여인의 나신은 그야말로 백옥으로 빚은 듯 아름다웠다. 그러나 그 뿌연 나신은 시비들이 곧바로 걸쳐 준 부드러운 나삼 속으로 사라지고 말았다.

그러나 여인 특유의 짙은 체향은 아직도 남아서 옥단풍의 코끝을 간지럽혔다.

사마추가 당황스러운 얼굴이 되어 뒤로 주춤 움직였다.

"잘못 들어왔군요……."

사마추의 말이 채 끝나기도 전에 여인이 욕조에서 걸어나오며 입을 열었다.

"그렇지 않아, 사마 낭자."

여인의 음성은 높지도 낮지도 않았으며, 부드러운 듯하면서도 고결한 삶만을 살아온 사람들만이 가질 수 있는 특유의 거만함 같은 것이 배어 있었다.

음성으로 보아 여인의 나이는 필경 이십대 중반을 넘긴 것 같지는 않아 보였다.

　　두 명의 시비가 여인이 떠난 나무 욕조를 들고 방을 나갔으
므로 더 이상 김이 짙어지지 않았다.

　　차츰 엷어지는 김 속에서 여인이 두 사람을 향해 가까이 다
가왔다. 그러자 여인의 모습이 점차 뚜렷하게 보이기 시작했
다.

　　머리를 틀어 올려 뒤로 묶은 여인의 모습은 음성보다도 더
욱 앳되어 보였다.

　　아직 스무 살이 넘지 않았다 해도 누구도 의심하지 않을 그
런 모습이었다.

　　백옥처럼 새하얀 피부는 잡티 하나 없이 깨끗했다. 반달처
럼 길게 그린 듯한 눈썹은 전형적인 미녀의 그것이었고, 그
아래 호수처럼 커다란 눈이 자리하고 있었다.

　　너무 크지도 않고 그렇다고 너무 작지도 않은 알맞게 솟은
코 아래 타는 듯이 붉은 입술이 그린 듯이 자리 잡고 있었다.

　　경국지색이나 폐월수화라는 말이 예로부터 미인을 형용하
는 자구로 많이 사용되어져 왔지만 옥단풍은 지금 눈앞의 여
인을 보며 그와 같은 단어들이 모두 이 여인을 형용하기엔 터
무니없이 부족하다는 생각을 하고 있었다.

　　사마추와 비교한다 해도 결코 뒤떨어지지 않는 미모였다.

　　굳이 말하자면 사마추는 온화함과 격조를 느낄 수 있는 미
모를 간직했다면 눈앞의 여인은 화사하고 거침이 없었으며

교만하기까지 한, 어떻게 보면 보다 육감적인 미모를 가지고
있었다.

옥단풍이 넋을 잃고 쳐다보자 여인이 힐긋 옥단풍을 한차
례 쓸어보고는 입가에 차가운 미소를 지어냈다.

그녀의 차가운 미소는 그야말로 얼음장처럼 주위의 공기
를 순식간에 얼려 버릴 듯 냉정했다.

그녀의 시선은 사마추에게로 옮겨져서는 마치 봄날의 훈
풍처럼 부드럽게 변하고 있었다.

그야말로 감정의 변화가 얼굴에 드러나는 것을 표정이라
고 한다면 그녀의 표정은 천변만화하다고 해도 틀린 말이 아
니었다.

원래 아름다운 용모의 여인이 표정을 지어낸다면 그 표정
은 평범한 사람이 지어낸 표정보다 훨씬 더 극적이고 효과적
인 법이다. 그러나 지금 눈앞의 여인은 그저 조금 다를 정도
가 아니었다. 그저 한 번의 미소와 무표정에 순식간에 주위의
풍경조차 변해 버리는 듯했다.

옥단풍은 그 짧은 순간에 그녀가 목표한 사람이 자신이 아
니라 사마추임을 깨달았다.

그걸 증명이라도 하듯 여인이 사마추를 향해 입을 열었다.

"그대가 사마의가의 여식인 사마추인가?"

매우 오만하고 도도한 자세였으나 아름다운 용모와 황홀

하리만치 아름다운 공명을 만들어내는 목소리 때문에 오히려 말을 일찍 끝내는 것을 아쉬워하게 했다.

"그런데 누구시죠?"

사마추가 의아한 얼굴로 되물었다.

그러자 여인은 대답할 생각은 않고 꼿꼿이 서서 사마추를 한동안 뚫어지게 쳐다보았다.

거침없는 시선에 도도한 자세였다.

상대방의 생각이나 의사 따위는 전혀 개의치 않아도 조금도 거리낄 것이 없다는 그런 자세는 당연히 불쾌감을 자아내는 행동이지만 지금 눈앞의 여인에게는 전혀 그런 느낌을 가질 수가 없었다.

그녀의 그런 행동이나 자세는 그녀의 몸에 잘 배어들어서 마치 오래전부터 잘 맞춰 입은 옷처럼 지극히 자연스럽고 어색하지가 않았던 것이다.

"과연 듣던 대로 미모가 뛰어나군."

여인의 호수같이 커다란 눈빛에 질투의 빛이 섬전처럼 스치고 지나갔다.

사마추의 온화하면서도 격조있는 미모는 지금 눈앞에 화사하게 피어난 장미꽃 같은 여인에게도 질시의 대상이 될 정도였던 것이다.

사마추가 비록 불쾌감을 느꼈지만 겉으로 드러내지 않았다.

그녀는 결코 감정의 기복을 쉽게 드러내는 성격이 아니었
다.

여인이 그런 사마추를 한동안 쏘아보더니 냉랭한 미소와
함께 돌아섰다. 그리고는 곧장 화장대 앞으로 걸어가 뒤로 묶
어 올린 머리를 풀어 내렸다.

삼단같이 탐스럽고 긴 머리카락이 허리까지 출렁이며 떨
어져 내렸다.

그녀는 옥단풍과 사마추는 아예 안중에도 없다는 듯 거침
없이 머리를 매만지고는 이어 훌러덩 겉옷을 벗어버렸다.

조물주가 있어서 천하에서 가장 아름다운 몸매를 빚어본
다면 저러할까…….

지켜보고 있던 옥단풍은 숨이 턱하고 막혀왔다.

금방 파드득하고 날개짓이라도 할 것만 같은 가냘파 보이
는 어깨와 그 아래로 부드러운 호선을 그리며 흘러내리는
잔등은 잘록하게 들어간 허리에서 다시 완만하게 퍼져 나갔
다.

설사 붓으로 그리라 해도 그보다 완벽하게 그릴 수는 없을
듯해 보이는 팽팽하면서도 금방 터질 것만 같은 둔부가 그 아
래 곧게 뻗어 늘씬한 두 다리와 함께 두 사람의 시야에 적나
라하게 드러났다.

사마추는 꼼짝도 하지 않고 차분한 얼굴로 여인의 뒷모습

을 응시하고 있었다.

여인이 아주 여유있는 몸짓으로 천천히 옷을 입기 시작했다.

옥단풍은 둥그렇게 허리를 숙이며 다리를 들어 바지에 꿰고 있는 여인의 뒷모습을 부릅뜬 눈으로 뚫어지게 보고 있었다.

누가 봐도 갑자기 나타난 여인의 나신을 정욕에 이글거리는 시선으로 뚫어져라 보고 있는 한량의 모습이었지만 기실 옥단풍은 지금 머릿속으로 복잡한 생각을 굴리고 있었다.

여인의 정체가 므엇인지 알 수 없지만 여인의 태도로 보아 이쪽을 잘 알고 있는 것이 분명했다. 그럼에도 불구하고 저처럼 여유만만한 태도를 보이는 것은 그만큼 자신이 있다는 뜻이겠고, 이들이 결코 상대하기 쉽지 않은 전력을 보유하고 있음을 어렵지 않게 짐작할 수 있었다.

우선 옥단풍과 사마추를 끌어들인 이유가 무엇인지가 중요했다.

그러나 그 이유가 무엇이든 결코 선의는 아니리라 생각되었다. 그렇다면 빠져나갈 길을 머릿속에 그려두어야 했다.

옥단풍은 지금 딜납 같은 안색의 사내를 따라 들어왔던 경로를 머릿속으로 되짚어 그려보고 있었다.

눈은 여인의 탐스러운 둔부에 가 있었지만 머릿속은 빠르

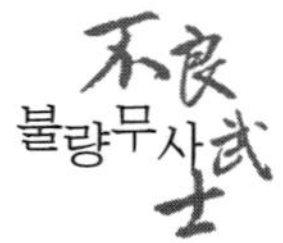

고 복잡하게 회전하고 있었다.

그런 것을 알 턱이 없는 사마추는 그런 옥단풍을 보고는 눈살을 찌푸렸다.

노골적으로 여인의 나신을 들여다보고 있는 옥단풍이 경멸스럽기 짝이 없었다.

그때 옷을 다 입은 여인이 천천히 돌아섰다.

서장특산의 귀한 비단으로 지어진 무복과 궁장의 중간 형태인 복장은 여인에게 무척 잘 어울렸다.

목욕 후 간단한 옷을 걸치고 있었을 때와는 또 다른 분위기를 풍기고 있었다.

여인이 힐끔 옥단풍을 일별하고는 차갑게 웃었다.

"홍화야……."

여인이 밖을 향해 소리치자 이내 아까 시비차림의 여인이 들어서 공손히 머리를 조아렸다.

"부르셨습니까, 영주(領主)님?"

"사마 낭자께 머무를 곳을 마련해 드리거라."

"존명."

홍화가 공손한 자세를 취하고는 두 사람에게 재촉하는 듯한 시선을 던졌다. 필경 따라 나오라는 뜻이었다.

참으로 황당한 일이 아닐 수 없었다.

멀쩡히 길 가던 사람을 끌어들여서 머무를 곳이라니…….

옥단풍이 그제야 입을 열었다.

"우린 아직 귀하의 용건도 듣지 못했소만……."

옥단풍의 말에 여인의 차가운 시선이 날카롭게 쏘아져 왔다.

차갑고 근엄하기조차 한 그녀의 시선은 소위 윗사람들과 아랫사람의 사이를 분명하게 긋고자 하는 의지가 담긴 것이었다.

"너는 가도 좋다."

옥단풍은 다시 한 번 말문이 탁 하고 막히고 말았다.

옥단풍이 기가 닥힌 얼굴로 멍청하게 쳐다보고 있자 여인은 옥단풍 따위에게는 관심조차 없다는 듯 시선을 사마추에게로 돌려 버렸다.

"사흘만 이곳에 머물면 된다. 마음대로 돌아다니지 못하는 걸 제외하곤 크게 불편한 일은 없을 것이야. 홍화를 따라가도록."

사마추가 입술을 깨물며 입을 열었다.

"호의는 고맙지만 아무 영문도 모른 채 그 호의를 받아들일 수가 없군요. 게다가 우린 지금 갈 길이 무척 바쁘니……."

듣고 있던 여인이 눈꼬리를 치켜떴다.

"지금 호의라고 했느냐?"

여인이 사마추를 차갑게 쏘아보자 이내 방 안의 공기가 꽁

꽁 얼어붙었다.

"본녀는 네게 결코 호의를 가지고 있지 않아, 사마추…….
다만 네가 아직 죽어서는 안 될 때일 뿐이다."

여인이 잠시 말을 끊고 써늘한 눈으로 사마추를 쏘아보았
다.

여인에게서 매서운 살기가 느껴졌다. 그것이 옥단풍 등이
방 안으로 들어온 이후 처음으로 보이는 여인의 내심일지도
몰랐다.

사마추가 어렵사리 침착함을 유지하며 입을 열었다.

"도무지 영문을 알 수가 없지만 아마도 사람을 잘못 착각
하신 듯하군요. 소녀는 귀하를 전혀 모를뿐더러 이유없이 이
런 곳에서 사흘씩 묵어야 할 여유도 없답니다."

"사마추."

여인의 냉엄한 음성이 더욱 높아졌다.

여인이 사마추를 뚫어지게 쏘아보며 나직히 말을 이었다.

"본녀의 기분이 바뀐다면 네가 죽을 때가 언제인지 따위는
상관하지 않을지도 몰라……."

사마추가 곤혹스러운 표정을 지어냈다.

그러나 이내 침착을 되찾아 옥단풍을 돌아보았다.

"옥 소협, 사마의가에 고용된 무사라는 사실 아직도 변함
이 없죠?"

옥단풍이 그런 사마추를 물끄러미 쳐다보았다.

옥단풍은 아까부터 사마추가 이 여인의 일당에 대해 뭔가 알고 있다는 느낌을 지우지 못하고 있었다. 그런데 여인과 말을 주고받는 과정에서 그런 느낌이 좀 더 확신이 되어가고 있는 것이었다.

"나가고 싶소?"

옥단풍이 태연작약하게 물었다.

사마추가 입술을 깨물었다.

"데려가 줘요."

옥단풍이 고개를 끄덕였다. 묻고 싶은 것도 많았고 머릿속은 끊임없이 떠오르는 의혹으로 가득했지만 옥단풍은 그저 간단하게 대답하고 말았다.

"알겠소이다."

옥단풍과 사마추가 주고받는 말을 듣고 있던 여인은 그러나 조금도 동요하는 기색이 없었다.

오히려 안에 들어와 있던 홍화가 살기가 번득이는 시선으로 옥단풍을 쏘아보고 있었다.

여인이 천천히 돌아서 한켠에 놓인 나무 침상으로 다가가 자연스럽게 걸터앉았다.

그녀의 입가엔 미소마저 번지고 있었다.

"어떤 사람들은 아무리 좋은 말로 타일러도 전혀 알아듣지

못하지, 사마추. 네 그 알량한 호위무사가 적룡채를 휘젓고 나왔다 해서 대단한 존재라고 착각하는 모양인데. 흥."

여인이 차갑게 코웃음을 흘렸다.

그리고는 똑바로 사마추를 쏘아보며 매섭게 소리쳤다.

"어디 마음대로 해보렴. 결국 너는 단 한 발자국도 이 폐장원에서 나가지 못한다는 사실을 깨닫게 될 것이다."

여인의 안색이 더욱 냉랭하게 굳었다.

"그땐 더 이상 손님으로 예우하는 따위는 없을 것이야."

옥단풍이 느물느물하게 웃었다.

"자, 그럼 다음에 기회가 닿으면 또 뵙겠소."

"미친놈."

여인이 옥단풍의 말에 반응하기도 전에 홍화가 짧게 외치며 번쩍 몸을 날려왔다.

붉은 그림자가 눈앞에서 어른거린다 싶은 순간 옥단풍의 가슴을 향해 날카로운 장력이 면도날처럼 날아들었다.

『불량무사』 2권에 계속…

Book Publishing CHUNGEORAM

조돈형 新 무협 판타지 소설
FANTASTIC ORIENTAL HEROES

魔道十兵 마도십병

2007년을 뜨겁게 달굴 화제의 작품!
『마도십병(魔道十兵)』!!

천 년의 힘이 이어지다!

작가 조돈형이 혼신의 열정으로 빚어낸, 2부작『궁귀검신』!
그 뜨거운 불꽃은 꺼지지 않고 다시 활활 타오른다!
열혈 대한의 가슴을 더욱 뜨겁게 달굴
장대하고 호쾌한 투쟁의 시간이 다가온다!

유행이 아닌 자유추구 –
WWW.chungeoram.com

Book Publishing CHUNGEORAM